Treasures for Scholars Worldwide

黄仕忠 著

书的诱惑

SHU DE
YOUHUO

广西师范大学出版社
GUANGXI NORMAL UNIVERSITY PRESS

·桂林·

项目统筹 | 宾长初
责任编辑 | 鲁朝阳
助理编辑 | 黄婷婷
责任校对 | 肖承清
责任技编 | 郭 鹏
书籍设计 | 徐俊霞
俸萍利 ［广大迅风艺术🖋］

图书在版编目（CIP）数据

书的诱惑／黄仕忠著．—桂林：广西师范大学出版社，2020.1
ISBN 978-7-5598-1578-1

Ⅰ．①书… Ⅱ．①黄… Ⅲ．①随笔－作品集－中国－当代②序跋－作品集－中国－当代 Ⅳ．①I267

中国版本图书馆 CIP 数据核字（2019）第 020105 号

广西师范大学出版社出版发行

（广西桂林市五里店路 9 号　邮政编码：541004）
　网址：http://www.bbtpress.com
出版人：黄轩庄
全国新华书店经销
广西广大印务有限责任公司印刷
（桂林市临桂区秧塘工业园西城大道北侧广西师范大学出版社集团有限公司创意产业园内　邮政编码：541199）
开本：880 mm × 1 240 mm　1/32
印张：11.125　　字数：260 千字
2020 年 1 月第 1 版　　2020 年 1 月第 1 次印刷
定价：88.00 元

序

胡文辉

　　昔年仕忠兄曾赠我一部所辑的《日藏中国戏曲文献综录》，皇皇巨册，标价甚昂，我于此道只属外行，故颇觉意外，亦很感其好意。而检读前言，于日本中世以来藏曲、研曲的情形述论甚详，介绍各处庋藏时，又旁及相关人物与史事，其价值固不限于戏曲研究，亦有关中日文化交通、文献学乃至学术史。想来这也是仕忠慨然相赠的缘故吧。

　　仕忠所治，是典型的专家之学，如今他问序于我，我仍觉意外。好在这本集子所录皆属专业之外的论说，我这个专业之外的人也就不能推辞了。

　　此集所收，有自述，有忆人，有访书记，有书评和序跋，更有杂论，是一位戏曲史前沿学者的观照与自我观照。其中访书记部分，几等于日本访书记，又主要是日本访曲记，我感觉最为精彩。

　　仕忠因东洋访学的机缘，发现大量未知未见的中国戏曲文献，乃倾力于访求、著录、刊布及研究，既成就了属于"为人之学"的《日藏中国戏曲文献综录》《明清孤本稀见戏曲汇刊》以及《日本所藏稀见中国戏曲文献丛刊》《日本东京大学东洋文化研究所双红堂文库藏稀见中国钞本曲本汇刊》等，亦成就了属于"为己之学"的《日本所藏中国戏曲文献研究》，其收获之丰硕，不仅超出中国学者所知，虽日本学者亦有不及，挟山超海，可称独步。而在访书记及有关序跋中，即可见他对此工作最亲切的忆述，可视为当代戏曲研究史的外编。

观仕忠的问学，初从于徐朔方先生，再从于王季思、黄天骥先生，而王老系吴梅吴瞿安的弟子，则论其师承，可谓承续了吴梅一系戏曲史学的统绪。

吴梅是我列入了《现代学林点将录》里的人物。我将近世的戏曲史研究分为二系：一是王国维作为史学家的外部研究，一是吴梅作为戏曲家的内部研究。对于吴的学术遗响，我说了一段话："浦江清悼吴氏之亡而感慨系之：'凡学问有为潮流所趋者，有为时代所弃者，有赖书本文献足以传后者，有非接近其人，得其指点，不能妙悟者。故如戏曲史目录考订之学则考据家之事，今方兴未艾，如材料增多，方法加密，后者可胜于前。至于南北曲之本身原为一有生命之艺术，由词章家作曲，音乐家谱唱，艺术家搬演，合此数事以构成一整个之生命。一旦风会转移，此艺术亡，此门之学问亦随之而亡。……其卒也，必有绝学不传于世者，后之人莫能问津焉，此最可悲悼者。'此即所以王静安之学后继有人，而吴瞿安之学人亡政熄也。至于今日，虽尊奉瞿安为祖师者，实亦不能不私淑静安。"这个判断，放在仕忠身上，自觉也是贴切的。

仕忠早期以《〈琵琶记〉研究》出道，其用力处，在穷搜《琵琶记》的存世版本，比勘异同，论断得失，已显出偏重文献的作风；后来东渡访书顾曲，专注于日藏戏曲文献，虽得于外在的因缘，实亦源自内在的合契。这样的学术取径，借用一句话来说，就是"中国戏曲史研究界的朴实楷模"。这自然属于"材料增多，方法加密，后者可胜于前"的考据工作，可见得他的"私淑静安"了。

　　仕忠在文献方面的搜罗传布之功，其有补于戏曲研究，识者自知，已不待言；需要强调的是，他亦深有学术史的自觉，由日藏戏曲文献本身，及于戏曲的日本收藏者，及于戏曲的日本研究者，遂介入了戏曲收藏史及学术史的领域。

　　众所周知，王国维一向被视为戏曲史研究的开山，而他撰作《宋元戏曲史》，正在旅日期间。仕忠通过求索日藏戏曲文献及其背后的人事，等于重访了戏曲史研究开山的"现场"，揭示了王国维当日的学术语境。他特别指出，森槐南在东京帝国大学时有讲义《词曲概论》，材料和见解皆近于王氏，且祖鞭先着，只不过英年早逝，声名寥落。这就意味着，王国维当时应受到日本学人的影响，很可能包括森槐南。这种复原学术史、表彰"学术史失踪者"的工作，最为可贵。又如文献学家长泽规矩也，因盐谷温的影响，亦爱好菊部说部，二十年代往来南北，搜集了大量戏曲文献，包括当时中国学人尚未重视的俗曲唱本及皮黄、高腔钞本之类，此亦日本学人领风气之先所体现于古籍收藏领域者。集中有《王国维旧藏善本词曲书籍的归属》一篇，近于论文，辩疑探佚，最见功力。此外所涉及者，还有内藤湖南、神田喜一郎、吉川幸次郎这些东洋汉学史上的赫赫名士，亦当为今日读者所乐见。

　　近世以降，中国学术界可以说形成了两次"群趋东邻受国史"的浪潮：第一次是晚清民初，所得者大，更多是汲取观念，效仿范式；第二次是近数十年间，所得者专，更多是引进资源，借鉴成绩。百年之前，王国维赶上了第一次浪潮，受日人新学风的熏染，遂知古典戏曲的文化价值，是为文学史研究之一大开拓。（近世两大学术巨擘，王国维以戏曲史钩沉开始学术生涯，胡适以《红楼梦》考证开始学术生涯，皆挟新观念之西风，将俗文学引入文学史殿堂。）百年之后，仕忠赶上了第二次浪潮，收拾戏曲文献及戏曲史学的遗绪，亦满载而归。此异代不同时，而皆可谓戏曲研究史上的日本因缘。

不过，我们却应该再追问一句：为什么仕忠能有日本因缘？他的因缘，为什么不在此而在彼？

在附录的访谈里，仕忠极感慨而言："有时，我真觉得北京远，东京近。"何以云然？因为，"书在东京，我还可以看得到，抄得到，我可以争取复制，可以申请出版；但书在北京，我们却常常没办法看到，更不要说复制了。"呜呼！人在中国，而无中国因缘，此所以有日本因缘也。

就内涵来说，这本集子其他部分亦有可观，尤其是杂论和忆人部分。

仕忠于友生门生求学时的焦虑，每从容释解之，比如《学问不是什么大不了的事情》一篇说："所谓学问，一种是世俗性的认同，如学校认同，媒体认同，会议等类场合之荣光，等等。另一种是学界内部的认同，是同行的认同，是一些真正以学术为标准、以学术为追求的人的认同，此所谓学术只是荒江野屋、二三知己之事。故立的标准不同，看法也就不同。世间滔滔皆如是，可世间也仍有许多并不如此之人。即如当世无其人，也仍可尚友古人。纵论今日之世，大都谓'浮躁'云云，但我也仍以为，每一代皆有浮躁，皆有做学问和不做学问之人。只是比例之多与少而已。而我辈既然认为浮躁不妥，则何不选择加入不浮躁之行列？……但另一方面，学问其实也不是什么大不了的事，只是需要老老实实地去做而已，只是需要用心去体悟、全身心去爱而已。"此可谓见道语，我虽在学院之外，亦感受如一。

这样来看，此书不仅示所以为学，也示所以为人。能作此序而冠于书前，于我实在是光荣的事。

　　前些年，曾有前辈大家设法让我厕身高校教授之列，后其事不成。记得当时仕忠表示过一点意思，惋惜我没有更早走上学院式的道路。坦率说，我之所自期者，在方法和领域上皆有异于当世学界主流，不能身入学院，于治学本身并无所失，所失者在治学之外而已。只是，"名教中自有乐地"，今读仕忠此编，看他专于一业，周行万里，亲身实践了"上穷碧落下黄泉，动手动脚找东西"的苦事兼乐事，当然是我极艳羡的因缘了。

目 录

1　　　序 ……………………………………… 胡文辉

上学记

3　　　书的诱惑

9　　　我的大学之路

22　　　我的学术经历

37　　　徐门问学记

51　　　学者之域

55　　　两个半人的肉与澳大利亚面粉
　　　　——有关陈寅恪先生的一则轶事

58　　　偶遇徐志摩

访书记

67　　　影书记

79　访长田夏树先生藏书偶记

84　地坛淘书记

86　东京第一日

91　东京淘书记

98　东京一周

106　《水浒记》训译本

114　清代词人顾太清的稿本戏曲《桃园记》

119　拓室因添善本书

122　长泽规矩也中国访书记

150　王国维旧藏善本词曲书籍的归属

品书集

167　读史阅世忆华年

169　治史经验谈

172　读《师门问学录》

174　兵以诈立

178　花间一壶酒

180　晚明文人的心态

182　柳如是之死

185　通观与贯通

188　一个私奔女子之死

190　晚清北京的堂子与清代戏曲的兴盛

　　　——梅兰芳：男旦与堂子相公

192　袁氏当国岂偶然

194　毛彦文与吴宓：不能不说的《往事》

198　印刷书的诞生

201　摩挲古籍论印本

203　他年想象藏书者，说是宋廛中一翁

207　读书与藏书之间

210　冷摊淘书觅生涯

212　一入深宫里，无由得见春

论学集

217　如此严师，还会有吗？

219　与某兄论发文书

221　学问不是什么大不了的事情

225　百分之九十五与百分之五

227　用善意的态度对待所面对的事情

229　访与学

怀人集

233　梦

236　家叔十年祭

242　牧惠先生三年祭

246　金文京先生小纪

序跋集

251　属于历史的仍将归于历史
　　　——《〈琵琶记〉研究》前言

261　琵琶一曲友古人
　　　——《〈琵琶记〉研究》后记

264　学问本是冷门事
　　　——《中国戏曲史研究》后记

266　或裨益于素心人
　　　——《戏曲文献研究丛稿》后记

270　踵迹前贤蹑后尘
　　　——《日藏中国戏曲文献综录》后记

277　《日本所藏中国戏曲文献研究》绪言

284　十年成得事一桩
　　　——《日本所藏中国戏曲文献研究》后记

293　集腋成裘事可商
　　　——《明清孤本稀见戏曲汇刊》前记

303　《戏曲与俗文学研究》发刊词

306　陈旭耀《现存明刊〈西厢记〉综录》序

310　郭梅《浙江女曲家研究》序

315　清代内廷演剧的戏曲史意义
　　　——熊静《清代内廷演剧研究》序

附　录

327　黄仕忠：对于学者，书要紧的是用 … 侯虹斌

333　黄仕忠《中国戏曲史研究》序 ……… 郑尚宪

·

上
学
记

·

书的诱惑

大学四年结束,攻读硕士研究生又近三年,天天与书作伴,不仅搭进去了伙食费开支外的所有收入,而且觉得除了看书,诸事全无乐趣。以前总讥笑别人心中只有书,人也成了书的一页,不料如今自己也落到这步田地,再这样下去,怎么得了?

当然,书也不是时时诱惑得了人的。捧着发黄的书页,抠着晦涩的词句,烦躁起来,便恨不得把书架推倒,把书抛却、烧掉,去当和尚,坐禅三月,使脑根清静。但——要是真的有那么两天不摸书本,却又像失落了魂灵似的,无精打采,寝食难安。可见已成根性,难以改变了。

这种诱惑不知始于何时。现在回想起来,的确是很早的。

儿时喜翻连环画,忘食废寝,几乎如醉如痴。小学五年级后,开始捧一些繁体简体、竖排横排的书,半懂不懂,凭着想象和猜测,一知半解,就已满足。最盼正月做客。——说做客,主要也是去二舅家,不仅有权利吃最好的东西,更要紧的是表哥藏的不少有趣的书,这时就会无保留地开放,允许看上整整一天。在我意中,凡去做客的人家,必然有我没见过的书。而我,首要的就是找书。只要有书,独坐一隅,就不在乎招待是否热情,饭菜是否丰盛。稍大后,走的地方多了,方知有的人家竟连一本历书也找不出,才打消了做客的念头。

进了中学,书的诱惑更强烈了。但山乡人家,难得有书。姐姐借得一本书,我们姐弟四人就围着煤油灯同看。有人看完一页,有人还没有看完,一个要翻,一个不让,争吵也就难免。只好轮着看。但大多数时候,借来的书还有别的人等着,借期最多两三天,甚至只有一个晚上,轮着也不行。为此,我们订下君子协议:谁借来,谁就有坐着翻书的权利。在旁边看书,开始时还保持一定距离,后来就越凑越近,直到油灯烧着头发,发出"嗤嗤"的声音。几个人挤在一块,情节一紧张,人越专注,就越往书前倾,把坐着翻书的压得直叫唤。要不,耳边"呼哧""呼哧"的喘气声,也不好受。

但我们以此为乐。

我在家里最小,那时还没法为自己借书,在旁边又够不着,书瘾却最大,就趴在对面看。字是颠倒的,开始时虽然费劲,但时间长了,习惯之后,也就与正常阅读差不了多少。我又不能要求别人等待,必须一眼瞄过去,就把大意掌握,才能在哥哥、姐姐翻页之前,了解个大概。这倒让我养成了一目十行的习惯。记得在大学里,有同学在看新到的报纸,我也习惯性地站在对面看新闻,以为这并不影响他。不料次数多了,他却发起脾气来,把报纸一丢:"去去,给你看得啦!"我不禁暗自长叹,从此不再使用这种"倒读法"。

在家里,我是"伙头军",放学回来,就帮母亲烧饭、煮猪食。借着灶口悠悠的火花看书,现在想来,倒是挺有意思的事。火光一点点暗淡下去,人也不知不觉地往灶里钻。要是拉风箱的话,火苗一明一灭,必须不断添柴,看书总不能尽兴。每当这时,我就偷偷拿劈碎的干透了的柴爿,架好火,这样能够连续烧十几分钟。母亲发现了,就要骂我偷懒。因为这些柴爿积攒起来,是准备过年舂年糕、煮粽子用的。烧完饭，我一人就到屋外玩去了。母亲又唠叨说：那么好的炭火，自个儿熔化了。而本来应该及时撤到炭薹里，制成木炭，冬天生火炉用的。

最讨厌的是刚砍来的青柴，拉一下风箱，就冒一缕青烟，熏得人涕泗齐流。要是青柴也接不上，烧起稻草来，就更糟糕。稻草不耐燃，得不断地塞，草灰又轻，一顿饭烧成，浑身是灰。这个时候，就只好用最快的速度完成任务，再坐下来看书。但农村人家，总有干不完的活儿。屋里忙完地里忙，即使是半大的孩子，闲着的时候也很少。

比较自由的是在饭桌上看书。一张八仙桌，我和哥哥同坐一横。要看书就得占住左边，这样，搛菜时菜汤不会淋到书上。要搛菜，需得移动视线，影响看书，就大大搛上一筷，以减少次数。看书入迷时，思维转剧，筷子划动不由自主加快，咀嚼速度也越来越快，直到一口气把一碗饭扒完。古人有《汉书》下酒之说，似有些荒唐，但书可以下饭，却是我亲身经历了的。只是久而久之，平时吃饭也是狼吞虎咽，做客时，不得不特别注意放慢速度，免得被人笑话是"饿煞相"。直到现在，我最怕的也是被邀作座中客。去食堂吃饭，更是绝对不和数粒而食的女同胞一起用餐，免得出洋相。

中学里，有的学生找书的路子很广，但向他们转借，却又不肯。书的诱惑实在使人心痒，只好趁他们某一天玩其他事的机会，用课余时间，或者搭上一两节课，花三两个小时，把二三百页的小说啃完。这样经历多了，反倒更逼出了一目十行的本领，如今帮了我不少的忙。那时尽管读得粗，印象却十分深刻，经久不忘。而现在慢读、细读，却总是记不住，大约那时看到的书少，有一种很强烈的"饥饿感"吧。

那时收音机在农村是奢侈品，电视机更是稀世之珍。书既无处可借，报也无处得阅。闲极无聊，翻箱倒柜，把家里有的从五十年代到七十年代的语文、历史、地理教科书，以及叔叔读大学时发的关于"大跃进"的时事手册，凡是家中尚存、可供阅读的书刊，统统翻出来，一本一本，反复品尝。我读过枯燥的语法书，常翻成语词典，有时也背字典。有本小字典，是解放初出的，注拼音也注同音字，字是繁体，对我阅读白话小说，识记繁体字，帮助不小。至于家中残缺不全的《说岳》《今古奇观》之类，不知翻过多少回。冬夜则和哥哥赛记《水浒》一百零八将里各位英雄的绰号和名字。去年中秋，与友人同登保俶山，说起《水浒》山寨头领，尚能一口气报上四五十名，使友人颇为惊讶。家中唯一完整的是一部《三国演义》。看的次数多了，知道诸葛亮终于出师未捷身先死，蜀国未免为司马氏所吞并，总不忍卒读，就只挑选蜀汉获胜的章次。又深深惋惜，魏延踏灭了长明灯，使孔明借寿未成，不然，历史便当改写。这部书后来被大表哥借去，丢失了第二册，于是也成了残书。

书也曾被我用作"犯罪工具"。只要我们在看书、写字，父亲就宁肯自己多做一些，非到不得已，是不会来差唤我们的。有时，我明知活儿忙不过来，却故意捧起书本，或者取出毛笔，以逃避劳动。母亲来唤，口里答道"来了"，或者说"等会儿就做"，其实却半天不动窝。母亲哭笑不得，只得差哥哥、姐姐。也许因为我最小，所以总得到偏袒。每当这时，哥哥就愤愤不平，而我则暗自得意。

进了大学，到了书的海洋里，再也不用三四个人围着油灯争书了。有条件的同学，还可以买上许多新出的好书，记下所购地点，署明年月，敲完藏书章，置之书箱，留待将来阅读。而我没有这种福气，只好借助学校图书馆和系里的阅览室。别人收藏，我则阅读，各得其乐。中文系那时尚在分部，学生借书又只限五册，除去一二册是外语之类必须放在床头每日阅读的，真正能流动的就只有二三本了，所以每个星期必须跑一趟图书馆。三、四年级时，更是常常跑两三趟。去图书馆借书，是最紧张的时候。必须事先准备好几大张索书单，广种薄收，这样花上一刻钟或半小时，就可以解决问题，否则，难免半天时间泡汤。有的书递过十几次单子，终于出现在柜上，令人欣喜欲狂。填借书证时，得留意不要送到那两位严格把关的出纳人员那里，因为他们总是像海关验证那样认真仔细，要是发现多借书或者超期借书，就像抓住了蒙混出境者那么高兴，大印一敲，你三四里路就白跑了，连个商量的余地也没有。要是出纳粗心，超额借给一二册，心中又惴惴不安，像是偷了书似的。此外想要再多借些参考书，就只好请理科同学帮忙了，因为他们借的书少。

大学期间，我不知道到底借了多少书，只记得换过三次借书证。

读研究生，许多书必须自备了。总不能为了一二条材料，老跑图书馆。于是挤出钱来，一本本、一套套地买。每次进城，总逃脱不了书的诱惑，似乎不把最后一分钱交给书店，就不舒服。到如今，大学毕业，不能为父母分忧解愁，却得伸手要家里的资助，都是因为这该死的"诱惑"。

我不知道该怎么办。我无法像别人那样，有那么多的话，可以毫不费劲地向恋人诉说一个又一个晚上，所以至今找不到女朋友。我也与别人一起打扑克，下象棋，以解烦闷。但玩时固然痛快，过后，反而觉得更加烦躁。我喜欢篮球，却又担心会不会多占看书的时光。别人有假日、节日，可以嘻哈玩乐，而对于我，只要日出日落，就都是一样的：每天醒来是书，睡倒是书，聊天闲谈还是书。我搞不清楚是书缠住了我，还是我离不了书。

事到如今，懊悔已迟。我想，干脆与书成亲得啦。

1985 年元旦，于杭州大学听雨斋。

在上世纪 80 年代，图书馆不开架，学生限借五册。我们系在分部，只有阅览室，借书必须去总部。那时藏书少而借阅者众，名著名作很难借到，必须多填纸条，以碰运气。借的书需要将书名与编号登记在借书证里。填满一本时，就再换一证。

此文原刊于《杭州大学研究生》，系内部刊物，后不知为何人取去，刊于 1986 年元月 8 日的《中国青年报》。又因篇末戏语："我无法像别人那样，有那么多的话，可以毫不费劲地向恋人诉说一个又一个晚上，所以至今找不到女朋友。"故一时颇受同龄人青睐，得信甚夥，为山下人赢得薄幸之名。而今时光已流过二十又二载矣！移录于此，以忆昔日读书之情景，聊供一粲。

2007 年 1 月 8 日。

我的大学之路

1976年6月,我高中毕业,未满十六周岁。谁也不会相信,我那时的梦想,其实是在十八岁时做生产队的小队长。更没想到,当十八岁生日到来的时候,我居然成了一名大学生。

我在1960年11月出生于浙江农村,那是诸暨县东北部枫桥区永宁公社所属的小村子,名叫钱家山下。那山,远看犹如一张撒下的网,所以人们也叫它做"老网山",而我所在的生产队,就叫网山大队。出生时,正值"三年困难时期",粮食匮乏,我却在一岁多时,就能吃一茶缸米糊。听母亲说,我那时什么都能吃,长得也比别人快。

我在1967年就读网山小学。学校在两个自然村之间的一座庙里,那地方叫"上穆成庙"。我去读书的时候,已经看不到塑像,圆柱子是石头琢成的,两个小孩才能围抱着,木头的横梁比斗桶更粗。教室高大而空旷,有些阴森,夏日午睡,走到门口晒太阳,才感到些暖意。那时候两个年级在一起上课,老师布置完一个班的作业,就给另一个班上课。也知道正在进行着伟大的"无产阶级文化大革命"。同一个村子的同学,每天放学时,列成队,一路高呼革命口号。一个同学拿着老师给的纸,另一个同学则据纸上所写,领呼口号。

老网山远景

祖宅台门

　　三年级的时候，正值"七亿人民迎九大"，我积极响应老师的号召，专门拿了一张报纸，读给不识字的远房婶婶听。婶子正在切猪草，其实没有听懂我读的是什么，只是不停表扬我很懂事，令我很有成就感。

　　小学读完了，就到隔壁新山大队办的新山学校读初中。记忆最多的是写黑板报。经常是别人放学了，我还站在方凳上写粉笔字。还想着变着法子把板报出得好看一些，学会了写空心字，把标题与正文用大小字加以区别。抄写时，发现有错字、病句，或是啰唆不清的，顺手就给改了，版面不够时，则不变文意而做删节。结果，既习了字，也练了各类文章。后来想想，这过程中，其实还学会了校对、排版、改稿——这些正是我做老师后经常用到的基本功，而喜欢改动别人文字的"坏习惯"，大约也是这个时候染上的。

　　班主任郭恒松老师，教语文，对我的作文有过表扬。他说文章要写得朴实、准确、简洁才好。这个话我记得牢牢的。从此一概排除漂亮浮华的字句，只走朴实一路，力求准确。这甚至影响了我一生的文字表达。我的作文本上，他有时用红笔给一些字在下边加了圈。我想，这可能是说这个字用得不够好，就又想出一个更好的字来代替。我上大学后才知道，这叫"圈点"，意思是肯定我那个字用得很好。

　　至于其他课程，记得物理课是现场接电灯，数学课学丈量农田。这些知识，后来都派上了用场。

　　1974年夏天，我初中毕业，该上高中了。那时从大学到中学，都时兴"推荐上学"。村里人说：他们家四个孩子，三个都上过中学了，应该让贫下中农上了。因为我家是中农。据说郭老师帮我说了一句：可也要有成绩好的去上呀。凭这句话，我上了高中。

　　这高中就是我家对面山脚下的"新书房"，当时名叫"白米湾五

白米湾五七中学旧校舍（郭巨松摄）

七中学"，聚集了来自三个公社的学生，他们是住校生，我则是走读生。这中学在"文革"初期才冠以"五七"二字，县城著名中学甚至诸暨师范的名牌老师，都一度下放到这里任教。我二姐和哥哥都是这所高中毕业的。他们的老师，如王文浩校长回县城后担任过县里的局级干部，石如鑫老师原本就是诸暨师范里教语文的资深教师。我入学的时候，这批最厉害的老师已经返回了，但也仍有不少优秀的老师加入进来。如教语文的汤洁仁老师，戴黑框眼镜，小而瘦，声音十分洪亮，擅长吴昌硕体，粉笔字写得黑板呼呼作响，十分硬气。教化学的马剑英老师，高高瘦瘦，他是本县最优秀的化学教师之一，他的字也像人一样秀气飘逸，我和很多同学都学他。直到上大学后才明白，学他这字，若不到位，便会绵而无力，我读研究生后练了一段时间魏碑，总算站住脚跟，不易被风吹倒了。

我们实行半农半读。中学有数百亩茶山。春天里有三个多月是"春茶战役"，全体上山采茶。清晨露浓，茶芽齐整，望之令人欣喜，入手感觉亦佳。秋冬天则是采茶籽、松土护理，练出一手老茧。汤老师则组织我们撰写歌唱"春茶战役"的诗篇。记得1976年的春天，每天清晨，公社的广播里传来的都是"反击右倾翻案风"的声音。我听了报道，有几日一早醒来，内心不能平静，写了一首长诗，来表达"战斗"的情绪。后来被汤老师收入《春茶战役诗集》，却是其中唯一不曾与茶有关联的诗歌。那册子我至今还珍藏着，只是一时要从柜子里翻找出来，却是不易了。

上中学那时，父亲布置家里造新屋了。因为我们两兄弟，家里却只有一间屋。先是平地基，然后从河里挑沙子，到几十里外用双轮车拉石灰。筑地基时，抬石头、砌墙脚，都是请人帮的工。打沙墙，用的是"版筑"法，除最初几圈外，都是我们自己打的。一版版的沙墙，一层层地升高。父亲琢磨着如何垂直与平衡，不知不觉中成了合格的泥水匠。而我和哥哥则是在这个过程中，渐渐视高如低，甚至可以在高高的架子横梁上走路了。上顶梁时，父亲在红纸上大书两幅"毛主席万岁"，以作上梁文，百邪皆避，最是适宜，至今仍粘在梁头，堪称文物了。为了造房子，哥哥放弃了高中的最后半年。我则是在高中二年级时，从夏天到秋天，有大半个学期没去上学。班主任何瑞良老师来叫我去上学，我迟疑着表示不会再去了。后来班上四位要好的同学来叫，我说担心跟不上。同学说：嗨，你怎么可能跟不上呢！于是有了台阶，重新回校，读完了最后一个半学期。

到1976年的夏天，我在懵懵懂懂中已读了九年半的书，还未满十六岁，就高中毕业，回村里务农。由于那时心思不在读书，完全不记得高中时学了些什么。反正回乡种田，这已经是"高学历"了。

我在七八岁时就跟着父兄后面，在自留地里干活。每人仅七厘的自留地，其实承担了家里三分之一口粮。到初中时，每到周末，就去生产队挣工分。从一日挣一点八个工分开始，到高中时可挣五六分工分——全劳力则是每天十分。除了赶牛耕田这特殊农活有专人承担而没有做过外，其他农活都尝试做过了。由于从初中时就开始长个子，有体力，高中毕业后，短途挑二百斤的担子，已经没有问题。高考那年，去国家粮库卖爱国粮，一百四十斤的谷袋子，两手抓住袋角，一甩便上肩头。至于插秧、割稻，当然不肯落在人后。总提醒自己，只要别人能干的活，我也一定可以做到。还努力学习"科学"地种田、养猪，例如看到邻村介绍用发酵饲料以助猪崽生长，就尝试着在糠里加酒曲来制作发酵饲料，虽然最后其实并没有什么效果，但我母亲十分支持我的这种实验。雨天则在家里用揉制过的稻草打草鞋，斫来山上的野竹，削成篾片，编制或补篁畚箕。晨起，看稻田里禾苗葱绿，微风轻拂，波浪起伏，油然而生"良苗亦怀新"之感，虽然当时不知道陶渊明有这诗句，但真的好像感受到了那禾苗的喜悦情绪，于是也心生愉悦。只是看见花草，便总想着能结何种果子；看到树木，则想着可作椽子还是梁柱或是板材；观水塘，想着摸螺蛳；见麻雀，想着掏鸟窝。所以，凡是看到的东西，总想着能有什么用处，从来不会发生"小资情调"式的单纯欣赏。而且，小时候的影响是如此巨大，到了现在，依然不曾有多少改变。

那时，往来活动的范围，不过三五里之间，却是我的世界的全部。所以经常琢磨怎么样用好田头地角，安排耕种。那时最大的期待，便是在十八岁时成为我们生产小队的小队长，以便"把所在的社队建成大寨式的社队"。而实现这个梦想的途径,便是包产到人。这是从农忙时生产队实施的包工制推衍而来的,同时我相信农民自己才知道怎么才能种好田,既然仅有七厘的自留地可产出三个月的粮食,就没道理种不好田地。只是我并不知道,这条道路早已被定性为"资本主义道路"了。由于中农成分,且我父亲又是地主的外甥,事实上是不可能让我来担任生产小队长的,甚至连跳出农村的唯一途径——参军,我都没有参加体检的机会。但人总要有梦想,据那时的报道,地主富农出身者,也有着"可以教育好"这条路,所以,我依然充满憧憬。

但农活也确实繁重,繁重到令人不堪承受。特别是"双抢"季节,炎热的天气,在田坎角落里弯腰割稻,闷热到四十多度,却没有一丝风,令人喘不过气来。又或是挑着百余斤的柴担,山行数里,垛柱撑着,双膝不停打颤,行至山脚路边,扔下柴担,仿佛卸下了一座大山。这些时刻,又让我觉得,不能一直这样待下去,我要离开这山村。每当爬上老网山顶,眺望四周,连绵皆山,可耕种者不过是山谷间梯田坡地,唯有北望十五里外的枫桥镇,山峦之间,房屋隐隐,令我常生遐想,不知那山之外,究竟是什么,不知外面的世界,是何种光景。只是从来没有进过城市,所以没法想象城中景象,只是想着,山那边可能仍是山,但总归会有些新鲜故事,心中不免痒痒。夏日气压特别沉闷的时候,偶尔也会传来阵阵火车的汽笛声,那铁路虽在几十里外,却让人想象飞驰到远方。因为年少多梦,日子也就过得飞快。

后来才知道,父亲为我的未来,做过许多规划,而最好的前途,就是有一门手艺傍身。父亲先是通过年轻时的朋友阿宝石匠,谈妥了让我参加公社的石匠队,那是接近于工人的职业。本来已经说定了,不幸有一位石匠出了事故,需安排他的儿子顶职,没了我的机会。父亲又给一个箍桶师傅送了烟,希望他能收下我做个箍桶匠。想想我已经长成一米八的大个子,肩宽腰厚,却要去做一个坐在小凳子上做生活的箍桶匠,总不免有些违和感。

然后,稀里糊涂之间,忽然听说,有得考大学了。

那是1977年的秋天,村里人纷纷议论高考的事情。虽然考试的程序、细节还不清楚,但村上有头脸的人,已经在说应该是让贫下中农先上的,"四类分子"家属当然不应该给机会。我家是中农,从来没想过推荐上大学的事儿能轮到我家,现在只要考试就行了,而我们姐弟以前学习成绩还不错,这是个机会。我大姐在六六年还上着初中,大串联时到过北京,在天安门广场见过毛主席,但这时结婚已经几年,刚有了孩子。二姐高中时是学习委员,学习很是出色,多年后我上高中,老师们对她印象依然深刻,得知我是她弟弟,在问询间,似乎还有另眼相看的意思。二姐在七二年高中毕业,当时曾说要恢复高考,给了她很大希望,却因为张铁生交白卷事件,生生给改变了。二姐很是绝望,把书都丢了。哥哥倒是适龄,但高中未读全,那时心思也不在读书,成绩还不够突出。只有我这个最小的弟弟,无牵无挂,加上以往读书成绩还算可以,年龄也还小,所以机会正好。

浙江省七七年的高考,印象中似乎先有初试,通过初试、政审,刷掉了许多人。但贫下中农出身的,也没有了优惠,大家一起凭本事考。

我赶紧把高中的课本找出来,着手复习,发现数学虽然只有薄薄的两册,内容却是完全不认识了。看了一个多月,居然又自学学通了。然而后来实际考试的内容远远比这个要深得多,完全没有用。其他课目则根本没有可以用来复习的资料,也不知道到哪里去找。于是稀里糊涂地参加了高考,事后便没有什么记忆了。

只记得那年浙江省的语文作文题是"路"。我认为自己抓住了要义:这肯定是要我们写革命的道路。出考场后,听溪东的宣梦传说,他写了家乡的那条小路,让我惊讶得张大了嘴巴,几乎合不拢来。后来才知道,我其实连什么叫小说、散文都不知道,只会按"文革"里学到的大批判、大宣传的路子写作文。

七七年冬的高考,我们公社至少有上百人去考试,最后只考上了宣梦传一人,上的是绍兴师专中文系。我当然也是名落孙山,但至少明白了高考是怎么一回事,觉得自己离触摸到那扇大门,好像并不太远。

冬天过了就是春天。第一次高考的热闹转眼过去,大家都已经明白,即使放开了限制,大学依然离农村青年有多么遥远。我姐姐、哥哥好像就此便安心现状,不再做大学的梦。而我却有了新机会:1978年的三月间,枫桥区教办组织高考补习班,文科班就设在白米湾中学,挑选了十二三个人,大约都是高考成绩比较接近及格线的。我也收到了通知。

于是,在此后的三个月里,每天走读去白米湾,倒是真正有了读高中的感觉。

从中学校长到补习班的老师,比我们还投入、还兴奋,议论着每一个补习生,传看我们每一次的测试卷子。据说还把同样的试卷来比较应届毕业生和补习班的考试情况。他们想方设法找来各省区七七年的各类试卷,油印出来,作为我们的复习资料。于是历史、地理、政治,都有了厚厚一叠资料,没有寻找之苦,只需要记忆与背诵。那时的头脑出奇的好,好像只是把新知识一层层地放进去,有条不紊,到要用的时候,顺次抽取,无比的轻松,也是异常的愉快。这三个月时间里,我比高中两年的收获还多。

语文的练习则是另一条路子。资深的语文教员梅村夫老师担任了补习班的班主任,他年近六旬,深度近视,声音很低,讲解课文,其实如同呓语,不知所云;但当他离开课文而作抒发时,却是神采飞扬,抑扬顿挫的语调,仿佛帮我们推开了一扇深扃的门户,让我深深感受到语言文字的魅力。受此激励,我每天早上去学校的路上,都会构思几个题目,选择农村的经历、听过的故事、所闻的时事,思考几种结构、几种开头或结尾,然后选一个较为成熟的,每天完成一篇作文,写在四开的白纸上。后来装订成册,居然写了有好几本。现在还有一本留在手上。

这个封面用镂空字写着"作文"两字的本子,目录下面还有一些札记,写着我觉得可能会被列为作文题的内容,可以看出当时一个农村考生所能拥有的视野:

一、新时期总任务(人大文件,宣传资料,华的号召)(批"四人帮")

二、科学技术进军方面(报告)

三、雷锋(事,题词)(成长,明灯,理想小议)

四、自己成长(怎么辅导,接受工农兵教育,[一颗红心]两种准备的认识)

五、怀念、歌颂(华、毛、周)

六、教育革命(新气象,先进的老师、同学,招生制度的改革)

七、写人、事、天、活动,劳动(如批判会)

八、平时多流汗,战时少流血。平时有所准备,考时少搔头皮

我的作文本

　　从补习班放学回到家，离天黑还有一个时辰，父兄还在地里劳作，我就像以前那样，下地帮活。父母从来不过问我在补习班的学习情况。所以，我居然没有感受到高考的压力，只是平静地上学，享受学习的快乐。这之后，我在杭州上大学，读研究生，毕业留校，然后又考到广州读博士，从此远离家乡，双亲也是这样听任我自己安排，从来不曾直接干预过。这是我深感幸福的事。

　　母亲其实并不是不关心。有一次在河边洗衣服，听人说起：你们家仕忠，补习班里成绩顶好，次次头一名，大学一定考得上。她当作不经意似的跟我聊起这件事，我能听得出她的高兴。

　　离高考大约还有大半个月，补习班就结束了。然后，到枫桥镇上参加考试。二姐嫁在镇上，所以考试那三天食宿在她家。记得做医生的大表哥给了几粒小小的药片，临睡前吃一片，一觉睡到天亮，起来精神甚好。考场里也是平安无事：能做的都做了，做不出来的便是做不了的。考完回家，心里十分平静，我知道自己肯定能考上。

　　那年的高考成绩出来得有些晚，村里不时有传言，说是有谁考上了。也有人专门对我母亲说：你们家仕忠不在考上的名单里。母亲有些担心地跟我说起这些传言，我平静地说：总要看到正式的成绩单，才能算数。

　　成绩出来了，我们公社上线的就我和补习班的同学郭润涛两人。我的成绩是356分。数学只有36分，其他四门则在78到82之间。因为不知道有哪些大学哪些专业合适，只知道杭州大学在本省有文科的大学里靠前，所以就填写了中文系。然后就被录取了。

　　我高中同届两个班的同学，近一百一十人，侥幸考上大学的，也只有我一个。其实我能够考上，也是因为平时喜欢读书，而家里还有一些叔叔和姐姐读过的书，以及偶尔读些姐姐她们借来的书。在农

杭州大学毕业留影

村,想要读书,原本就不容易,那时如果不能在中学里获得知识,即使高考的机会到来,也完全没有竞争力。

录取到杭大后,二表哥专门来找过我,以他的经验,读中文,有很大的危险性,杭大有地理系,文理兼收,最为安全,所以建议我转去这个专业。但我对地理没有感觉,而写文章则是我喜欢的事,想来要转专业也不会那么容易,所以没有行动。

1978年10月16日,父亲陪着我到杭州大学报到。一个月后,我在杭大度过了十八周岁生日。我没有如愿做小队长,而是幸运地成了一名大学生,从此彻底改变了我的人生道路。

2017年7月15日。

我的学术经历

因为大象出版社编集"海内外中国戏剧史家自选集",其中有我的一本,按要求,需介绍个人的学术经历,所以撰写了这篇文字。

1960年11月25日(农历十月初七),我出生于地处浙江诸暨东北部的枫桥镇,一个名叫钱家山下的小村子。从1967年春读网山小学,到1976年夏高中毕业于"白米湾五七中学",再加上这十年的特殊背景,已经可以想见我在中小学期间的学习状况。只是因为从小喜欢看书,家里也还有叔叔留下的、姐姐任代课教师时借来的书,无书可读时对某些书籍的反复阅读,构成了我的精读基础,让我能够幸运地在1978年10月考入杭州大学中文系。入学一个多月后,才度过了十八岁的生日。

入学时,系里分配课外阅读书籍,我领到了一本汪辟疆编选的《唐人小说》。因此开读唐人小说,然后是宋元话本,再到明清小说,后来决定考古代文学研究生,这可能是最初的机缘。三年级时,我写了一篇谈唐人小说《李娃传》的文章,以为以往名家的解读,也仍可以再议,被编入杭大中文系本科学生的一本论文集,算是在学术上蹒跚学步的开端。又因为反复阅读《李娃传》,对书中情节十分熟悉,发现其中所写东肆、西肆比赛唱歌判定高下的场景,在屠格涅夫《猎人笔记》中也有相近的叙写，所以在完成古代小说研究课作业时，将这两者加以比较，写了一篇类似于比较文学的札记，任课老师给了"优"的成绩。接着准备研究生考试，起初想的就是小说方向。不过，对于是考去北京，还是选择本校，曾有过犹豫。后来招生目录出来，徐朔方先生在明清文学专业招生，于是确定考本校。该专业有两位导师，徐先生说是各自出题，他将招戏曲史方向，所以我调整备考方向，临时改读戏曲史有关书籍。录取时，我的专业课成绩是 60 分。事实上古代文学专业同届的五位同学，入学时的专业成绩好像都是 60 分。只是唐宋文学专业录取两人，所以其中一位得了 61 分。这大约是杭大先生们的习惯。

入学后，徐先生并没有专门开设研究生课程，我跟随徐先生学习，是从旁听七九级本科生的《史汉研究》开始的。为此，我在假期就先通读了《史记》和《汉书》，又因徐先生在课堂上的提点，我自行安排把《史》《汉》重叠的部分，做了比较研读，把异文记在八开的白纸上。比勘中，也有一些发现，觉得关涉的问题很重要，又努力从小处见大，并据此写了几篇文章，其中《摩钱取镕与五铢钱》一文，二年级下学期时发表在《杭州大学学报》上，这是我第一篇公开发表的论文。又从《史记》载汉事的诸表中"臣迁谨记"等语，考司马迁最初是公开著史，并意图借此取悦武帝，故武帝可能在天汉三年（前 98）之前看到过当时已经完成的《史记》的部分篇章。在比勘中还发现，颜师古注《汉书》，没有参考《史记》，所以有些地方《史记》不误，他则据《汉书》误字强为之作解；《汉书》在删节《史记》时，偶有删削未尽之字，依语句实是不通，颜师古则按字面意思强为之解释。这种细读比对后的心得，似乎可以自成一说，所以，一度也考虑是否继续下去，以《史记》研究作为硕士论文的题目。但认真考虑之后，觉得徐先生从事《史》《汉》研究,只是"文革"期间许多领域成为禁区之后的选择,他真正擅长的毕竟是在戏曲方面,而且他在出版《史汉论稿》(江苏古籍出版社,1984)之后,也已经全面回归戏曲小说,我既然跟随徐先生,自当学习他最擅长的领域,所以到了二年级之后,将主要阅读对象,改回到戏曲书籍,名剧校注本而外,系统地读了《元曲选》《元曲选外编》《六十种曲》等曲集。元代的杂剧,后来又按照作者年代先后顺次再作通读,以求对具体作品有总体的印象,体悟先后作者在实际创作中的不同探索,进而对文学的内在演进有所感悟。

随徐先生研读《史》《汉》二书,我得到了很好的学术方法训练。后来在研读《琵琶记》时,我发现早期版本与明代后期的版本相较,在文字上有所不同,所以也很自然地选择代表性的版本,做了详细的比勘,一一罗列异文,细细体味不同的细节处理在具体演出及刻画人物心理上的差异,体味明人改本在局部场景下对人物心理的新理解、定位,与剧本整体是否相洽。这样多方揣摩,对剧本的理解渐趋深入,慢慢构成对作者整体思路的一种新的理解。又把"原义"与明人依据自身思想观念的要求而增加或强化的那些"引申义"加以区分,从而发现今人对于《琵琶记》负面评价的例子,大多与明人的改动、选择性强化有关。又从早期版本以求"作者本义",并与作者生平与诗作相印证,对高明撰写《琵琶记》的创作意图提出新的理解,并尽力将"作者原义"、原本负心题材故事所拥有的惯性,与明人所理解以及经过明人改写而衍生或强化的"接受"之义区别开来。这构成了我硕士论文的主体,故题作《〈琵琶记〉新论》。我的结论是全面肯定高则诚与《琵琶记》的,而徐先生在五十年代关于《琵琶记》的论争中,曾是否定派的主将。我那时对与导师唱反调是否有忌讳之类,是懵懂不明的。幸而徐先生不以为忤,认为只要自圆其说便可。他的"求真"态度,让我坚信"吾爱吾师,吾更爱真理"是可行的,一切以学术为本位,应当是学者所坚守的,这对我后来的学术道路,有很大的影响。

我读研究生的八十年代初,学术界一面是努力挣脱旧的樊篱,一面又着意构成新的范式,所以也是新观念、新方法盛行的时期。虽然新风涌动,引人眼球,而沉潜有力之作无多。偶闻师长辈述说:杭大的学风,是"论""考"结合。顿如醍醐灌顶。因以夏承焘、王驾吾、姜亮夫诸先生的学术相印证,以蒋礼鸿、吴熊和、郭在贻等当时的中青年教师的工作作观摩,心有所得。并恍然醒悟:徐先生的学术之路,便是当五十年代新的思想方法兴起之时,能较好地将新观念与旧传统有机结合,因而别树一帜。所以我对自己的学术训练,是从细微处着手,培养文献实证方面的能力,同时也注意方法论方面的学习,努力在具体的文本阅读体悟中,找到新的理论方法的契合点。这样的明悟与训练,直接影响着我的学术走向。

1985年7月,我硕士毕业后留校任教,并续有文章在《文学遗产》《文献》《杭州大学学报》等杂志上刊出。但我发现硕士三年读书所做的积累,其实非常有限,很快就会用完,因而希望能有机会继续学习。遂放弃了杭大的教职,在第二年9月考入中山大学,跟随王季思、黄天骥先生学习,以期拓展自己的视野。

博士学习期间,我的主要精力是以《琵琶记》等具体文本研究为基础,在中国戏曲史视野下作宏观的思考,努力构筑我自己对于戏曲发展过程的独立理解。而博士论文则直到第三年才正式确定,题为"负心婚变母题研究",这母题研究(Motif Research),实际上是运用比较文学主题学研究的一种尝试,着眼点是考察此一母题在一国文学中的古今演变。具体而言,又是以《琵琶记》为代表的书生婚变事件为中介,向上一直追溯到《诗经》时代,向下则延伸到1986年谌容的小说《懒得离婚》。以各时代具体的文学书写为研究对象,从这些书写所体现的观念为关注点,然后从婚姻史、妇女生活史、女性婚姻地位的变迁、知识分子的社会角色,以及文学书写者本身地位、视角的变化等角度,展开文学社会学的解析。涉及的文献数据十分庞杂,相关的文学事例都是我从古今文献中收罗寻访而得,但在主题学的线索下,隐隐可见其间清晰有序的变迁转换脉络。

　　我发现,离婚事件,古今中外皆不可避免,离婚固然意味着女性被遗弃,但如果离婚可以改嫁而不受非议,贞节不是重于女性的生命,则并不一定呈现为悲剧性结局。所谓"负心婚变",体现了对女性的同情回护,但其实只是保护"嫡妻""正妻"的地位而已,而且只有遵守礼教的女性才有资格得到保护。所以,这种道德谴责,本质上是为了保持礼教的稳定性,不能简单借用这种道德观念来保护在当代婚姻生活中处于不幸的那些女性。

　　具体而言,从先秦到汉魏六朝,可以称之为"弃妇诗"时代,主要载体是诗歌,以弃妇的悲怨为主要意象。其特质即是所谓"哀而不伤,怨而不怒"。因为女性虽然可以藉勤劳为美德,但如果无子、婆母不喜,在礼教制度下,并不能保障自己的婚姻地位,除了叹息遇人不淑,良人二三其德,其实也无法索求更多,所以只剩下怨苦一途。唐代以后,科举选士制度的实施,为男女婚变注入了新的内容。特别是到了宋代,汉魏以降的门阀制度彻底解体,白衣秀士,落魄书生,也可能经过科举而变泰,从而为女性有恩于这些落魄的书生提供了可能,使这些女性有权利要求书生在发迹之后给予回报,这构成了一种"恩报"结构。对于毫无政治背景的书生来说,为了仕途畅达,联姻高门便是最好的途径。但既要隐瞒已婚的事实,又不愿再认可原先给予帮助的女性,甚至必须用极端的方式来解决这难言的"隐患",才有马端赵贞女、王魁负桂英等事件发生。宋代书生优渥的社会地位，知书识礼的教育，使他们成为时代的骄子，这与他们的负心行为构成一种道德上的巨大反差，在大众的观念中，被视为人神共愤，唯有雷击、魂索才足以宣泄其愤慨。婚变悲剧因此得以成立。赵贞女蔡二郎和王魁负桂英故事便是其中之代表，随着戏曲在宋代的形成并成熟，产生出真正的悲剧作品。不过，这种现象随着宋亡又有了变化。在元蒙统治时代，书生沦落到近乎"九儒十丐"的境地，所以元代戏剧中，书生通常被塑造成"志诚"的形象，原先的负心故事，大多用"误会法"为之释解开脱，涉及婚变的书生故事也由此有了新的构思。《琵琶记》《王俊民休书记》等表现书生志诚不负心的故事，即所谓"翻案"剧，就是在这种背景下应运而生的，其纠集点主要不是书生负心与否，所以我把元代称之为负心婚变悲剧的"转换"时期。到明代，《焚香记》《葵花记》等也仍是在这一路子上为书生开脱，婚变通常是由于书生出于不得已之故。如果这一夫二妇的婚姻出现问题，也大多是如《葵花记》所写的，是相府之女的妒性所致。这种情况到清代《赛琵琶》《铡美案》，才再次回到宋代式的悲剧模式。二十世纪初，一面是新文学背景下，以自由恋爱、冲破包办婚姻为号召，某些旧时代被认为是负心婚变的事例，得到了正面肯定的书写；另一面，在传统戏曲里，仍然用《秦香莲》《情探》这样的故事，沿袭着传统的套路。到1950年代之后，有《在悬崖上》《离婚》等小说，也有对负心婚变事件的书写，但其对象均为受过教育的读书人，其婚变的原因则是因为受到"小资产阶级思想"的侵蚀。直到1980年代，情感被视为婚姻的基础，一批女性作家从女性的自立、自尊的角度探讨婚变问题，并且以一批报告文学对于保护死亡婚姻事件的书写为标志，不再单纯把婚变视作男性的道德缺失，从而完成了对传统道德背景下的"负心婚变"概念的消解。

其实我选择这个题目，也是有着现实的针对性，是有所感而发的。当时那一代年轻人，由于恢复高考和知青返城，处境、条件的变化，重新选择婚恋，成为一个"社会问题"。在"保护妇女权益"的口号下，所有婚恋中的变更都被认为是受"资产阶级思想污染"的结果，受到严厉的道德谴责。1980年，《中国青年报》登载一则报道，杭州大学哲学系77级的一位学生，因为与恋人发生了性关系之后仍要求分手，被判为严重道德败坏，开除学籍。这使得许多此前谈着恋爱的年轻人，纵然双方已无共同语言，也不敢主动言变，结果在被动走向婚姻之后，面临更大的痛苦，此时再想挣脱这婚姻枷锁，就需要付出更大的代价。而我发现，在"资产阶级思想"还没有进入的中国古代，同样的婚变现象也代代不绝，显然，这是一个社会问题，与外来思想的侵袭无关。

我当时的私愿，是希望通过对古代婚变文学的探索，来正视现实中年轻人的婚恋问题，不至于动辄就被扣上"小资产阶级思想"的帽子。当然，我的写作与努力，在当时并没有发生任何作用。这个问题的真正消解，其实是由"时间"来完成的。因为80级之后的大学生，基本上都是在高中毕业后直接通过高考进入大学的，他们的婚姻，都是大学毕业之后缔结的，是在同一环境里、对等条件下谈婚论嫁的。而所谓的"负心婚变"，其实特指男女地位变迁造成巨大反差背景下的分离，同等条件下的婚姻变更，只有中性的"离婚"一词，而"负心"虽然与私德有关，却不再是构成一种社会性的道德绑架。所以，是社会的变迁，让这些问题停留并消解在八十年代。当然，这是后话。

我的毕业论文，在当时按要求只打印了宋元明负心婚变悲剧的成立、转换与复现这三章，用作答辩之用。后来叶长海先生将其压缩到三万字，以《负心婚变母题研究》为题，刊于《戏剧艺术》。又因硕士同学陈飞的介绍，由陕西一家出版社取其中古代部分编入"羊角丛书"，书名作"落絮望天"。直到 1999 年，才由人民文学出版社出版了完整的文本，题作《婚变、文学与文学——负心婚变母题研究》，算是为此一问题的探究，写下了一个句号。

博士毕业之后，我的研究，主要集中在两个方面，一是《琵琶记》的研究，二是戏曲史的思考。

硕士论文提出关于《琵琶记》主题的新解，关注不同版本系统之间文字上的差异，是其支撑点之一。我通过两个主要版本的比较来说明明代人的改动如何"歪曲"了"作者原意"，并撰成文章刊于《杭州大学学报》（1986 年第 2 期）；然后撰写了近二十万字的《〈琵琶记〉研究》初稿。然而因为未能亲睹《琵琶记》的所有版本，内心仍然不是很踏实，所以在博士学习及毕业之后，仍努力查访更多的明代刊本，以求了解《琵琶记》在明代的接受改造过程。在对大陆所藏版本一一访查的过程中，我发现版本本身的研究，也具有重要的学术价值。这方面，蒋星煜先生的《明刊本〈西厢记〉研究》（中国戏剧出版社，1982）做出了榜样，也给我以信心。所以，我在全面梳理《琵琶记》版本系统的基础上，通过版本的变迁以及明人的评本、评论，来反观元明两代戏曲观念的变化；从接受美学的角度，以及时代、社会条件变化的角度，来考察从宋代的《赵贞女》到元末《琵琶记》对于同一负心婚变题材表述、处理上的变化，更为细致而符合逻辑地把作者原义、明人积极的改造过程作了梳理。最后经过十余年的积累，数易其稿，出版了《〈琵琶记〉研究》（广东高等教育出版社，1996）一书。其中有具体版本的探讨，有版本比较基础上对细节的把握，也有从接受美学观念的理解，以及从戏曲发展史角度的观照。同时，不再局限于

"作者本义",还把这一题材放诸中国伦理社会加以考察,解读为一种契合于中国传统社会的伦理悲剧,以展示出中国悲剧有异于西方悲剧的特质。我在硕士阶段自以为已经把握住了"作者原意",颇有雄心,想要为高则诚"翻案",到此时,已经平和地把所有时代对于《琵琶记》的褒贬,都作为接受过程的不同环节来看待。

回想选择这个题目的初衷,原因之一,是这部作品被认为"最复杂",评价最是分歧,但又是戏曲史和文学史上的重要作品,如果我能够将明清以来纷纭复杂、尖锐对立的各种观点梳理清楚,并且在此基础上提出自己言之成理的看法,或许可以让自己在学术上得到最好的锻炼;如果我能把这些所谓"复杂"的问题,从不同视角、不同层次,逻辑分明地加以阐述,并说明其具体表现以及造成这种情况的原因,也就意味着真正在学术的道路上登堂入室了。当时诚然是无知者无畏,也可算作是志存高远。幸而这样的努力,有了一个不错的结果。这本《〈琵琶记〉研究》成为我的代表作,受到了同行学者的厚爱。

我对于戏曲史的思考,也不是从现成的理论出发,而是通过对《琵琶记》这样的具体个案的深入探讨来展开的。如前所说,我的博士论文的选题,即是对此一题材在宋元明清的接受、改造情况的梳理,以及从社会变迁的角度,解析它们在文学写作中的变化。这本身就是一个宏观的视角。它们与我重构戏曲发展史的目标,部分地重合,并通过诸多具体作品的研讨,来获得脚踏实地的支持。

正是在研讨和思考《琵琶记》等问题的过程中,引出了诸多新的具体问题,需要在戏曲史的视野下,挖掘出其中蕴含的意义。

例如我在研读《琵琶记》时,发现赵五娘一人在场,所唱曲子中也用了"合"(合唱);照通行的说法,这"合"是场上人同唱的,但此时场上只有一人,因而于理不通。所以我怀疑它最初是由后台帮腔的。

再将陆贻典钞本与通行本《琵琶记》比较,发现在陆钞本里,很多情况下这"合"的文字内容与场上主角参与唱曲有所冲突,而通行本则通过增删更换,让这种冲突消泯,变得可以由场上所有脚色参与合唱。由是深入考察,发现这种表演方式,在宋元及明初,与明代后期有所不同。进而考察其渊源流变,让先秦的"一唱众和"的"和",经唐代《踏摇娘》的"旁人齐声和之"的"和",到《小孙屠》的"和""和同前",下及弋阳腔的帮腔,构成一种延绵不绝的帮唱传统。这便是《和、乱、艳、趋、送与戏曲帮腔合考》这一篇文章的由来,并且得了王季思先生的首肯。对"合"的解释,其实也还涉及对《琵琶记》的理解与评价,因为第五出前半夫妻在场,悲叹爹娘所见不达,逼儿赴试,其"合"作"为爹泪涟,为娘泪涟,何曾为着夫妻上挂牵",若作场上合唱,伯喈夫妻自述,显得刺耳,故今人评其"狂热宣扬礼教"之类,多取以为据;如果作后台帮唱,只是场外评论,便毫无滞碍。所以,即使是一个演唱方式的理解的不同,也意味着牵涉甚广。

再如因为钮少雅《九宫正始》引用了一种"天历间"的"元谱",其中所引《蔡伯喈》的文字,与今本《琵琶记》无异,遂有学者怀疑元末的高明并非其作者。这让我关注到"元谱"之说法的由来,发现钮氏本人也并没有直接说明他所得到的就是"天历间"的谱,那是在冯旭的序文中才坐实的;但冯旭对钮氏年岁也不清楚,可知其所说是从"臆论"中发挥而得,故不足凭信。更进而考虑《九宫正始》的编例,以及所谓"九宫"外别有"十三调"的现象,从而对南曲谱及明人对于南曲宫调的概念加以考析,因而有《〈九宫十三调曲谱〉考》一文。

此外,因《琵琶》《拜月》高下之辨,让我注意到从戏曲发展史的角度看待"本色论";因为明人对《琵琶记》用韵甚杂的讥议,让我思考南北曲用韵的差别,并且发现这种差别并不是每个曲论家都明白的,例如吴江一派的作家与曲论家,就都认为南曲也应以《中原音韵》为标准。把这些具体问题的考论与戏曲史宏观思索相结合,我写了系列文章来作阐释。1997 年,我把《〈琵琶记〉研究》之外的戏曲研究论文结集为《中国戏曲史研究》,由中山大学出版社出版,算是对硕士、博士阶段所着力思考的问题做了一个小结。

1997 年之后,我的戏曲研究论文写作,有过一段时间的停顿与徘徊。因为虽然还有不少题目可以撰写论文,但总体而言,这主要将是数量的增加,而无法做到对一个领域研究的质的改变。所以,我仍需要有新的积累,努力开拓新领域,以争取学术上的突破。

2001 年,一个偶然的机会,让我迈向新的领域。这一年 4 月,我赴日本创价大学做为期一年的访问研究。因为没有授课任务,我把所有精力都用于访查日藏中国戏曲文献。最初的目标只是为我们即将编纂的《全明戏曲》寻访未获之版本,但在对图书馆及文库进行逐册调查的过程中,深感文献之丰富浩瀚,而海外访曲,经历种种,实是不易,因而萌生一个愿望:为日藏曲籍编制一个总目,可让人按图索骥,无须重复我的辛苦,也可以省下时间去从事更深入的研究。此项工作最后经过十年努力,2010 年,以《日藏中国戏曲文献综录》为题,由广西师范大学出版社出版,并蒙田仲一成先生赐序首肯。我在调查中发现,还有不少珍稀的曲籍,向来未被关注,即使以往已有介绍者,也仍有不少未被影印,获见不易,所以又有了编选影印珍稀曲籍的设想。在金文京、乔秀岩两位先生的帮助下,我们经过五年努力,在 2006 年出版了《日本所藏稀见中国戏曲文献丛刊》第一辑,主要收罗了东京大学、京都大学、内阁文库等国立大学和公立图书馆的收藏。直到 2016 年,在金文京、真柳诚、冈崎由美等多位日本学者帮助下，才出版了第二辑，主要收录天理大学、大谷大学等私立大学及私立文库的藏品。因为要为影印本撰写解题，必须了解各文库的曲籍收藏源流，从而开始关注日本的戏曲研究情况，并多次赴日，再作访查，重点调查了明治时期中国戏曲研究有关的论著，作学术史的梳理，遂由文献寻访研讨转而关注日本的中国戏曲研究史，以及近代以来中日学者的交流与相互影响。后来藉以上研究探考为基础，作为十年工作的总结，在 2011 年完成《日本所藏中国戏曲文献研究》一书，由高等教育出版社出版。

这十年的工作，也改变着我的学术领域与研究方式。从《琵琶记》现存版本的调查比勘，到日藏戏曲的全面寻访、逐册翻阅，让我对戏曲文献有了更多具体而微的经验积累；借助以往对于戏曲史的宏观思考，让我能够把每一项新材料的发现和每一个具体问题的考证，放到宏观视野下观察其所具有的意义与价值，并从戏曲史的具体研究，拓展到学术史的探讨。关于日本江户、明治时期对中国戏曲的接受研究，以及王国维的戏曲研究与中日学者在近代以来的相互影响等文章，都是在这一背景下作出的延伸与拓展；关于汤显祖剧作题词所署时间、顾太清的戏曲创作等文章，也都有着域外文献的支持。

1997 年到 2007 年，这十年间，我很少发表文章。但这十年"停顿期"，通过对文献的寻访、比勘、校理，辅以思考、探索与积累，让我完成了自我的学术转型，得以在更宽广的视野下来规划学术，用较长的时段来耐心展开，走出一条适合自己的学术之路。所以最近十年间，在多个领域有系列成果面世或后续推进。

所以，这种学术转型，也是主动、自觉改变的结果。

八十年代以来的学术，相对于六七十年代，可以说是拨其乱而反之正。但是，即使回归到五十年代的轨道，仍然与真正的学术有着距离。更为重要的是,以戏曲和俗文学研究为例,我们的研究工作,其实都是建立在五十年代以来学者所梳理的文献资料基础之上的,如郑振铎先生主持的《古本戏曲丛刊》前四集和傅惜华先生的系列戏曲俗曲目录,成为学者手头的基本材料。而那个时代的工作,受其客观条件限制,已经不能满足当下学术研究的新要求。在新世纪到来之后,我们不仅要面临国际化的大潮,而且也面临着诸多新的挑战。随着时间的推移,晚清、民国都已渐行渐远,许多原先"非主流"的领域,随着"学术往下走"的潮流,被纳入学者的研究视野。而每一学术领域的推进,都是以新一轮的资料文献整理为基础的,需要有人从事文献调查、编目、影印、标点出版,为新的学术发展做一些基础性工作。而这样的工作,通常需要五到十年,乃至更长时间的积累,需要有坚定的信念和不懈的努力,需要在日益严格的考核制度下,合理地应对,超然地对待,才不至于被以刊物级别来判别是否学术的潮流所裹挟与湮没。

　　所以,我们的目标之一,是对戏曲文献的编集、整理、影印。这首先是赓续王季思先生的《全元戏曲》,通过我们团队的"全明戏曲"项目,来完成有明一代戏曲文献的编集,同时重新为元明戏曲编制完善的目录,对明代曲学文献作重新梳理,为今后的研究开启新路。此项工程在 2004 年启动,2010 年由黄天骥先生主持申请成为国家重大项目,到现在《全明杂剧》可望于近期出版,传奇部分也基本点校完毕。我相信这项巨型工程的完成,会将明代戏曲研究置于一个新的平台上,呈现出全新的面貌。事实上,当黄天骥老师和我各自校读完全部明代杂剧时,我们都深有感触,因为拥有了一种与以往完全不同的整体感觉,从而对明代戏曲发展史有一种新的明悟,有一批新问题,有助我们对明代戏曲史的深入理解。此外,我主编的《清车王府藏戏曲全编》（广东人民出版社，2013）、辑校的《明清孤本稀见戏曲汇刊》（广西师范大学出版社，2014），以及前举日藏曲籍的影印，还有正在展开的海外藏珍稀戏曲俗曲文献的荟萃影印工作，都是经过了十年乃至将近二十年的努力，朝着同一个目标行进。

目标之二，是继续向"下"走，戏曲而外，重点关注说唱类俗文学文献。我在 2001 年着手北京"子弟书"文献的整理，到 2012 年与学生李芳、关瑾华共同完成《子弟书全集》（社会科学文献出版社）和《新编子弟书总目》（广西师范大学出版社）的出版，到李芳的博士论文《子弟书研究》的完成，以十年时间，构成了一项系列性工作，以推进这个领域的基本建设。2005 年以来，我和学生还以十余年时间，调查汇集了广州府属木鱼书、龙舟歌、南音、粤剧等在 1950 年之前的文献，近期将作为《广州大典》的续编影印出版。目前进行中的工作，还有潮州歌册、闽台歌仔册等的寻访、编目、整理事宜。

以上各项研究工作，都遵循以下程序：在全球范围内展开全面系统的文献调查，以此为基础编制总目，然后对文本作校点或影印出版，最后完成研究性著作，时间周期大多在十年以上。如果没有高远的目标和持之以恒的追求，是难以做到的。

最近，我们创办了《戏曲与俗文学研究》刊物，以期为俗文学研究提供一个发表的平台。主要是以文献实证为中心，通过版本、目录、文献整理、具体个案研究等方面的稳步推进，逐步改变俗文学研究领域的面貌。

在这个过程中，我也自然而然地从个体的学术研究，融入一个团队、一个共同体，并随着年龄的增长，在这个学术团队中承担更多的责任，并因而要求自己设定更为高远的目标：通过共同努力，整体地推进某个领域的基础工作，至于单篇论文，则只是这个进程中的副产品。

回顾个人的学术成长过程，我深深觉得，自己是一个很幸运的人。虽然说起来小学、中学都是在"文革"十年中度过的，在课堂接受的知识十分有限，但我十七岁上大学，幸运地在最适宜于接受教育的年龄，获得了系统地学习知识的机会。并且在不断抛弃极左思想的历程中，平和地接受传统文化，开放地吸纳外来思想，相对均衡地吸纳各类知识，这对于我个人的成长，无疑是十分有利的。加上早年书籍的匮乏，构成阅读上强烈的"饥渴感"，甚至担心毕生可能只有大学四年的学习时光，所以几乎是在这种轻微的压迫感中，展开广泛的阅读。中文系有关书籍之外，还有意识地翻阅了中外哲学、历史、思想史，甚至心理学的书籍。所以，虽然直到大学三年级时，才第一次蓦然发觉，自己还可以通过考研究生来获得继续学习的机会，但某种意义上，自己在无意中让本科阶段的阅读面较为宽广，知识结构较为均衡而又有所侧重，这些对于我后来的学术成长，都是十分重要的。

更重要的是，在研究生阶段，我很幸运地受到几位名师的指导与影响，这种影响不仅是专业知识和基础训练方面，还在于思想层面。徐朔方先生让我明白了学术研究的意义与价值，让我感悟学术的目标应是求真。王季思先生让我懂得在更广阔的视野和胸怀下思考问题、面对社会人生。他们的言传与身教，还让我能够感受并承接民国以来学术的脉络，明白何为真正的学问，并且让我在九十年代学术最困难的时候，也从未失去对学术的兴趣与信心。

2017 年 6 月 7 日。

徐门问学记

一

1982年秋,我在杭州大学跟随徐朔方先生研习戏曲史,有着某种偶然。因为我原来是准备考小说方向的。报考前,才知道徐先生也要招生,是明清戏曲方向,基于对徐先生学问的敬仰,我临时决定改考戏曲。在此之前,我完全没有接触过戏曲史。于是在临考前的三个月里,抱来有关戏曲的书籍,一顿猛啃。侥幸地,我成了那一届先生唯一的学生,也是第一个师从先生学戏曲的研究生。

但先生本人的研究并不限于戏曲,所以,我的课程并不是从戏曲开始的。在得到录取通知后,我拜访徐先生,他告诉我,下学期他给七九级本科生开《史汉研究》选修课,让我先看《史记》和《汉书》。所以我在暑假里通读了两书;此后又对两史篇章相同的部分,逐字对读,随手作笔记;又根据《史记》不同的版本,作了部分的比较。

先生在上课时讲解了一部分范文。他顺着司马迁的文章,随口解释词义,说出他的理解,补出文字后面的内容。对于没有做过课前预习的学生来说,这样的课程会是比较平淡的。但对我来说,感到的是一种震撼。因为我第一次真正领悟到书应该怎样读,古人的文字

2001 年 10 月与徐朔方先生合影

应该怎样去理解。同样的经历,是开学前先生给广播电视大学的学生讲《牡丹亭》,那些我读过多次的文字,在先生轻描淡写的叙说中,洞开了一片新的天地。

先生开这门课程,是因为当时他正在修订《史汉论稿》,由江苏古籍出版社出版(1984)。其写作动议始于"文革"期间,因为当时戏曲已在"破除"之列,只有读这些史书是无碍的。书出版后,有学者以为先生学术已转向,更有同系学者向我表示对先生越"界"的不满。我的感觉,这部书既非纯从历史学角度,也非纯是从文学角度,更多的是从文献学角度做出的疏理。然后在文献的基础上,站在一种第三者的立场,对一些传统的观点,提出自己的看法。其中也包含着把司马迁作为一个普通人来理解,观察其心绪的变化与得失,因其情绪的因素而带给写作上的成功与不足,等等。后一方面他在课堂上讲得更透彻一些。这样的视角与观点,在我所涉猎的这个领域的有限著作里,是独特的,因为这也是基于一种心灵的对话。习惯以"无韵之《离骚》"的瞻仰的角度来看待《史记》的学者,对此可能不易接受——因为曾有学者这样向我透露过。对我来说,却正是从这里开始,在学术的对象上,不再有神的存在;同时,还让我明白学术无疆界,无处不是学问,有见解即是学问,原不必画地为牢。

先生在课堂上毫不客气地对一些权威的观点提出批评,直截了当地表明自己的见解,不作含糊之论。我后来明白,这是他固有的风格。当他发表不同意见时,哪怕是些微的不同,他也往往是先说一句:"我不同意你的看法。"甚至是:"我完全不同意你的看法!"他喜欢指名道姓的争论、辩驳,而不管对手是有名或者完全无名。因为在他看来,所有人在学术上都是平等的,指名道姓,才是对他人的尊重。因而他也时时期待着对手的响应,进行真正的学术论争。不过,先生的等待,大多会是失望和寂寞的。因为在大陆,直到现在我们也仍未见到一种正常的学术批评氛围。

先生又常自嘲:"我所做的只是一加一等于二的工作。"因为他是先从文本入手,逐字逐句地比较,对同一对象在不同地方记录的不同,逐一加以考察,把许多细小的歧异都一一检核出来。有时却因这细小之处而涉及一个大问题的解释,涉及一些定说的重新评价。他的所有理解都来自对细节的直接感受。先生说:这是小学生的工作,是谁都可以做的,只是他们没有这样做,所以一些知名学者也人云亦云地跟着错了。每当先生说到这类地方时,他会抬起头,离开书本,把老花眼镜稍稍下压,从镜架上方透出目光,扫视一过,然后轻轻地摇摇头,或是皱一皱眉,语调中带着一丝叹息。

对我来说,先生所说的,也即是在告诉我做学问的态度与门径。在八十年代中,学术界浮躁的风气渐盛,侪辈动辄构筑大的框架、体系而不屑实证,或者是想避开繁难之考据,不从第一手材料出发而另求快捷方式。我能一直坚持注重实证的态度,是因为先生为我指明了方向。

学期中间,先生让学生做作业,是关于太史公生年考证的。王国维、郭沫若有不同的说法,后人大多承此两说而各持争议。徐先生说他已经写了文章,他让我们把各家所用的材料加以查核,将其推论重新演绎一遍,就好像是做数学练习题一样,最后一起来讨论。从中可以体会这些学者是怎样处理材料、作出推论的,为何同一材料而有不同结论,原因是考虑了哪些附加因素,合理与否,等等。这个作业的效果看来是很不错的,其中有同学提出新的实证材料,还被徐先生采入书中,并附记示谢。

徐先生在讲解作业时,更涉及文献的理解与文献的辨伪问题。他说到,考证固然需要材料,但材料本身却不可以不加择别地予以相信。即使是当事者自己所说的,也是如此。因为说话的背景、场合不同,含义自有不同。

对我来说,可以用"恍然大悟"称之。因为在比较王国维与诸家之说的不同时,我发现王国维实际已经把所有可能的因素都充分考虑到了,尽管当时他并未发现某些材料;而反驳王国维之说者,往往据表层的意思,一分材料便说一分话,看似理由充足,实则前提已有缺陷。这便是为何大致相同的材料,常常有全然不同的理解与结论的原因。

以后,先生还对我说到,写论文,不要把所有材料都用完,论文所表现的,应是冰山之一角,更厚重的则在水面下。驳论,则要抓其最关键的证据,关键之点辨明,其他辅助证据可以不必辨,因为前一点不成立,后一点自然也就倒了。这样文章才能简洁明了。

其实先生很少专门就这些方法问题作解说，大多是在说到某一具体问题、具体观点，顺带说到致误的原因时，才予以指出，所以令我印象深刻。

记得先生给我们这一届古代文学研究生上专题课时，是从他刚发表的那篇《汤显祖与晚明文艺思潮》讲起的。先生是汤显祖研究的大家，我觉得这篇文章是他所有关于汤显祖的论文中最有分量的一篇。先生诙谐地说，学者发表出来的文章，是"绣罢鸳鸯凭君看，莫把金针度与人"，而他这是把金针度与人。他说一篇论文的触发点，也可能是文中很不起眼的一点，而且问题生发的过程，也未必同于论文表述的前后序次。他给我们展示了他对这个问题从思考到撰文的全过程，也补叙了并未在文中全部展示的材料与思考；告诉我们必须注意到将材料本身还原到当时的社会条件下，作家们的相互关系中去理解；等等。对我来说，这一课真正可谓是醍醐灌顶，终身享用不尽。

我第一篇论文是《摩钱取镕与五铢钱》，这是一篇千余字的考证，但涉及的问题不算太小，二年级时，发表在《杭州大学学报》（1984 年第 2 期）上，也算是用先生所教予的考据方式的一种练习。徐先生在学报上看到后，说可以用这篇文章来代表学期成绩。对我来说，这是莫大的鼓励。

二

先生对我的学习非常关心，他认为这是他的职责。每一次见面，他总会问："你有什么问题？"遗憾的是，我那时刚刚接触到学术的外围，根本无法与他对话。所以他只有叹息。有一次他问到学习与生活上有什么问题时，我随口说，我们住的楼是学生广播站所在地，广播站太吵。他想了一下，说："图书馆线装书部的门外，有一张长桌子，很安静，可以看书。"我不记得当时怎么回答，只记得是愣了一下，一时思绪万千。我常去线装书部，如果那儿人来人往仍可以不受影响的话，广播站的一点吵又算得了什么呢？何况广播站的"过错"，其实只是一早打破了我们的懒觉而已。令我惕然自思的是：我们有多少事情不是想着自我的改变，而总是抱怨环境？例如那时大家最喜欢发的对学术氛围、学术风气、学术条件的抱怨，都可以归为此类。

徐先生多次不以为然地说到，学术是个人的事，在哪里做都是一样的。我是在很久以后才慢慢对先生的说法多了一些领悟。因为在读的研究生，总希望有一种什么快捷方式可以直达学术之巅；当不能做好时，总怀疑自己所得的条件不如别人。而先生说，如果你选择了正确的学术道路，要紧的即是具体地去做，任何"氛围"和"方法"都不会自动解决问题的。特别是现在的资料条件已经有了很大的改变，可以选择的余地非常大，只要不是在资料太过匮乏的地方，则在哪里都是一样的；反过来说，许多处于资料条件很好的地方的学者，并没有做出多少令人信服的成绩，也说明资料并非决定性的，起决定作用的是人。

就我个人而言，我当时只是以为，我辈身微，图书馆善本部的门槛又高，轮不着见到珍稀书籍，所以只有从当时容易得到的材料做起。再说对尚未入门的人来说，要学的很多，所有常见的东西，也都是珍本。当我后来查访《琵琶记》版本，得到了许多前辈名家也未见过的资料时，我体会到，原来以为只有名家才能得到珍稀资料的想法，是非常幼稚的。只有在有了问题以后，不断追寻，才可能获得罕见的材料，这材料也才"有用"。事实上，在今天，许多原来珍贵无比的材料,渐次影印出版,却并未见到学者更多的研究文章。因为大家仍是在期待那不可或见的资料。这实际上反映了一种对于学问的心态问题。难怪那时先生对我们总是强调"学术氛围"不好,感到很是困惑了。

先生那时向来不为家事而找学生。有一次,先生来找我,说他母亲因摔跤骨折住院,医院电梯检修,而下午二时要拍 X 光片,必须由人从二楼抬下去,让我找同学帮个忙。我们到医院时,离约定时间还有不到十分钟。一眼看见先生站在病房门边的走廊上,脚下放着一个黑色人造皮革提包,双手捧着一本线装书。看见我们到了,他赶紧合拢书本,说:"啊,对不起,医生说可能还要晚几分钟。——你们带书了没有?"

我们面面相觑。因为我们根本没有想过要带着书去。先生末尾这一问,近二十年来,时常在我的耳边回响。先生视时间如生命,而学术也就是他生命的重要构成部分。他总是抓紧每一分钟时间。他为可能比原定时间多耽搁我们几分钟而马上表示了歉意,他更以为还有几分钟时间,完全可以再看一会书,所以有此一问。而我们呢?我们什么时候想过要这样来利用时间?

我现在也把这件事,讲给我的学生听。因为他们总是说没有时间。但他们真的充分利用了时间了么?我不知道他们对这件事的感受如何。

事后,先生告诉我,他有一本书即将出版,让我把帮了忙的同学的名字告诉他,他要送书以示感谢。这就是先生的风格。而这,也是我跟随先生的三年间,惟一为先生做的家事。

三

我在 1996 年出版的《〈琵琶记〉研究》(广东高等教育出版社)的后记里,感谢先生"授以唯真理是求的真谛,引领弟子初窥学问的门径"。这并非套话,而是真切感受。

先生多次谈到,观点应该鲜明;甚至可以和老师的意见不同,只要你能自圆其说。

没有想到的是,我选择的毕业论文题目,就注定了与先生的观点相左。

我的论题是元末高明所作的南戏《琵琶记》。关于这部作品,1956 年的 6、7 月间,有过一次将近一个月的讨论会,前后参加的人数达 170 余人。各家意见之相异,发言之踊跃,是前所未有的。因而是"反右"前罕见的一次真正的学术讨论会,会后出了一本《〈琵琶记〉讨论专刊》,在古代文学研究领域影响十分巨大。先生是会上"否定派"的主将,他的否定理由,以当时新潮的理论为依据,虽略有教条式理解的印记,但也有其逻辑的严密性。讨论会以"肯定派"占压倒优势而结束,徐先生本人也说他需要对自己的观点作重新考虑;但他提出的某些问题,由于时代的原因,肯定派其实也未能给出合理的解答。会后,特别是在 60 年代以后,对《琵琶记》加以粗暴否定的倾向愈来愈烈,直至"文革"中对所有传统戏曲的彻底摒弃。而我在 20 世纪 80 年代初想做的工作,则是从"肯定派"立场,为高明"翻案"的。

我选择这一题目,是因为我做过一加一等于二的工作,仔细比较过不同的版本,注意到不同版本间的差别对于理解作品所表述的内容有重要的意义。我以为是持之有据了。既然可以自圆其说,那么肯定是合于先生要求的,作为毕业论文并无不妥。

后来才知道同学及朋友们都为我捏了一把冷汗。甚至担任论文答辩委员的老师,也有这样的想法。因为即使到了现在,在人文科学领域,直接采用与导师完全相反的观点,还是易于被认作大逆不道的。有些学者,因为有人与其师有不同意见,便撰文强词夺理,以为这样是在捍卫师门的尊严;另外,也有很不错的学者,明知其导师之说存在问题,但因为导师已经这样说了,不仅径予采用,而且以此为基础,复加推论。所谓"吾爱吾师,吾更爱真理",也许只是一种装点门面的说法而已。但也有学者,不仅欢迎不同意见,还因材料的发现或时代、理论的发展,检讨自己的观点。这些,我后来在王季思先生那里也看到了。而徐先生本人不仅一贯采用指名道姓的学术批评,而且同样欢迎以学术的方式展开争论。所以我并不以为有什么"风险"。当然,我此前已经与先生交换过意见,得到了他的首肯,标准即是"自圆其说"。也许在先生的学术观念里,这只是一件极其平常的事。

结果,我不仅顺利过关,而且还留校任教了。

但这也不是说先生认同我的说法,他只是认为各人可以坚持各人的看法,只要你所依据的在理。此后关于《琵琶记》的讨论,我们仍有分歧,某些方面可以说有很大的分歧。但这也仍然是在学术的范围之内。而且对同一问题,我们也有过许多的交流。我于1985年在《文学遗产》上发表的一篇文章,对于借"元谱"之说以否定高明著作权的观点提出批评,从钮少雅自序与冯旭等序的比较,指出"大元天历间"之谱的说法不可信;又认为先生此前的文章未注意钮氏自序,故在肯定高明著作权时,却又信从了"元谱"之说,遂推定高明之前另有一个相近的文本,这是不对的。先生后来将论文收入文集时,修正了自己的看法。又如关于高明的卒年，先生向我查问发表在《文献》的文章，我们的结论相同，而论证的角度可以互补。

但先生对我《从元本〈琵琶记〉看明人的歪曲》一文，提出很不客气的批评。他在发表前，将论文给我看。我觉得，他在一些关键之处误解了我的意思，例如他以为我也简单认同钱南扬先生的明本将"元本"改得"面目全非"的观点，其实，因为那篇文章发表在1986年的《杭州大学学报》上，我关于《琵琶记》版本问题的系列论文还未写成，而南戏研究大家钱南扬先生的观点却正流行；另外一些具体例证理解之不同，正是由于对于版本流变史以及对于作品和人物的总体理解有所不同之故。当然，其中也包含着我的某些思考还不成熟，表述或有不当。多年后，我的《〈琵琶记〉研究》(1996)出版，也可以说是作了相应的答复。另外，先生认为《琵琶记》的版本之间，就全本整体而言，差异只是极少一部分，从这种比例来说，这些不多的出入应该不会影响到对整体的评解与理解；又认为版本的先后序列未必可以搞清楚，因为可能各有祖本，其祖本又各有交叉影响，难说孰先孰后。对此，我根据对明代数十种版本的考察，依然认为难以认同先生的看法。而我近来重温先生50年代在《光明日报》"文学遗产"专栏上发表的《〈琵琶记〉是怎样一个戏曲》一文时，我发现徐先生对赵五娘婆媳之间关系的分析，正是我后来从伦理角度重新认识《琵琶记》内在价值的出发点。

我很幸运，我有这么一位导师，以学术为唯一准则，一方面可以说是非常的严厉，但另一方面给我学术的自由空间却又是十分的广阔。能够获得这种幸运的学生，在现在也未必有很多。因为坚持这一学术标准的学者并不多见。

四

先生认为,表扬一个人,对他不一定好;指出其不足,才能使他进步。

1986年秋,在留校任教一年之后,我考上了中山大学王季思教授的博士生。赴广州前,我请先生提一些忠告。先生说:"我要说的意见,在以前都已经说了。不过,我要提醒你,王先生也是我的老师,但我们的风格完全不同,我们的意见也不完全相同;我这里是讲批评的,王先生是不批评学生的;你要么适应,要么不适应。"

我后来慢慢体会到两种不同风格,其实是各有千秋,对我来说则可谓是相得益彰。据我的理解,徐先生的严厉,对于初涉学术、尚未入门的学生来说,也可能会吓得知难而退。但这是学术的正道,要成为一名真正的学者,必须坚持这样的态度。王先生的宽厚,是使每一个学生都能够在原来的基础上有所长进,会给学生以自信,这对于成长中的年轻人,更是十分必要的。其实王先生并不是没有批评,但因其晚年待人之宽厚,总是先肯定成绩之后,再指出不足,故罕棒喝之效;而学生之不自知者,或许会陶醉于老先生的这一分肯定而忽略其批评之深义,遂不知轻重。

如果从两位先生的学术经历看,我妄以为,王先生早年寂寂无名却大受吴梅先生的恩惠,或许与他一生对待学生特别宽厚,并重视师生传授与提携后进,有其一定的联系;而徐先生从学西洋文学而最终归于研究中国古代文学,更多地是以一己之力,特立独行地进入到学术深处,故更多地强调学者个人的操守,对于非学术的行为,毫不宽贷。

另外,徐先生那时正当盛年,处于学术成熟与高产时期,他所关注的,似乎更多的是作为一个严肃的学者应该如何做的问题,不太关注、也不太赞同构建学术梯队,以为应顺其自然。王季思先生则因年逾八旬,特别重视学问的薪火相传,以为个人的力量毕竟有限,唯有化身千百,方能传之久远,故着意群体的学问及其传承问题。况且优秀的学者毕竟是可遇而未必可求,以群体的力量来弥补其不足,让一个普通的学者也能够发挥其最大的潜能,也应该看作是学术的福气。

近年回杭,我每次去见徐先生,他总是当面批评说:"你写得太多,太快了。"

我回味先生的话,写得太多,则意味读得太少;太快,则仍未去其浮躁,思考尚未成熟即图相炫。所以我之后较少发文章,有一些文章压在手边已有几年,总想,冷一冷,或许还有问题。冷一冷的另一结果,却是开始真正体会到求索、思考问题与写作成文本身的快乐。至于发不发表,或是先露面后露面,都不重要。虽然有时或许因此而被人"抢先",但那也可能只是些时兴的泡沫而已,原不必再去增加一篇垃圾。况且某些学术问题数十年已未有人涉足,根本无人来"抢";或则既为独特思考结果,必与人不相重复,也无可与争。

五

依照鄙见,徐先生的学问,可用"特立独行"称之。

先生似乎更像是一个"独行侠",无门无派,亦向来不屑。以个体的学问而论,在戏曲、小说研究领域,达到了极致;在当下的明代文学研究上,站在了最前列;在《史》《汉》研究领域,则如掠过了一阵清风。他用自己独特的理解，构成一套富有个性的体系。他绣罢的鸳鸯，已经成为后辈效仿的范本。

先生之为人为事，所依据的是一种理性。他向来反对媚俗。他所做的工作，如他所常说的，也只是"实事求是"四字而已。

因为事实是如此，如骨鲠在喉，所以先生有时不免说一些不合时宜的话，做几篇不合时宜的文章。

例如，他写了《汤显祖与梅毒》这样的论文，还用了二十多年的时间来争取发表；又如他在名家云集的纪念昆曲艺术的讨论会上，说出既然被历史淘汰是必然，就不必花钱去"振兴"，也肯定是不可能振兴之类的话语，令在场者无不目瞪口呆；还如他在80年代出任全国人大代表时期，提案要求某高官为其子的犯法行为承担责任，尽管会场内并无响应者。凡此等等，难以一一列举。

作为以汤显祖研究而成名的专家，先生原本似乎应该为汤显祖"讳"。而先生还在被劝说不要发表关于《汤显祖与梅毒》一文时，疑惑地说："我有材料呀！"因为他从来没有想过有所"讳"的问题，他求的是事实之真。且从学术的角度来看，这样的文章对于了解那一时代文人的生活与其社会关系，有特殊的意义，根本无损于汤显祖的清誉。

先生的某些不合时宜的话语，其实只是挑明皇帝没有穿衣服而已。不过，人们也不是不清楚这一点，只是觉得徐先生这样有名望的学者，不应该这般道破。由此可见先生仍保有率真之性。窃以为：如果一个严肃的学者，面对真实，仍得自欺欺人，那么，又还有谁会来点破这个事实呢？

当今学术界的某些状况，不正是如此吗？

所以，先生才在纪念他从教五十五周年的学术研讨会（2001年

11 月,杭州)上,有所感慨地解嘲说:我是个"捣乱分子"。

　　我以为,先生所做的,只是基于一个严肃学者的基本准则:求真。先生所思考、所解说、所叙写的,原本不过是事实而已。有用抑无用,大多会受制于某一时期的某种价值观念,一时有用者,未必能延之久远,唯有真实,才是不灭的。一个学者应该以求真为务,只要所据者为真,且不管有无人认同,有用抑无用,都应该坚持。

　　问题在于,我们现在还有多少学者明白这一基本准则,并且在坚持着呢? 但有先生这样的学者导夫先路,我期待着后来者越来越多,而不是相反。

此文为纪念徐朔方先生从教五十五周年而作,2002 年 2 月撰于日本东京。徐朔方先生于 2007 年 2 月去世,兹以此文,感念先生之教诲。

学者之域

1986年秋至1989年夏,予于中山大学随文学史家、戏曲史家王季思先生(1906~1996)攻读博士学位。后留校,仍得时闻先生教诲。归则私记之。今值先生去世十周年,亦是先生百年寿诞之期,追思先生当年之所述,以为仍颇具现实意义,兹刊布数则,以作纪念。

2006年6月

一、名与实

尝侍季思先生侧,论及学人的名实问题。

先生曰:名与实,通常可以看到的,不外乎两种。一种是名实相副,另一种是名实不副。在名实相副的过程中,又存在两种情况,一种是实甫至,名即归之,这当然是最好不过的了;第二种是实先至,而后名方随之,这种情形最为常见,是人生之常,不必慨叹。至于名实不副的,也有两种情况,一种是骤得声名,但实不仅不足以称之,而且看不到增长的可能性,所以别人视作名不副实,也就有了根据;第二种情况是看起来好像实不称其名,但不久之后,实也很快提升到足以与名相称的地步,可以称之为名至实附。这类情况最要注意区别。

与王季思先生合影

如果简单地以名不副实视之，就会失之于偏颇。

二、锐气与成熟

　　常闻前辈学者诚言板凳要坐十年冷，厚积须当薄发，私意也以少年老成之文章为自得，对侪辈的雄文，略不以为然。

　　以此询季思师。

先生曰:亦当有所区分。少年有少年之文,老者有老者之作。文章与气势相关。少年时当养其气。能用其锐气,则常有出人意料的见地,能发人所未发。因为少年人较少拘羁,思绪飞扬,脱略文字,所以时有所得。虽然其中也难免出现稚率的情况,但应当允许他们由不成熟走向成熟。如果一味强调老成持重,磨光了锐气,长此以往,恐怕还没有达到厚重的境地,却先见到萎靡不振的情状了。文章事本来就不应限于一种风格。风格的获得,应当以适合个性为标准。老年人返璞归真,举重若轻,以大手笔做小文章,因而达到一种很高的境界。年轻人应当知道这类文章,能够体悟到其中的妙处,知道在平常话头中也能表达出余味不尽的境界,有华辞丽藻所不可及处。但也不必一味模仿,亦步亦趋。另外,文章之道,别无他径,只有多练多写。厚积薄发,并不是说不写,只是说拿出来的都应是成熟的作品。就每个人的不同情况来说,谨厚者当鼓励其多作文,多练习,敢于发表己见。而过于张扬者,则当提醒其返于厚重,不可一味使才。所以说,也无一定的规则。

三、思想与教条

季思师谓其少年时代,不满私塾的旧式教育,对日日诵读五经四书,深觉烦厌。后来读到中山先生关于三民主义的文章,感到耳目一新。塾师或学校屡加禁止,就用五经四书用作封皮,以障耳目。但民国以后,在学校中,这类文字,又成了必须天天讲,月月讲的东西,成了不可置疑的纲纪,因而令人生厌。结果便以三民主义读本作封皮,用来遮掩进步书籍的阅读。所以,无论何种革命、先进的思想,一旦成为教条，成为不可怀疑的思想，成为唯一的真理，强制人日日诵习与接受，便会成为阻碍人类思想发展与进步的障碍，最终也必然会被人们所抛弃。

四、专精与博学

予叹前辈学人之博学，我辈遥不可及，遂请问其途径。

先生曰：其实不必太过神秘。博，也是相对的。此事需得从长计议。倘用三五年时间，做一个领域，当能臻于学术之前沿。然后再用三二年时间，用于相邻的领域，亦必能成为专家。人生对于学术的追求，原是一辈子的事情。一个人，一生中若能有三十年用于学术，每三五年能成为一个领域的专家，如此持之以恒，待到耄耋之年，便自然是博学之士了。我的一生，历经战乱与许多政治运动，难得平静致学的时光。你们看起来应当能够处于一个安定之境，倘能认定目标，循序渐进，他日于学术上之所得，必会超过我们。

予默识于心。

两个半人的肉与澳大利亚面粉

——有关陈寅恪先生的一则轶事

岁末，全所人聚餐，几位老先生虽然白发萧骚，但精神矍铄，谈锋犹健。

席间，陈公说：自从莫叔退休之后，我们就少听了许多故事。莫叔是我们这里唯一与陈寅恪先生接触过的人。

大家于是恭请莫叔讲故事。

八十高龄的莫叔，对中山大学的掌故非常熟悉，而且很多是出于亲历。"三年困难时期"，莫叔是膳食科的工作人员，曾经给陈先生家里送过一次鱼。莫叔讲了几则从当时的膳食科长彭渤那里听到的事：

> 科长问：你要多少肉？
>
> 陈先生没有回答，停了一刻，反问道：你能给多少？
>
> 科长道：一斤。我们每人一月四两。给你两个半人（的量）。
>
> 陈先生"嗯"了一下，不说话了。
>
> 过了一会，陈先生问：那我妻子呢？
>
> 科长答：和我们一样。
>
> 陈先生又不说话了。

二楼为陈寅恪先生故居

　　科长等了一会,小心以退。

　　回来告诉领导,领导说:你只说给一斤就行了,不该说两个半人的。

　　另一次,科长登门,问陈先生要什么面粉。

　　陈寅恪说:那就要澳大利亚的。

　　但那时国内没有澳大利亚面粉。

　　又过了些日子,彭科长去向陈先生说:北方某地产的面粉,质地与进口的差不多。

　　陈先生听了,没有再说什么。

莫叔说：那时科长去见陈先生，都是战战兢兢的。说话太紧张，反而导致陈先生的误解。至于其他东西，基本上是陈先生要什么就给什么。

在如此"困难"面前，陈先生真的是享受到了常人所不可能有的待遇。膳食科科长，想来在当时的情况下，不必说，也是中大里的一号人物，但他去见陈先生，仍是这样大气不敢出，则陈先生的威严，在常人眼中可知。这当然是那时广东的最高领导陶铸特别关照的结果。在别人看来，不免也有所不平，甚至心生嫉妒。然而，一代史学大师的心头究竟如何？从这对话中，可见其倔强之气，从那沉默中，可以感受到无奈之状。似乎无数的话语在陈先生心头转过，但仍就归于沉默。因为对一个膳食科的工作人员，他还能说什么？他们又能明白什么呢？科长的问话，似乎给人选择的希望，而事实，却是无可选择。只有沉默。正如眼前的一片暗黑。

归后，私记如上。

我又担心所记不确，便给莫叔家里打了个电话。不在，出去喝早茶了。问得手机号码，再核实一过。

莫叔说，彭渤现在在敬老院里，患了老年痴呆症。他过两天要去探望，可以再问问。如果有新的内容，他会记下来给我。

撰于 2008 年 1 月。

偶遇徐志摩

　　2008年的初春,京都的街头犹是十分寒冷。京大图书馆总馆的书库照例是不开暖气的,冷色的日光灯下,尤显清冷。我要编《日藏中国戏曲文献综录》,所以遍访日本各图书馆,逐册翻阅,以之为据。京大总馆所藏汉籍中的戏曲书籍,数量上远不如文学部所藏,也无特别珍贵之物。大略以朝川善庵(1781~1849,江户时代后期儒者)旧藏的《西厢记》最为可喜,因为它可能是朝川所译《西厢记》的底本,日本学者也未曾留意于此。检核完成后,我顺着高高的书架,漫无目标,一排排地浏览书脊,忽然,一函《寐叟题跋》(商务印书馆,1926年版)跃入眼帘,寐叟为沈曾植晚年所用的号,此老学问,在清末民初颇有盛名,然著述其实无多。遂信手抽出,随意一阅,发现扉页有一则题跋,观其署名,居然是徐志摩!因喜不自胜,遂摄得书影以归。

　　而今归国转眼已近十载,近日检出照片把玩,觉可作一小文介绍。因录其文如下:

　　　　尘世匆匆,相逢不易。年来每与仲述相见,谈必彻旦,而犹未厌。去冬在北平,在八里台,絮语连朝。晨起出户,冰雪嶙峋,辄与相视而笑。此景固未易忘。仲述此来,偕游不畅,谈亦不尽

徐志摩题跋

意。西湖之约，不知何日乃能复践，岂胜怅触。濒行，无以为旅途之赆，因检案头《寐叟题跋》次集奉贻，以为纪念。愿各努力，长毋相忘。

十八年六月十一日早三时，志摩。[钤"志摩"朱印]

这是 1929 年夏天的故事。诗人因友人离去，取书以赠，略加点染，情趣盎然，宛如一则明人小品。我请学生徐巧越为我代检《徐志摩全集》《徐志摩：年谱与评述》等，未见收录。想是远渡东瀛，杂厕于书库，故无人能知。

检"仲述"，知为张彭春之字，系南开大学创立者张伯苓之弟，行九，人称"九先生"。张彭春生于 1892 年，是南开学校的第一届毕业生，与梅贻琦同班。1910 年考取清华第二届庚款留学生，与胡适、竺可桢、赵元任等 71 人同船赴美。后获哥伦比亚大学文学硕士及教育学硕士学位，于 1916 年回国。他在美国读书，课余的兴趣便是研究戏剧，也写作戏剧。最喜挪威剧作家易卜生，称易卜生使他这个学哲学的年轻人爱戏剧胜于爱哲学。归国后，在南开任教，任新剧团副团长，导演了在美所写的剧本《醒》。胡适的剧本《终身大事》曾被称为"中国现代文学史上第一部话剧剧本"，但张彭春此剧的发表，实较胡作早 3 年。洪深于 1922 年留美归来，始从事戏剧导演，或称其为"中国最早的导演"，实际上张彭春导演话剧，较洪深要早 6 年。

1919 年南开大学创立，张彭春则赴哥伦比亚大学攻读博士学位，导师为杜威，与胡适同门。1922 年，毕业回国。次年 9 月，迁居北平，任清华大学教授兼教务长。同年 11 月，次女降生。以所敬仰的诗人泰戈尔著有诗集《新月集》，取名"新月"。当时徐志摩、胡适、梁实秋、陈西滢等文友筹备组织文学社，社名尚未确定。张彭春便把女儿

"新月"这个名字推荐给朋友们，大家欣然接受，"新月社"由此诞生。

张彭春本人并没有参加新月社，但与新月社的主要成员是好朋友，与徐志摩更是亲密。1924 年，泰戈尔访华，徐志摩全程陪同，并任翻译。泰戈尔于 5 月 8 日在北平度过其 64 岁的生日。新月社为了给泰戈尔祝贺，用英语排演了泰戈尔的话剧《齐德拉》，导演便是张彭春。演出结束，徐志摩满怀深情地说："我们几个朋友只是一般的空热心，真在行人可说是绝无仅有，——只有张仲述一个。"

徐志摩，1896 年生，浙江海宁人。中学与郁达夫同班。1916 年考入北京大学，并于同年应父命与年仅 16 岁的张幼仪成婚。1918 年赴美留学，1920 年赴英国，就读于剑桥大学，攻读博士学位，其间徐志摩于婚外爱恋林徽因，并于 1922 年 3 月与元配夫人张幼仪离异。同年 8 月辞别剑桥启程回国。

1926 年，徐志摩与陆小曼结婚，邀请梁启超做证婚人，梁先是拒绝，后经胡适与张彭春说情，乃允。事后，梁启超在给子女的信中说："我昨天做了一件极不愿意做之事，去替徐志摩证婚。他的新妇是王受庆夫人，与志摩恋爱上，才和受庆离婚，实在是不道德之极。我屡次告诫志摩而无效，胡适之、张彭春苦苦为他说情，到底以姑息志摩之故，卒徇其情。"于此也可见张与徐的交情。

1928 年 12 月 25 日晚，徐志摩在南开大学讲演，畅谈游历英美日印诸国的观感，即是出于张彭春的邀请。此外，张彭春曾经委托徐志摩为南开大学图书馆购买新月书店出版的诗歌与戏剧类书籍，至1929 年底，已经购买了一百多种。

1929 年，徐志摩在上海光华大学和南京中央大学任教。他在家书中曾说到："儿本定今日一早去苏州女子中学讲演，惟（张）彭春今日由津到申，即转轮去美，必须一见，故又临时发电改期明日。……

十二月十六日。"

　　张彭春在 1929 年底从上海坐轮船赴美。次年 2 月 16 日,以总导演身份同梅兰芳剧团赴纽约百老汇 49 街剧院举行首演。演出前,张彭春身着燕尾服,以流利的英语向美国观众讲解中国人的演剧观念和中国戏曲独特的表现形式。故梅兰芳赴美演出得以成功,张彭春也发挥了重要的作用。

　　张彭春此行,曾在芝加哥大学作中国哲学、中国文艺讲座。次年执教于哥伦比亚大学。1932 年 1 月,才回到南开继续任教。而他的挚友徐志摩,已经在 1931 年 11 月 19 日因飞机失事不幸罹难。

　　此一题跋撰于 1929 年 6 月 11 日,两人一南一北,诚如志摩所说,"尘世匆匆,相逢不易"。每次相见,畅谈彻旦,而犹未厌。此跋书写的时间是在凌晨三点,亦可以为证。

　　此书于 1959 年 12 月 23 日入藏京都大学图书馆,目录页框右铃有朱印,内填"铃鹿三七寄赠"。铃鹿三七(1888～1967),查京大书目,知其编有《异本今昔物语抄》(自印本,1920)、《勒板集影》(小林写真制版所,1930)、《句集吐根未》(人文书院,1939)、《现存藏书印谱》(自印本,1959)等。唯知年长于张彭春四岁,二人是否有所交集,不详。

　　张彭春从 1940 年起,担任国民政府外交官。1946 年联合国大会期间任联合国经济社会理事会中国代表。1947 年 7 月任联合国安全理事会中国代表。1948 年任联合国人权委员会副主席,参与起草《世界人权宣言》。后定居美国。1957 年 7 月 19 日因心脏病发作,逝世于美国新泽西州,终年 65 岁。

　　只是不知道这部书,从徐志摩送给张彭春之后,经历怎样的曲折到了日本人铃鹿三七手中,最后又存身于京大书库,悄无声息。而历八十年后，笔者于无意中得以见之，揭此跋文，并检索得诸人故事如上。或则冥冥中有数存乎？

原载《南方周末》2017 年 4 月 13 日。

此文完成后，我向日本学者请教铃鹿三七的信息，早稻田大学博士班的中村优花同学给了一些新的线索：

铃鹿三七(1888~1967)，出身于著名神道派卜部神道家的一族，是神道研究者、和歌人铃鹿连胤的曾孙。他毕业于京都大学国文学系，曾在皇学馆任教授，被称作是关西书志学的开拓者，文献学相关著作很多。他的夫人是爱媛大学原图书馆长井手淳二郎的妹妹，所以在他 1967 年去世以后，藏书都捐给了爱媛大学图书馆，设有"铃鹿文库"。

1959 年，与《寐叟题跋》二集一起赠予京都大学图书馆的，还有《宋搨云麾李思训碑》和《诸寺缘起集》两种。当时，铃鹿三七在巴黎圣母院清心女子大学任教授。

由此可知，铃鹿三七在 1950 年代活跃于西方汉学界。张彭春于 1950 年代移居美国，1957 年去世。显然，此函有徐志摩题跋的《寐叟题跋》，张彭春始终带在身边，盖睹物如见故友，直到在美国新泽西州去世，然后散出，为铃鹿氏所获，转辗归于京都大学。于此亦可见张彭春对老友之情，终身未曾忘记。

尘世匆匆，相逢不易。信然。

又，本文在《南方周末》刊出时，所录徐氏之跋，"因检案头"误录作"因捻案头"，蒙徐俊兄指出，识此以作纠正。

2017 年 4 月 19 日。

·

访

书

记

·

影书记

《日本所藏中国稀见戏曲文献丛刊》第一辑,共十八册,黄仕忠、金文京、乔秀岩合编,广西师范大学出版社2006年12月出版。收录日本东京大学、京都大学、内阁文库、东北大学等单位所藏四十五种孤本、稀见戏曲。此集的影印,颇多曲折,兹述于后,以见欲成一事之不易。

这是我与海外友人合作编集影印的第一部书,完成至今,已经过了整整十个年头了。回首此辑的编集出版过程,往事历历如在眼前。当时曾作记录,现在取来,略加剪辑,或可供读者一粲。

一

这套书最初定下的出版社,并不是广西师大社。由于我的《日本所藏稀见戏曲经眼录》一文在《文献》杂志2003年第1期刊出,殷梦霞女史来信,希望裒为一集,由她所在的出版社来出版。其实向未谋面。而我本来就有此种计划,所以欣然同意。

电话交谈,方知她本科与内子为校友,硕士则与我为校友。这都

《日本所藏稀见中国戏曲文献丛刊》第一辑

是缘分。她也曾在日本做短期访问,着眼点即是日本所藏中国古籍,所以谈来更不陌生。

在 2003 年,影印出版一套大书,真是非常不容易的。对我来说,这套书能够出来,自己不需要另筹出版补贴,而只须贴些资料复制费用,已是出于望外了。

所以,没想到竟然这么顺利,顺利得令人有些怀疑是否是真。

果然,不久之后,这担心成了现实。在进展过程中,社中主事者并不看好此书,因担心亏损太多,要求尽量压缩篇幅,致使出版搁浅。殷女史再三致歉,我却知她已经尽了最大努力,所以再三请她不必挂怀。

虽遇波折,我却并不太过担心。以为此物既然有其价值,则总归会有出版机会的。

山重水复之时,得遇广西师大出版社的朋友,谈及此书,未有丝毫的犹豫,当即拍板,并慨诺支付复制费用。朋友刚完成哈佛燕京图书馆藏善本之影印,对域外稀见文献之出版,有宏大之计划。见有现成书稿,不须另外劳心劳力,自是求之不得。而我的意中,能够顺顺当当出版,已是感激不尽。宝剑得赠烈士,明珠亦不暗投,才有今日。(注:多年后,我承担"海外所藏中国戏曲俗曲文献荟萃与研究"重大项目,有一系列的影印计划,我毫不迟疑地与广西师大出版社继续合作,亦是缘分的延续。)

稍后,黄山书社汤女史亦来信问此编,谓其社亦愿列作重点图书来出版。我因为答应朋友在前,只能谢其好意了。

二

出版社的波折,不过是一片微澜而已。更多的波折,乃在出版许可之申请。

我邀请了京都大学金文京教授作为合作者,蒙其同意,京都大学所藏之出版许可,当可解决。又请东京大学东洋文化研究所的桥本秀美(中文名乔秀岩)助教授作为另一合作者,承其慨允向所方交涉,由于是与本所教授共同合作,所以基本上未有障碍。这样,最主要的两家收藏单位顺利过关,其中已含有 30 余种稀见版本了。

京都大学而外,关西地区收藏稀见戏曲最多的是大谷大学与天理大学。金教授回信说:

2002 年 4 月 22 日京都读曲会后，金文京教授（后）与赤松纪彦教授

　　大谷大学因兼任的关系，比较熟悉，如要出版，须办公函申请，不过他们也另有出版计划，不得乐观。天理方面，已通过朋友打听，容有消息再奉告。京大当无问题。此三处我可以负责，只望先生准备公函，以便申请。（2003 年 9 月 10 日）

　　东北大学方面，我请创价大学的水谷诚教授通过花登正宏教授，顺利获得三种曲本的出版许可。

　　看来已是一路绿灯了。

　　东京地区，则尚有内阁文库、东洋文库、宫内厅、成篑堂文库等需要申请。我请出版社方面向各收藏单位提出复制出版申请，又请东

2002 年 2 月应古屋昭弘教授邀请在早稻田大学做讲座，会后合影

京大学名誉教授、日本学士院会员（院士）田仲一成先生和早稻田大学文学部古屋昭弘教授代为问询。田仲、古屋两位先生同时也是东洋文库的研究员，以两位的身份及其在东京地区的影响力，想来问题不会太大。

不料，在我把事情想得容易之时，麻烦接踵而来。

古屋先生来信说：

东洋文库现在只允许复印每种资料的一半，因此事情并不一定顺利，这一点敬请谅解。反正有什么进展我一定跟您联系。（2003 年 12 月 13 日）

再后来，古屋先生失望地回告我说：

　　成篑堂文库的有关人员说该文库对全书的影印出版一概不允许，只允许一两叶的影印，每张还要付一万五千日元。东洋文库还没有回音。这些消息一定会让您大为失望，实在抱歉。（2003 年 12 月 16 日）

我回复说：

　　成篑堂文库的情况，我上月见到田仲一成先生时，向他请教过，他说当年传田章先生想看一下明版《西厢记》，也没有得到同意。而且文库本身已经归于商业性机构，则不获同意，也是意料之中的事情。好在我们只是选辑，成篑堂文库的两种未收，不会影响大局。

　　东洋文库方面，田仲一成先生今在文库的图书部任职，不知是否需要让田仲先生从另一个侧面说一说？（2003 年 12 月 16 日）

　　两天后，古屋先生又来信说，得到东洋文库的回音，结果跟成篑堂文库一样，对全书的影印出版还是一概不允许，只允许几叶的影印而已（这是东洋文库的规定，恐怕田仲先生也没办法）。古屋先生把出版社的公函译成日文，跟原文一起寄到两所文库，但也没能起到作用。（2003 年 12 月 18 日）

　　俗语谓好事多磨，正是如此。

三

无奈之余，只能把希望寄托于金文京教授。

我给金文京先生写信说：

影印戏曲之事，东京大学和东北大学方面都已经获得许可，并正在复制之中。但请古屋昭弘先生联系的成簧堂文库和东洋文库，均未能获得许可。特别是东洋文库未能获得同意，颇让我感到意外。好在那里也只有一种明代版本。

目前我尚未联系内阁文库、日比谷图书馆（有一种明版《荆钗记》）、宫内厅图书寮（一种明版杂剧《西游记》）、蓬左文库（一种明集义堂刊《琵琶记》），我日前咨询古屋昭弘先生，他说："以我的经验，内阁文库、东京都立日比谷图书馆、宫内厅图书寮这三个单位肯定不允许全书的影印出版。"

这个答复令我很惊讶，也很担心。因为内阁文库的藏书最重要，有多种明杂剧为唯一存世的版本，而且我都已经复制了。而我原来问东洋文化研究所的桥本秀美先生，他认为内阁文库作为国立单位，肯定没有问题，他甚至认为我个人直接联系都可以。由于他近来较忙，我不便让他再去问内阁文库。现在听了古屋先生的话，我颇担心如果我问的时机不好，会把所有路都堵死了。而且古屋先生的意见是没有获得许可，则不能出版。所以想请教您的意见，您看看有无更好的办法，能够比较有把握地顺利完成申请许可之事？

……（2003 年 12 月 23 日凌晨）

金文京先生回信道：

　　因香港回来后又去台湾，迟复为歉。大谷、天理两处，据悉过年才会开会，而一二月正当大考时期，难免拖一段时间，请原谅。东洋文库和内阁文库之事，我也感到意外。香港回程，我跟田仲先生同去机场，虽没提及此次计划，他自言愿意公开资料。然此事不好贸然启口，容我找机会通过别的管道再打听。至于内阁方面，我问问古屋的看法后，再奉告。反正今年没几天，都是明年的事了。（2003年12月25日）

　　这样，在忐忑不安中等待了四个月。这期间还经历了更换出版社的波折。当我在2004年的3月底再度发信问询时，金文京先生那里传来了佳音：

　　来信敬悉。因最近去越南考察，迟复为歉。换出版社我没有意见，想目前在中国出这类学术图书，也相当困难。大谷大学、天理大学迄今仍无消息，大概学期刚开始的缘故，我过几天去问问看。另外，日前去东京出差时，跟内阁文库的负责人谈此次计划，得到基本同意，详节容日后再奉报。（2004年4月5日）

　　内阁文库方面只是按规定要求：如果该馆提供的书籍超过全书的三分之一时，须适当收取版税。以整套书而言，内阁文库所藏部分，大约占六分之一而已。
　　就这样，柳暗花明，内阁文库之所藏，有惊无险地拿下了。金文京先生处理事务的能力，令人钦佩。

四

2005 年的元旦刚过,便收到金文京先生的来信:

> 新年好。京大和内阁文库的胶卷全部弄好。让您久等了。下一步应该如何寄去才好? 我怕胶卷在海关受查,发生意外。最安全的方法该怎样,请示。(2005 年 1 月 18 日)

最是新年气象新,开门即遇喜事,真是喜不自胜。本来用国际快递,也是很简单的事,但是我担心万一海关给查扣了,就麻烦大了。为保万无一失,最好的办法是请人带来。激动之下,愿意付出任何代价。所以立即回函说:

> 阅信喜不自胜。在此谨表感谢。
>
> 您说的海关受查问题,确需担心。请您看看有无留学生来中国,请代为带到北京、上海、香港均可。我再想办法去取。
>
> 或则稍晚一些,容我联系在日本工作的国人,由他们和您联系,在春节归国时带回,您看如何?

金先生说:

> 春节前后总会有留学生回国,我去打听后再奉报。(2005年 1 月 19 日)

二十八日又得信曰：

　　因找人较费事，迟复为歉。京大有一研究生目前在南京大学，刚刚回来度假，说 2 月 18 日要回南京，我想把胶卷托他带到南京再转交适当的人，不知方便否？请示。

我即回信：

　　胶卷之事，多有烦劳。我会在 2 月 15 日至 20 日访问台北，不知道您是否去台湾过春节？如果去的话，我们或许可以在台湾见面。

　　如果台湾未成的话，先带到南京也可以。（2005 年 1 月 30 日）

金先生回函：

　　我没有去台湾的计划，所以还是要托留学生带到南京，请示知到南京后要交给谁。（2005 年 1 月 31 日）

我即回信说：

　　请交南京大学张宏生教授，我会与张教授联系的。（2005 年 1 月 31 日）

数天后，金先生又来信说：

　　我有一个学弟在东京，刚好他于 2 月 20 日要去台湾，我想托他带到台湾较方便省事。请示知您去台北甚么地方。

　　金文京的学弟住吉先生，受邀赴台湾大学，为该校所藏旧版日文书籍编制目录。台大中文系张宝三教授为金文京的旧雨，且负责接待住吉先生。住吉在 20 日下午才到台北，我在 21 日早晨即须离开。所以我们商定在 20 日傍晚交接。

　　2 月 20 日下午，住吉先生抵达台北。傍晚，我与内子在台大附近一家小餐厅里，与张宝三教授及夫人、公子相见。张教授引见了住吉先生，我顺利取到了胶卷。然后共进晚餐。内心的喜悦无法抑制，这晚餐也就非常愉快。更因了这个机缘，我还得到了张教授这一位好朋友，以后续有往来。这是我借助"我的朋友金文京先生"而得到的优待吧。此是后话。

与张宝三教授一家及住吉先生（左一）

当晚在宾馆细看到金文京精心包扎的物事，不免有些激动。

这份胶卷可真是得来不寻常呀！

回到广州，立即给金文京作信：

> 我于今天凌晨回到广州。
>
> 在台北，通过张教授顺利地从住吉先生那里取到了胶卷。这样，第一辑影印所需的资料已经具备，我可以与出版社商定出版的日期了。想想这部分材料绕了这么大的一个圈才到手中，觉得做成一件事也真是不易。也更加感激您的帮助。

就这样，第一辑的编集工作，最后有惊无险地完成了。而今以私立图书馆藏本为主的第二辑，也已经编集完成，希望一切顺利吧。

2007 年 1 月 8 日。

访长田夏树先生藏书偶记

因为编《子弟书全集》，我们在全世界范围内寻访尚存的版本。大陆所藏，集中在国图、首图、北大图书馆、中国艺术研究院图书馆、天津图书馆等处，已经一一翻阅过。我国台湾所藏，多萝茜在台北待了半年，也已尽数披阅。日本所藏，我在2001年曾作寻访，最集中的几家，都已经见过原本，并摄有书影。但其中长田夏树的藏品，我只见过影印本，较为漫漶，很希望能够见到原本。但不知长田的旧藏今归于何处。

学生关瑾华去京都大学访学，我让她留意此事。我印象中长田曾在神户任教，或许可以从神户外大图书馆馆长佐藤晴彦教授那里得到一些消息。而佐藤先生也是京都读曲会的成员，瑾华每月总能见到一次。

瑾华很快就来了回信：

您让我去了解长田先生的情况，我昨天的回信里提到了会向佐藤先生咨询，一来是因为佐藤先生应该对语言文字研究的学者有更多的了解，二来是因为我在网上搜索的时候，意外地发现长田先生有多篇文章发表在《神户外大论丛》上，这正是佐藤先生所在的学校呀，所以我猜测长田先生可能曾在神户外大任教。昨晚给佐藤先生写了邮件，请他帮忙了解情况。

没有想到，竟然被我猜中了，长田先生退职前正是在神户外大任教，现在也在神户居住。而且更巧的，佐藤先生恰好安排与另外一位先生下周一一起去探望长田先生。佐藤先生今天下午还帮忙向长田先生询问了子弟书收藏的情况，希望能够借来让我看看。

但好事多磨。惊喜之外，紧随而来的是失望。瑾华又写道：

但是令佐藤先生意外的是，长田先生一反常态地表示不可以外借。佐藤先生晚上的来信中深表歉意，并说下周见面时会再提出希望，更说可以让我一同去拜访长田先生。

我想长田先生可能是因为不太了解我们的工作，所以不愿意贸然把自己藏的子弟书外借，我在给佐藤先生的回信中已经再次扼要地说明了我们做的工作的情况和目标，也表示如果合适，我非常愿意一起去拜访长田先生。

希望我能"马到功成"，呵呵！

对长田教授不肯外借一事，佐藤先生很不安地再三表示歉意。他给瑾华的信中写道：

今天我通过另外一位老师跟长田先生联系了一下那个子弟书的事，他说："给人家看，那是无所谓的，可是要是借给人家就不行。"

　　我所认识的长田先生不是这么小气的先生，也许这几年不知为什么他有点变了，或者他对子弟书有着特别的感情。

　　我当然下星期一拜访他家的时候，再一次向他提出要借给我的意思，可是他再拒绝的话，我也没有法子了，这一点请多多原谅。

　　要是你希望亲眼看看子弟书的话，下星期一和我们一起去也行。只是他家相当远，要是从京都去的话，比去神户外大还要远些。要是从京都去的话，可能要两个半小时吧。

　　只要能够见到长田夏树先生，想必会有柳暗花明的可能。却不料这只是一波三折过程的一个小小开端。随后又接到瑾华的信：

　　今晚接到佐藤先生的来信，遗憾地获知，长田先生回复他们说不愿意跟生人见面，所以我不便周一一同去拜访他老人家。

　　看来这位日本汉学家的脾气确实有些古怪，与我见过的许多待人十分友好的日本学者颇有些不同。不过，既然这些古籍是他个人的收藏，他不仅有拒绝给别人看的权利，也有谢客的自由，不能说他是"小气"。我告诉瑾华，请佐藤先生转告我们的工作情况与目的，其他则静以观变吧。在国内图书馆看公家的藏书，我都已经习惯了吃闭门羹，倒并不以为有什么。

　　没想到佐藤先生面见了长田先生之后，事情又有了转机。他给瑾华的信说：

　　我刚从长田先生那儿回到家。告诉你一个好消息，长田先生到底慷慨答应借给我子弟书了,那些书现在在我这里。他说要是公家用的话,我可以借。

长田先生还是我想象中的先生,不是那么小气的。

有两件事你千万要记住。1)看来这些都是他最心爱的书,所以要是拍照片应该在日本国内拍,不要带到国外去,免得万一出事。要是出事了,都是我的责任。2)你们要是影印出版的话,像你说的那样请明确写长田老师的名字。

至于怎样拍照片,我等你的回音。

佐藤先生答应周六赴京都参加研究会时,把从长田先生处借得的子弟书带给瑾华。

但瑾华说,佐藤先生随后又给了她一个邮件:"他特意在邮件里,通过讲述一个难忘的经验来提醒我要小心谨慎对待古籍,我看了那个经验,心里颇不是滋味。作为古典文献学专业的学生,将来会有很多机会接触古籍善本,佐藤先生的这次提醒也许值得我们铭记在心。"

佐藤先生的原信是这样的:

周六带长田老师的书去京都,这是当然可以的。只是我有一个直到现在也难忘的经验。那是离现在已经过了几十年的事了。当时著名的《水浒》专家某教授来日本,我专门陪同他去天理图书馆,在那里的善本阅览室观看《平妖传》的善本。教授把善本打开,马上就把善本的中央由线来装订的地方用手使劲儿压了一下,以便容易看到书的中央部分。可是这个行为使得旁边看的我目瞪口呆,一句话也说不出来。

当然教授的这个行为不是出于恶意的，而是可能是他平时对待古书的一般的对待法。这也许是教授自小时候身边有古书，不觉得希罕，跟一般的书一样看待。可对我们来说是绝对不可想象的行为，对这样的书拿在自己手里，也是犹豫不决的事了。

你拍摄长田老师的书的时候，希望你谨慎加以谨慎，千万不要损坏那些书。

我能理解佐藤先生的心情。在日本，只要馆藏目录能检索到的，也就一定是可以借阅的。不过，借阅时必先请洗手，甚至戴上白手套。不得用水笔，但备有削好的铅笔任取。在职员的眼神里透出对书的敬重，甚至敬畏。在那样的场合，也令人顿生肃然之情。古人阅善本，必焚香沐浴，静心斋戒而后观。此礼失之已久，却犹能见于域外，宁不令人感叹！

瑾华终于看到了这批资料，并且全部用数码相机拍了下来。瑾华说，这一次访书的经历，让她终身难以忘怀。

撰于 2006 年 12 月。

地坛淘书记

避地燕北，周日才有自由活动时间。初晓波老弟，是六年前在东京访学时相识的旧雨，知我至京，告知地坛有书市，他已经去过，颇有所得。故而心动，遂于午后赴地坛淘书。

京城昨日狂风颇虐，今天则晴空万里，烈日炎炎，已如盛夏。人头拥挤，空中弥漫着油炸小食的油腥味，令人口渴头胀，腿酸眼眯。新书特价售卖部分，不是我所感兴趣者，所以按晓波所说，四处寻访旧书。但书市已近尾声，佳者实已为先到者搜罗殆尽。不过集腋成裘，出场归来，居然成捆，手几不能提。

有几本与图书馆学相关的书，略可一说。于一小摊上见王重民《中国目录学史论丛》，眼睛一亮，先挟付腋下。待到付钱时，老板说：这是好书，要找这样的书很难了。所以原定价1.65元，书摊另标30元，那口气没有让价的可能，我也没有还价，就买下了。此书系启功题书签，中华书局1984年12月版，342页。主体部分是《中国目录学史讲义》，另附六篇目录学有关的文章。

另一本是《图书馆学目录资料汇编》，书目文献出版社1983年版，大16开，近600页，开价仅20元。如书名所示，选收了50年代图书馆学界几位大佬的文章。有些资料一时还不容易找到。对于我这样需要补课的人来说，恰好用得着。

最后一本是《东北师范大学图书馆藏古籍善本书目解题》，1984年 3 月东北师范大学图书馆自印本，493 页，非正式出版物，无定价。亦不署编者，《前言》提及为王继祥等人所编，由王修订定稿。该馆应《全国古籍善本书总目》编选的要求，自 1979 年开始，以两年时间作普查，选出 1200 种上报。解题以此为基础，增加各书的内容提要和作者简介，并附索书号。这本书恐怕后来并没有正式出版，见者不多。而《中国古籍善本书目》出版，著录项删削过甚，使用不便。此书虽仅录 1200 余种，但可使人知其藏本概貌。粗粗翻阅我所关注的词曲部，间有收获。

归来检点战果，草草作记如此。

2007 年 5 月 13 日，星期日。

东京第一日

去年的此刻，正收拾行装离东大回广州，而今年的此日，则是刚刚落脚在早稻田。在冬日的阳光下，准备收割田里的谷物。

早上先与冈崎教授见面，她请早大演剧博物馆的客员助手森平先生带我去办相关手续。先办了互联网的入网许可，然后去早大图书馆办借书证。

冈崎教授的先生是早大图书馆事务部副部长兼综合阅览课的负责人，因而得以事先办好手续，进门可取。不过工作人员给的是二号证，按说明，如果去别的大学看书，早大图书馆不能给办介绍的手续，而我恰恰需要这项内容。向副部长说明之后，他就给换成了一号证。这样，下次我要开介绍信，只需找工作人员就可以了。

现场决定下周要寻访的图书馆。预定先去拓殖大学与东京外国语大学，就请工作人员帮助查阅开证。在日本去图书馆看书有预约制度。可是上了拓殖大学的网，却没有查到我要的古籍，只有民国以后的排印本，而且都远在八王子校区。我赶紧取出复制的"宫原文库"的藏书目录，一查，还是没有。后来才知道，这些已经归入贵重书，该校图书馆尚未纳入网络检索。

2008 年 12 月，在早稻田大学校园前与冈崎由美教授合影

宫原文库出于宫原民平的旧藏。宫原民平（1884～1944），日本早期研究与翻译中国戏曲的知名学者，曾留学北京。他与金井保三（1871～1914）合译了《西厢歌剧》（东京：文求堂，1914），此书较以往各家不同之处，在于弃金圣叹评本而改用陈眉公评本为底本，改以往的训读体为平易的口语体。又与盐谷温一起主持《国译汉文大成》中的元曲部分，负责翻译《西厢记》《还魂记》《汉宫秋》《燕子笺》等，此外，著有《支那小说戏曲史概说》等。因为研究与兴趣，宫原氏个人收集的中国戏曲小说很多。他本人毕业于拓殖大学，后来在母校任教，对该大学中国语学的发展，贡献甚钜。殁后，其庞大的藏书，赠予母校。我前几次都没有来得及去看。曾请瑾华作过调查，她给了我目

录中的戏曲部分。但我现在看到原目录，发现一部分戏曲作品，被误收入小说类了，实际收藏的戏曲，比我们以前掌握的要多。因为是贵重书，需要先列出详细书名，再提出申请。理了一下，需查核的曲籍，共计有 87 种。

东京外大也需要做同样的工作。那里有"诸冈文库"，系诸冈三郎所赠。诸冈三郎（1877~1942），出生于旧佐贺藩的士族之家。1903 年毕业于东京外国语学校清语科，进入东京一家建筑公司，被派往天津分公司工作，在天津生活 20 余年。1928 年担任东京外国语学校讲师，主讲中国文学。殁后，其旧藏汉籍 8300 余册，赠予母校，为设"诸冈文库"。文库以小说、戏曲及俗文学关系文献最为突出。有康熙刊《啸余谱》十一卷、乾隆间经纶堂刊《藏园九种曲》、叶氏《纳书楹曲谱》、乾隆刊《玉燕堂四种曲》等，略有可观。

下周一，是全国休息日，周二还不一定能够得到回告。再下周，我与崇平定下去山口大学和南部福冈的九州大学。看来这一周内还完成不了拓殖与外大两处的调查。时间苦短。

取了证，与崇平道别。漫步馆内，闻到熟悉的气息，仿佛回到了七年前。那时我请古屋教授代为办了借书证，总是白天先在东京大学的东洋文化研究所看书，待四点半那里关门后，再转到早大的书库，然后背一包书回八王子的宿舍。早大有一套线装版的《车王府曲本》全集，可以借出来。那套书 1991 年出版时定价三十万元人民币，国内大学买不起。所以我将子弟书、俗曲部分借出来拍照，通常到半夜一点拍完，制好文档名，第二天就可以还却，然后再借。我后来校勘《子弟书全集》，这些图片帮了很大的忙。

先去寻访《近代文学研究丛书》，其中有我想要的一批明治时期作家兼学者的资料，共 70 多册。令人欣喜的是在其中发现了千叶掬香的专辑。这位留学欧美,以哲学、经济学为业的学者,同时也是明治中后期西方戏剧的介绍者,不过完全没有人知道他还写过介绍中国戏曲的论文。我是春天在关西大学的"长泽(规矩也)文库"内看到千叶藏训译稿本《水浒记》,才开始关注他的。

复制了笹川临风、幸田露伴、森鸥外、三木竹二、千叶掬香、依田学海等人的资料。先前买了两千日元的复印卡,一会儿就用完了。再买了一张两千元的,方才够数。

想到傍晚古典籍部要关门,决定还是先去线装书库。摩挲那一排排的旧识,依然如故,而我已两鬓斑白了。唯有书籍是不死的精灵,我辈终将随时间而老去。

在二层见到宁斋文库,上次我还没有注意到宁斋与戏曲的关系,未及阅读。请管理员找来文库目录,借来宁斋旧藏的数种曲本。

野口宁斋(1867～1905),名壹,通称式太郎,字贯卿,别号疏庵等。汉诗人野口松阳之子。幼承庭训,能汉诗,少年时代即有"宁馨儿"之誉,在作诗方面展现出异常的才能。后游学于森槐南门下,诗作益发出色,有"诗坛鬼才"之称。此外,宁斋还撰有小说及文学评论。殁时年仅三十八,数千种汉籍藏书归于早稻田大学,为设"宁斋文库"。其旧藏戏曲,有明刊清初印本《汤义仍先生邯郸梦记》《汤义仍先生南柯梦记》《红雪楼九种曲》《红楼梦传奇》《绘图长生殿》《绘图绣像桃花扇》《梨花雪》等,多有"宁斋枕中秘"等章,并有朱笔圈读,可见他当年曾细心阅读过。

翻完宁斋的曲籍,天色已经昏黄。忽然想起午饭未曾落肚。便从古籍书库借得三十册(限借,薄薄的线装也算是一册),又在外面借了几本平装的厚书,一并抱回宿舍。再想,正好要去买 IP 电话卡和电线转接插,便起身去池袋或新宿,计划在那里犒劳自己。

　　JR线的高田马场站,处于两地的中间,新宿方向的车先来,所以去了新宿。

　　在电器店的八楼找到"海外用"的转接插,从电梯直下,中间层暂停,有人低头进来。一见,似是旧识,我轻声叫道:"杜先生。"那人抬头,哈,果然不错!南开大学的清史专家杜家骥教授。我在写"车王府藏曲考"时,曾参考了他的大著《清朝满蒙联姻研究》(人民出版社,2003),并求示教,不意却在台北故宫举办的文献学会议上见到了本人。那是2007年冬天的事,他在佛光大学做客座教授。现在我们却在日本二度相见了。他给我介绍了后面的年轻人,原来是杜公子,现在在日本大学读国际关系学博士。杜兄这次是承早稻田历史系的邀请而来的,为时三周,次日即去京都,却让我在电梯里逮着了。这世界原本就很小。

　　又去中国人办的知音店买了电话卡。无心找食肆,直接坐车回早稻田,顺路买了些熟食。回到房间,时间已经九点多,煮上面条,打开啤酒,对着电脑,边上网,边喝着啤酒,中饭、晚饭一并享用,其乐也融融。

　　昨晚不算,这便是我在东京的第一天吧。

2008年11月24日。

东京淘书记

才在东京停得一日，就是周六了。早大的古籍部不开放，正好会友。在东京的旧雨还不少：复旦的正宏兄在庆应，北大的李简学兄在东大，复旦的蓓芳教授则同在早稻田。电话联系上以后，与正宏和蓓芳两位教授约在早大图书馆门口见面，转到西北风餐厅用午餐。

在国内大家都忙，数年未及相见，此番竟在东京得聚，自是快事，且亦是图谋已久。

谈蓓芳教授有重新整理龚定庵全集的计划。因为通行的王佩铮本，其实存在不少的问题。我因在日本访书，偶得顾太清的稿本戏曲，后又从国内访得另外一种，且因考索太清的生平而关涉龚、顾二人的"丁香花案"，所以对定庵也顺带关注了一眼。王贵忱先生尝撰一文，谓据太清遗墨，其书法甚似定庵。我知道他话里有话，因而在拜见的时候，提及此事，颇引出王老的兴致。谓关注定庵著作已五十余年，为天下收得定庵版本最齐全者。我也介绍了谈教授的工作，因称暇时或可介绍相见。王老复赠一清末民初人关涉龚顾之事的诗跋，我存于箧中几年，今年秋后才比较合适地用上了这份资料，改定《顾太清与龚定庵交往时间考》一文。此稿先后撰写了三年，至此方得以呈请王老指正。王老阅后予以肯定，又问复旦教授何时去访，自

2015 年 3 月与陈正宏教授在斯道文库

觉精力见衰，唯是期待年轻学人有所作为。而我联系的结果，蓓芳教授正在早稻田。所以，我到早稻田的第一件事，便是联系她了。

正宏到庆应的斯道文库访问研究，则是春天就听金文京教授介绍了。他的版本学研究，渐成气候，如今不在图书馆善本部工作而研究版本者，侪辈中恐无出其右了。他对古籍的那番痴情，也不是常人所可及的。正宏见面时提着一个袋子，我不知三人见面吃饭，带这东西作何用。我们在西北风餐馆就座后，正宏说他早上去高元寺赶古书的周六早市而来。那地方就如同北京的潘家园，他每周都去，早上一个小时内，好书就会被扫光。如今已经成为一种习惯，唯愁回国后无这般地方可寻，不知如何消遣呢。——原来袋子里装的是他早晨的战利品。

取出观看，其中有一册为和刻本，品相甚佳，妙在牌记具备，而且还有刻工姓名，作为和刻本的标本，自然最为合适。正宏的目标是每一时期的版本购藏一本。这当然是为版本研究而设，并不是从奇货可居着眼。这种情况，我在日本书志学创始人长泽规矩也身上看到过。正宏说：在日本，和刻本不受重视，店主也不甚识货，所以他这一册只花100日元购得。但另一方面，中国的古籍却被炒得很高，很离谱，因为有许多中国人购买。他在书摊上一有擒获，就带到斯道文库，同道们都会围上来，看他的收成，然后大家分头查目录，或者从文库中找相同的版本来作验证。偶有比文库所藏本还佳，而出价甚微，大家便啧啧称道。而他也在这个过程中，向日本同道学到不了少和刻本的有关知识。

正宏后日便需返上海处理学校与项目的事情。他把一家古书店寄给他的书目给我，道是出此信函，便可得优待。又道神保町今日尚有古书展示会。我说既然还有，不如现在就去看看。所以三人便一起坐车赴神保町。

书展里果是人头挤挤。正宏昨天已经来扫过一遍，所以，入门后，就择要给我作了介绍。其中有吉川幸次郎所译的油印本《杀狗劝夫》，有"伊漱平"签名，内偶有朱笔改订，当是伊藤漱平的旧藏，薄薄一册，16开，标价5000日元。我先放于筐底，后来考虑了以后，决定

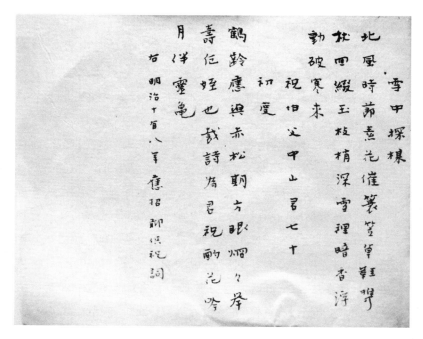

《雪中探梅》

放弃了。我们分头各自转圈。最后，我将所得两筐，请正宏鉴定。内有几本厚书，定价颇高，先给枪毙了，如青木正儿《支那近世戏曲史》，标 6000 元，我因为做戏曲研究，虽已经有了这书的中译本，还是想买一原刊本作纪念。正宏认为此书非初版，且他处尚有可觅，必能买到比这更低廉的，故不必着急。但我淘到的其他几本，正宏也连连称好。

　　最可称说的是一本薄册，价仅 100 日元。书衣上题"诗稿"，下署名作"恭斋"，诗末题"右明治十有八年应招聊供祝词"，自是明治中某汉诗人所为。此为自笔稿本，有诗数十首，内亦有清新可喜者，如

《煎新茶》:"去岁前庭手自栽,今春摘得新芽魁。吟友迎来试一啜,评史论文散郁埃。"又《秋兴》之二:"领取秋色竞妙姿,嫩红幽白傍东篱。庭前独酌几杯酒,夕日西倾亦不知。"其名姓当可考知。

还有以下数种略可称道:

后藤朝太郎所撰《支那文化之研究》,大正十四年(1925)初版本。首有三幅彩印,一为敦煌壁画,二为梅兰芳剧照,三为叶德辉的名刺及刘存厚的请帖。书分天、地、人三篇,五十八章。以一个日本人的眼光,通过大正间在中国各地实地亲身经历,而以独到的眼光作分析,对了解当时中国的社会、人情、风俗、趣尚,颇有帮助。首为三上参次的序,三上是第一部《日本文学史》(1890)的撰写者,也是一位汉学家。次为儿岛献吉郎的序,儿岛是中国文学史的最早撰写者之一,在1894年就写了《文学小史》。两人在写序的时候都已是年近古稀,属于泰斗级人物,而对此书均推许有加。三上参次谓作者毕业于东京大学汉学科,曾十九次赴中国,将以往所学文献知识与实地考察相印证,著成此书,其着眼之奇警,观察之锐利,立论之堂堂,古今对照叙述之妙巧,莫不令人叹服;其篇什,或为学问、艺术之批评,或为政治、经济、人情、风俗之论说,或游泰山、庐山、巴蜀而作纪行,左右逢源,趣味益然,读此书可对日中两国过去两千年间的紧密关系有更加切近的了解,云云。书末空白页有原藏者钢笔所书识语,略谓中国研究,是自己的专攻,唯书典购置很不容易,时常念记而不可得,但本日求得此书,心情甚快,自加勉励,期待研究不止云。署一九六一年八月廿日。有"野崎"印。可见在1960年代,由于中日邦交尚未正常化,外国学者要了解中国本土的学术,非常不易,再则战后日本政治经济一度陷入困境,日本汉学家的处境,更是艰难。于此题记,略可见一斑。此书近 790 页,2500 日元得之。

《现代日本文学全集》第十三册,改造社发兑,昭和三年初版本。三栏,小字,559 页。仅费 600 元得之。所录作家为高山樗牛、姊崎嘲风、笹川临风。我感兴趣的是笹川临风,他在 1897 年刊出《中国小说戏曲小史》,是世界上最早的中国小说戏曲合史;同年及次年又刊出《中国文学大纲·李笠翁》《汤显祖》,两书合观,已经是一部中国戏曲专史。但临风的生平,以往所见,均是大同小异,而临风实是此书之编定者,书后有临风自传,所叙早年经历最为详细,亦多为后人引用。再观前两人,方知三人为知友,更知樗牛为明治时期批评界的巨擘,早逝;嘲风与临风、登张竹风,时称"三风",纵横文坛。如此,又得知一些史实及重要信息。故此书颇可补充拙著《日本所藏中国戏曲文献研究》,堪称雪中所得的炭火了。

内藤虎次郎(湖南)撰《清朝史通论》,弘文堂书房刊,昭和十九年(1944)三月初版八月二版,423 页,600 日元。内藤湖南为京都学派的创始人之一,其学术享有盛名,得此一册,价不甚贵,可作纪念。

此外尚有西园寺公一的《北京十二年》,200 日元得之。著者从"大跃进"到"文革"初,在北京等待了十二年。写作此书时为 1970 年,当时仍对"文化大革命"颇有期待。有意思的是还用了较多的篇幅介绍了"样榜戏"(当时还只提到六个),重点介绍了"抗日戏剧《红灯记》"和"现代京剧《智取威虎山》"。尤其是鸠山设宴招待李玉和,与扮作胡彪的杨子荣与坐山雕的那段精彩对话,一一作了翻译与介绍。读来令人会心一笑。

还有三宅周太郎的《日本演剧考察》,出价 200 日元。

正宏说,你买书主要还是考虑书的内容。——他说的不错。所以我不会成为藏书家，也没想过玩版本。

　　付款后找得 600 日元，我想起和刻本《评纂唐宋八大家文读本》，只需百元一册，也想弄一本作样本，结果此套凡八本，散去两本，残存六册，恰合 600 日元。故最后所费 6000 日元，得书凡八种。

　　归后联系上水谷诚教授，告知他，我已经去过古书展。他则告诉我，已经将《杀狗劝夫》一种买下，请我放宽心。先前我在广州时，水谷教授写信告诉我近期有古书展，书目上有吉川氏的《杀狗劝夫》等戏曲有关的书，问我是否有兴趣。我说吉川的这本我有些兴趣。这是对话的由来。我不知道今天如果将此书买下，我是否会同时得到两本《杀狗劝夫》呢？

_____

2008 年 11 月 26 日。

东京一周

今天早上去京都，在京都大学做一个半小时的演讲，实际上也是我此次来，他们所安排的唯一任务。其他时间都是我自己安排看书查资料。

这一次来，与以往的不同，就是日程安排得太满，因为我想看的书与访问的图书馆还有很多，还有一些学术交流活动。一般都是早上七点多醒来，整理些东西，然后去图书馆，一直到晚上十点，因为图书馆开到这时闭馆，再回到宿舍，整理复制、拍摄的资料，上网，一会儿也就过了十二点了。

剩下的行程是这样的：

今天（13日）上午十点坐新干线赴京都。

下午两点，在京大演讲，题目是"日本明治时期的中国戏曲研究"。晚上与听讲的各位一起聚餐。

明天（14日）去天理大学。后天（15日）十点与天理图书馆谈影印书的事情。他们已经复制了我要的内容，这次可以取到。只有一种清钞本《夺秋魁》正在修复，由于年底事忙，需要三个月才能完成。我会在天理再看一天书，16日下午回东京。

17日上午将在早稻田演剧博物馆看书，他们有一批戏曲文献，没有进入早稻田大学的汉籍目录,所以此前我没有注意到。昨天去库房看了,计划按架号加以核查。先看了一部分,发现了一种日译本《水浒记》,从来没有人注意过。此前我在关西大学、山口大学分别发现了两种稿本,其来源是江户时代,因而它将是日本的中国戏曲翻译史上的一个重要发现。由于是日文译本,我建议早稻田的一位博士生对此展开研究。他正是演剧博物馆管汉籍的,现在跟冈崎老师读博士。这也算是一个缘分吧。

17 日下午将参加庆应大学斯道文库高桥智教授的一个讲座。主讲人是我的朋友,茨城大学的真柳诚教授。他帮助我复制了宫内厅

早稻田大学演剧博物馆

和大东急纪念文库的藏书，会收在第二辑中。我们发现这次要在东京见一面也不易，后来想到了他做这次演讲时，可以见面。也只能借这个机会一聚了。

18日上午将继续在演剧博物馆看书。下午去东京的一个学术中心会场，应矶部彰教授邀请，我要做一个演讲，题目是"关于清代宫廷演剧"。矶部彰教授任教于东北大学（原七所帝国大学之一，在仙台），承担了一个日本学术振兴会支持的大项目"清代宫廷演剧研究"，与我们的工作有相近之处，我想了解他们的进展，他们却提出让我做一个专题演讲，而排来排去，只能有这个时间了。晚上与听讲的各位有两个小时的聚餐会。

19日将去拓殖大学看书。那里有日本早期的中国戏曲家研究与翻译者宫原民平的藏书。我这次一到东京，就请早稻田大学图书馆方面向拓殖大学提出了阅读申请。但因为要查看的书有七八十种，都属于贵重书，他们回答说需要经过一个专门的委员会讨论，一个月后才能决定，而那时我早就回国了。想办法找认识的教中文的教授，结果仍然一样，但这样又拖了一些时间。后来我压缩了数量，回答说仍是不行，只能看胶片。这真是日本式的回答。我说能看微胶就可以。而这样一拖磨，浪费了一些时间，算一算，只有19日这一天了。而且，这些书放在远离市区的八王子校区，从早稻田来回得有三四个小时吧。

晚上，早稻田有个欢送会。所以下午五六点以前我得赶回。

20日上午就将离开早稻田，结束这次匆忙的访问，可以回家了。

昨天（12日）去了大仓集古馆，是早年在中国也很有名的大仓洋行的美术馆。那里也有一些戏曲书籍，最珍贵的是清钞本《传奇汇考》。专门联系了以后，获得批准，特别为我们找了出来。因为这不是图书馆而是美术馆,没有阅览室,而所有的书也被当作文物来看待的。那里建筑极具有中国特色,而且极为精美,对面则是东京最高级别的宾馆,两处建筑风格和谐,也是大仓财团的。看了介绍,才知道这些都是关东大地震后重建的,现在已经被列为日本的"有形文化财"。

2008 年 12 月,在大仓集古馆前留影

我发现京都大学藏的《传奇汇考》,原来是根据这个本子抄录的。看京大本入藏的时间,是大正四年(1915),应该是由京都大学的狩野直喜组织过录的。大正六年(1917),董康曾将所藏的一批宋元明清刻本、钞本古籍,一起卖给了大仓,成为大仓集古馆的中国古籍文书

的基础。但这个本子目前还不能确定是从哪里购入的。由于这个钞本有道光九年(1829)的跋,京都大学钞本也摹写了,所以摹写的字迹与日本抄手的抄写有别,而之前学者未见过大仓集古馆的这个本子,便以为京大藏本是有道光间题跋的钞本。我此前已经发现此说不准确,因为京大藏本是大正初年由东京一家抄书的书坊抄录的,典型的日本钞本,但未找到源头。这次才如愿。

下午回到早稻田,在演剧博物馆看了一本《〈西厢记〉讲义》,这是明治时期最早的全译本,然后就看到了那日译本《水浒记》,是坪内逍遥的旧藏书。坪内在早稻田是神一样的人物,他在明治中期的著作《小说神髓》,影响了一个时代,他翻译莎士比亚剧作,创设早大的文学科,功绩卓著。演剧博物馆按维多利亚时代的建筑风格建造,坪内的藏品则奠定了馆藏的基础。

五点半,演剧博物馆下班了。只能离开。便去了早大的中央图书馆,继续翻查明治时期的杂志,又发现了森槐南的几篇戏曲论文。当时他们的一种研讨方式,是请一批学者讨论一本书或一个问题,请的是熟悉东西方文学和日本文学的学者,汇总后在刊物上发表。森槐南是以中国戏曲小说研究专家的身份而被选中的,所以题目上完全是日本文学的讨论,其中却有相当于专篇论文长度的文字,作关于中国戏曲的研讨。

晚上十点闭馆后,在一个中国人开的餐厅吃了晚饭,回到住处。

前天(11日)上午按约定,会见早稻田大学演剧博物馆的馆长,竹本干夫教授。这次就是由他发出邀请,请我来的。他是日本"能乐"研究的专家。中午一起吃工作餐。关于"能"的起源,江户时期的学者说是来自中国,但现在日本学者一般不谈这层关系。我问询了他,他的回答是与中国没有关系。他问我中国戏曲起源的一些问题。因为"能"与"谣曲"等,确实有中国唐宋代伎能的影响。最后谈到今后继续交流的问题,他答应邀请我的学生来日本做研究,这样,学生们就有机会去申请国家的留学基金了。

午餐一小时。下午,去芦山图书馆。这是早大文学部的图书馆,因为一些明治时期的杂志只有这里有。

大前天(10日),先去东京大学的"近世·明治文库",看那里藏的明治文献。早期的汉学有关的杂志,现在保存下来的很少,早稻田所藏还算不错,而大学中收藏最多的则是当时唯一的帝国大学:东京大学。但是,从网上检索到了杂志名,现场看了,才发现,有些发行了一两年的刊物,他们其实只保存了一期或几期。

在那里确认了明治二十四年(1891)三月十四日晚,森槐南在文学会作演讲的事,因为《报知新闻》做了报道。这篇报道概述了演讲的内容,题为"中国戏曲的沿革"。这是迄今可以考见的第一个关于中国戏曲的演讲,也近乎是日本第一篇关于中国戏曲的论文。而这个信息,又是我偶然从一个明治时期日本学者的笔记中,看到报道的抄件,才转辗得到的。对于了解日本的中国戏曲研究史,这真是一条非常重要的信息。

又查看了《汉学》杂志上森槐南的《元人百种解题》,才知道这其实是一个专栏,从创刊到1911年3月,每期都有刊登,等于是十几篇论文。二月号上尚有继续刊出的预告,三月号已经没有了。因为这年三月七日,森槐南在东京去世,年仅四十九岁。如果不是这位有名的汉诗人,中国诗学研究者,日本的中国戏曲小说研究的开创者,如此英年早逝,则第二年(1912)东京大学设中国文学讲座教授,也就不会轮到远在湖南的盐谷温副教授,东京大学的汉学研究的历史也将重写。但历史是没有假设的。

　　中午一点钟转到东大文学部图书室。明治二十年代的《中国文学》杂志，只有这里与国会图书馆有藏。文学部所藏的其实是一个学者旧藏的合订本。当时是用讲议方式在刊物连载，然后按内容拆分，再合订成书。其中有森槐南的《〈西厢记〉读方》，这是日本第一篇研究中国戏曲的论文，时间在 1891 年下半年。这也是明治时期最早的《西厢记》的译本（未完成）。

2009 年 12 月，在东文研拜访桥本秀美副教授

　　三点半去东洋文化研究所。我与金文京、桥本秀美合编的《日本所藏稀见中国戏曲文献丛刊》第一辑，装订上颇存在错倒。赠予该所的第十二本，存在倒装，桥本问是否可换，我就把我自己的那套，拿来

替换了，换了还得背回来，其实也是不容易的事。该所图书馆因为搞抗震加固后才搬回来，整理未完，所以每周有一天为内部整理日，不幸正是本日，所以未看到书。而原来我至少想看一种江户时代中日学者的"笔谈"，即用汉文问答，里面涉及戏曲小说的一些问题。

四点，见大木康教授。我们讨论影印出版"东京大学东洋文化研究所藏中国关系资料丛刊"的计划。第一种即是双红堂文库藏曲本。今年三月，大木专门去京都大学，与我讨论商定了出版方案。此后由我向出版社谈妥了基本的问题。这次我们主要讨论合约的内容与向研究所提出申请的事。大木以为这样的项目，怎么都得三两年，没有想到可以这么快推进，所以很是高兴。他请客，我们在东大旁边的韩国餐厅吃烤肉，佐以啤酒与韩国酒。相谈甚欢。

…………

写到这里，已经是日本时间八点四十分了。我得收拾出发去京都了。只好打住。

2008 年 12 月 13 日。

附注：大仓集古馆所藏中国古籍，今已售归北京大学。本文所说的《传奇汇考》也在其中。

《水浒记》训译本

　　关注山口这个地方,是因为山口大学收购了德山藩毛利元次(1667~1719)的旧藏书籍,其中有几种戏曲藏本甚为罕见。2008 春天,我在京都大学做访问研究时,就希望能够访问山口,被告知说那里很偏远,光路费就得几万日元,加上时间也已不够,就放弃了。

　　这次冈崎老师说有一次外出访书的机会,问我想去哪里,我毫不犹豫地说:山口。

　　山口地处日本的西北部,比广岛更靠西北,完全是个偏僻的山区地方。

　　12 月 1 日,我与森平崇文先生一起坐飞机到了山口宇都机场。然后坐 37 分钟电车,到新山口站,再转公共汽车 30 分钟到山口大学。一路上路窄而曲折,人丁稀少,果然是够偏远的了,所以得先弄清楚后天如何回去。了解一下车程,每二小时才有一趟到新山口车站的汽车。下午只有二点多、四点多、六点多三次班车。

　　森平事先帮助与图书馆方面联系了,所以很顺利。但我拿出书单,却发现与我原先想象的有很大出入。我在《德山市立图书馆藏书第十二集:毛利元次公所藏汉籍书目》上看到有几种稀见的戏曲,后来又在《山口大学附属图书馆所藏栖息堂文库目录》里看到了名字,所以想当然地以为这些书大约是从德山市转归山口大学了。但山口大学实际所藏，仅有《盐梅记》《名家杂剧》两种。

这两种倒确实是德山毛利氏所存的曲籍中最重要的两种。前者最为珍贵，系明漱玉山房刊，孤本。2001年9月中，我拜见90岁高龄的波多野太郎先生时，告诉他我在日本的目标是寻访日本所藏稀见戏曲，这位中国学研究的前辈，当时就和我说到了有这部戏曲的存在。后来我的师兄康保成教授把它复制并影印了出来（北京图书馆出版社，2002）。《名家杂剧》实际上是《盛明杂剧》初集在清初的改题印本，流传不多。但细看其内容，也有些意思。它的目录仍题作"盛明杂剧"，但正文三十卷，二十六卷均题作"名家杂剧"，有一种未改，另三种则作"十种曲"。看来原书雕板在清初曾被继续翻印，而改题"名家"，可能是因为已经入清，称"盛明"两字会引起麻烦。但题"十种曲"，则似乎还有故事。大约曾经选出其中十种，以"十种曲"的名字单独印刷过。康熙间李渔的"笠翁十种曲"正盛行，不知道书坊是否也曾凑过这个热闹。

其他要看的几种，则不见踪影。问馆员，均告不知。我告诉她们我的依据，她们找来德山市出版的那个目录，并比较山口大学的目录，从其序文及解题，才弄明白，德山的目录编在前（昭和四十年五月），而两年后，部分藏书因上村幸次教授介绍，由毛利就举氏售给山口大学，共计8208册。因为毛利元次的藏书处号"栖息堂"，所以山口大学也用作文库名，但这并非毛利氏存藏书籍的全部。

那么，剩下的应该还在德山市。所以问德山市图书馆，他们却是星期一休馆。那地方很远，要先到新山口站，然后转车，有一个多小时的车程。我盘算着明天上午赶去那里。

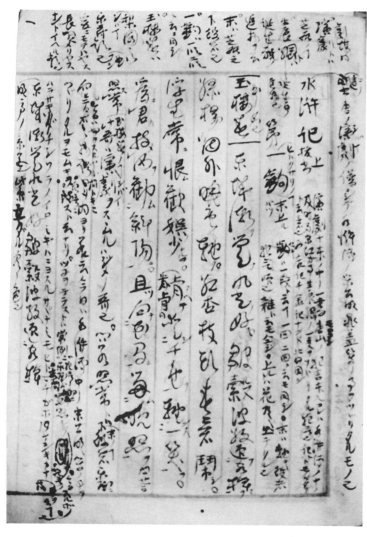

山口大学藏稿本译本《水浒记》

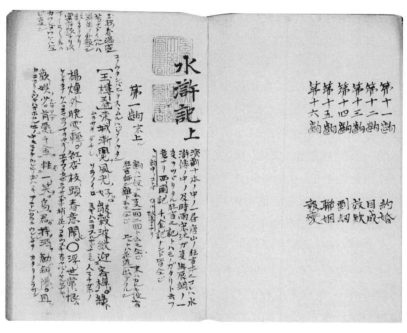

坪内逍遥旧藏本《水浒记》

　　森平傍晚就转福冈，他要去九州大学访书。他说，明天一早就会打电话问清楚，然后再请山口大学图书馆的工作人员转告我。

　　所以我也只好等待明天了。

　　幸好除了上述两种外，还有所发现。有一种《水浒记》的江户时期的稿本译本。三册，摘译本，并非全本。据汲古阁刊《绣刻演剧十种》所收本翻译，卷上多系摘译，卷下则较完整地译了十七至二十六出。其他部分当已经丢失。多用草书书写，书法极为流利，造诣颇深。如果属于毛利元次时代所译，则此本当是日本最早的戏曲译本了，好像从来没有人作过介绍。可惜其中的日本部分草书难以辨认，而我的日文能力欠佳,此项工作,只能请日本学者来做。

其篇首有日文注:"此书系唐之演剧脚本,演《水浒传》中宋公明、晁盖等事。"

同时还看到两册"俗语拔书",一为一册装,一为一帖装。后者四卷,两卷已经表明系从《水浒传》中摘出。《水浒传》很受日本读者欢迎,大约是因为这个缘故,《水浒记》也受到了关注。我此前在关西大学的"长泽(规矩也)文库"里,发现了一个千叶掬香的完整译本,是以极精细的小楷,直接将训读标在原刊本上的。所以很想把这两个本子收在《日本所藏稀见中国戏曲文献丛刊》第二辑内,然后请日本学者来判别它们的价值吧。

关于千叶掬香,我寻找了一些资料,作了考证,兹附于后。

千叶掬香(1870~1938),本名鑛藏,生于东京深川。千叶家历代属岩崎藩士,他也是纯粹的"江户仔"。他从祖父那里继承了"拥书楼"的雅号,也自称拥书山庄主人。其父居住在东京京桥繁华之地,过着优渥的生活,尤喜戏剧,并为剧场投资,所谓的"金方"(老板)便是他的工作。其义兄(姐夫)千叶胜五郎,在明治前期曾参与演剧改良活动,明治二十二年(1889)因福地樱痴之劝,在东京京桥区木挽町创立歌舞伎剧场,在演剧界留下功绩。掬香自幼随父兄频繁出入剧场观剧,他成年后热情致力于海外戏剧的翻译与介绍,即与此相关。掬香从小即读《太平记》《太合记》,十一二岁时即听读《三国志演义》《西游记》《水浒传》等,耽读日本作家的稗史小说,十五岁时关心当时的杂志,逐渐养成对汉文学的浓厚兴趣。之后,出入浅草、神田等地售卖"唐本"的书店,便成为他的日课,并开始了以汉籍为中心的庞大的藏书搜集工作。他在明治十八年(1885)入茅野雪庵的塾中学习汉文学,同时也在以高等学校的入学考试为对象的本乡"进文学舍"

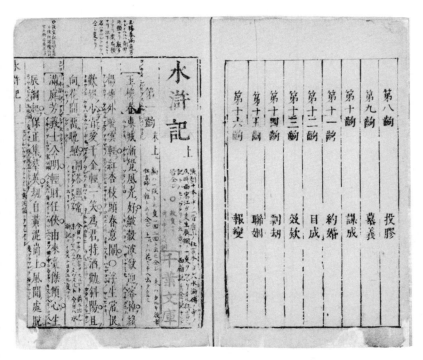

千叶掬香旧藏本《水浒记》

学习英语、英文学、世界史等。受惠于良好的家景,他打下了从事纯粹学问研究的基础。在东京英和学校学习两年后,留学美国,在康奈尔大学等校学习哲学、心理学、政治学、社会学、比较经济学等。明治二十八年(1895)研究生毕业后,又转德国,在柏林大学学习政治学、经济学,与此同时,广为观赏演剧、音乐、绘画、雕刻等,以吸收欧美的新文化。明治三十年(1897)结束十年的留学生活归国。海外留学所掌握的语言能力和积累的文艺知识,为他成为一名文学家打下了基础,不过他个人最终的兴趣主要在社会学与经济学专业。归国次年,受东京专门学校（即早稻田大学的前身）之邀，授讲从英国文学到维多利亚时期的文学、经济学等。早在明治二十六年（1893）他已经开始翻译介绍易卜生的社会剧，三十二年（1899）加入以演剧改良为目标的"青叶会"，此外的会员还有坪内逍遥、高山樗牛、尾崎红叶、大町桂月等，从而开始了他在文坛的活跃时期。从介绍哈代的小说，到海外的演剧，并有《伦理学与经济学的关系问题》《政治的罪恶》等重要文章发表，影响深远。明治三十五年（1902）后，一度主政《读卖新闻》的"读卖文坛"，立誓增加海外戏曲、文学、思潮的解说。明治三十五年六月，《艺文》杂志发行，继承了当时已经停刊的《栅草纸》，掬香在其中起了主要的作用。刊物运作的两年中，以发表评论、诗歌、考证、翻译而引人注目。此外还曾主编《泰西思潮》，涉及政治、经济、文艺等多个领域。而他个人在文坛的影响，则以介绍西方文学思潮，特别以易卜生的剧作翻译介绍而引人注目。

这样一位以介绍西方文化为主，以哲学教授的身份而留下印痕的学者，几乎没有人关注他与中国戏曲研究的关系。他自己撰文称"爱读外国的小说戏曲"，曾撰有《希腊戏曲小史》等，又有《戏曲御弟子》等文，在关注西方戏剧与日本演剧同时，也兼及中国戏曲小说。撰有《支那小说话》（《趣味》，明治四十年九月号）、《支那小说讲话》（《自由讲座》，大正二年六月号），并有《〈水浒记〉解题》（《明星》，明治三十七年四月号）。

《〈水浒记〉解题》是千叶掬香唯一发表的关于戏曲的论文。原因正是因为他藏有一部汲古阁刊本《水浒记》的训译本，用蝇头小楷精心地标于原书上。这部译本作为日本早期的中国戏曲翻译史上的重要作品，理当给予合适的评价。

千叶掬香死于1938年12月25日。似乎早在他去世前，他庞大

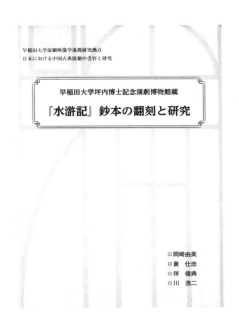

早稲田大学演劇映像学連携研究拠点
日本における中国古典演劇の受容と研究

早稲田大学坪内博士記念演劇博物館蔵
『水滸記』鈔本の翻刻と研究

□ 岡崎由美
□ 黄　仕忠
□ 伴　俊典
□ 川　浩二

的藏书便已经散出。部分小说、戏曲的珍藏为长泽规矩也收得。长泽氏在影印江户后期远山荷塘的《西厢记》译本时，曾想过把千叶掬香收藏的这部《水浒记》译本一并影印，只是因为篇幅过大而未果。长泽去世后，剩余的藏书归关西大学，为设"长泽文库"。但文库的藏书目录向未公布，而世人遂无从知晓千叶掬香的这部藏本了。

2008 年 12 月 2 日。

附记：千叶这部藏本，现已收入《日本关西大学长泽规矩也文库藏稀见中国戏曲俗曲汇刊》，2019 年 2 月由广西师范大学出版社影印出版。

清代词人顾太清的稿本戏曲《桃园记》

2005 年冬,编印《日本所藏稀见中国戏曲丛刊》第一辑所需的资料均已汇齐,出版许可也已到手,出版社早已在催促,同行们则谓翘首已久,不断问我出版的时间。

按计划,每一种文献均须加解题。金文京先生忙得一塌糊涂,桥本先生则原本就说好不承担具体的解题撰写。只有我自己是"作茧自缚",无可逃遁。第一辑拟收最先得到出版许可的国立图书馆的藏曲,凡四十五种。我得为这些书籍作解题。虽然每篇只需三四千字,但受限于条件,大是不易。有些文献我本人也只是看到了扫描本,时间又紧,来不及细读全书,遑论详勘版本。兼以参考资料甚少,中山大学图书馆的日文学术藏书屈指可数,而每家藏书单位与每本书又都必须说个道道来,个中苦楚只有自己明白。

教学之余,挤着时间,到 2006 年正月,终于完成提要,得六七万字。研读间,也颇有收获,故怡然自得,可作钻故纸之余的调剂。试举一例,与诸君分享。

东京大学东洋文化研究所藏有一种清末钞本戏曲《桃园记传奇》,一册,毛订,甚不起眼,署云槎外史撰。向不知此人是谁。我既然要撰解题,也不能条条都是"未详""无考"。网上检索,居然查得

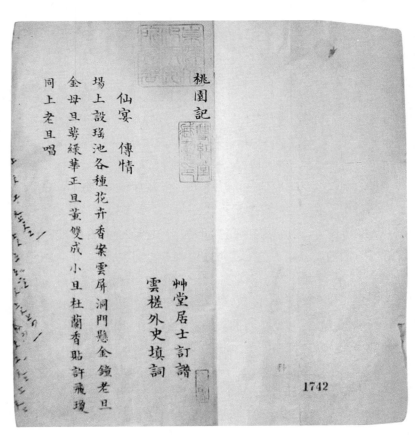

1742

东洋文化研究所藏"云槎外史"填词《桃园记》

云槎外史的大名——原来是满族天才女词人顾太清的号。此人与纳兰性德齐名,人赞满族词人,谓"男有容若,女有太清"。此剧实为太清所撰之孤本戏曲。

再细检内容,考诸其他篇什,其间故事曲折,妙不可言。

这位女士是鄂尔泰族之后人,嫁帝族皇孙多罗贝勒奕绘为侧室,也就是乾隆爷的"五阿哥"永琪的孙媳妇。她与奕绘相恋多时,因为祖父蒙文字狱冤案,其以"罪人之后"的身份,难以入嫁王府,最后冒称王府二等侍卫顾文星之女,才瞒过宗人府而成其眷属。时年已二十六岁。所以这位原名叫做西林春的女士,从此以顾春号太清而名闻于世。她入嫁荣王府的传奇故事,比之"还珠格格"也不多让。荣王府则可作大观园之荣国府看待。

更有可说者,据说这位顾才女与大诗人龚定庵(自珍)曾有"暧昧之情",因而激怒王爷,遣人追杀,定庵仓皇离京,一年后仍不免于毒手云云。真实故事与小说家言相杂,令人莫辨真假。

至于其"暧昧"之事,民初冒广生得之于其外祖,又据定庵诗章有"空山徒倚倦游身,梦见城西阆苑春。一骑传笺朱邸晚,临风递与缟衣人",认定这缟衣人即太清,所以作诗云:"太平湖畔太平街,南谷春深葬夜来。人是倾城姓倾国,丁香花发一低徊。"遂成著名的"丁香花"公案。清史专家孟森力辩其非是,又有著名才女苏雪林为之辩护。然而才人与才女因唱和而相慕,亦是人之常情,故而至今聚讼纷纭,犹无定说。

我从太清、奕绘的作品中,考见太清嫁给奕绘之前,曾有婚史。可能"文君新寡"的身份,是其难以得到王府祝福的原因。而她中年时再度丧夫,夫死三月,即被婆婆赶出府门,当钗赁屋别住。多年后,奕绘之嫡长子去世,无后,太清一脉子孙终于成为唯一的继承人,重入府门，且延续到今天。看来，这一故事，不必多加虚构，就足可以写成一部跌宕起伏的电视连续剧了。

太清的稿本词集为内藤湖南所得，转辗归武田医药财团的杏雨书屋，多年前已公布于世。太清的两部戏曲，一经长泽规矩也之手，颠沛而至东京；一名《梅花引》，今流落于河南省图书馆，尘封已久，无人知其作者。我尝先后多次发函、致电给河南省图书馆馆长，欲将两剧一起影印，希望馆方能玉成其事，他日出版后，馆方且不妨作为礼品。可惜终无下文。好在我已经见过原文，颇可借以考订太清早年经历。故尝撰成一文，于一学术会议上披露，大家均觉得大是有趣，后为李伊白女史要去，刊于《文学遗产》2006 年第 6 期上。

想想太清此两剧，经百余年风雨，而今仍得完好保存于天壤间，为吾人所发掘，亦已足庆幸。

此事续有后文。本人尚有一任务，乃是清代蒙古车王府藏曲本之整理与研究，历时十八年，终得完工（题《清车王府藏戏曲全编》，总 20 册，广东人民出版社，2013）。这车王全名车登巴咱尔，是漠北外蒙古部落的王爷，以往戏曲研究界不甚了解其身世。而我考得此人原是顾太清的女婿，生长于北京，通汉、满语，长年作道光帝御前侍卫，也常以蒙古扎萨克亲王身份陪皇帝看戏。十八岁时娶奕绘之长女。能诗，亦能画，尝画大漠风光、仕女图扇面，由太清为之题词。所以，车王之喜爱词曲，大约也与岳母、岳父之擅长诗词、戏曲有关吧。

车王府旧藏钞本戏曲，如今主要藏在北京大学图书馆与首都图书馆的善本库里。首图尝影印其所藏为《清蒙古车王府藏曲本》，初印十五部，每部九万美金；近又出缩编本，赚得盘满钵满。但首图的倪馆长晓建博士恐怕也只知道人所共知的这些钞本，而不知道他的善本库里，其实还混杂着另外数千册来自车王府的刻本、钞本小说、弹词及戏曲。这是我 2006 年时寻访到的线索。我在台湾"中研院"史语所的学术议上,递交三万余字的长文《车王府藏曲本考》,稍稍涉及此事。只是确切的结论,还须到首图的库底去翻寻之后才能得出。

　　我将考得太清婚史一事,言于中山图书馆前副馆长王贵忱先生。王老最喜定庵诗,被称作是收集龚定庵著作版本最多之一人。他又为我提供一清人诗章,咏定庵与太清之事。诗后附语曰:"定庵曾为某邸西席,觊觎主人才姬,一时颇滋物议。得汉玉印事,见诗集中,多寓意之词。可约略指之。"看来定庵与太清的故事,并不简单。其详情,见于笔者所撰《顾太清与龚定庵交往时间考》一文(《中山大学学报》,2009 年 2 期),兹不赘述。

　　人们常说世界很小,只要拐过六十个弯,全世界的人都是相识的老友。我于《桃园记》《梅花引》而考知太清早年的一段身世,又从太清而知定庵佚事,而知蒙古车王与满蒙联姻之故事,从他们之交往、生活,延至帝王、内廷,下至文人,织成一张网,从中可见晚清词曲活动相关的某些重要现象。

　　所以,窃以为,谓鼓捣古籍文献,实是其乐无穷。如有不信,观此故事,便知端的。

2008 年初稿,2015 年改订。

拓室因添善本书

　　整个寒假都忙于撰写《日本所藏稀见中国戏曲文献丛刊》第一辑提要，为爬罗剔抉日本藏书家资料而受累两月。适香港中文大学吴宏一教授来，我陪同转学而优书店，瞥然见到中华书局版《日本学人中国访书记》，粗观目录所列，有内藤湖南、田中庆太郎、武内义雄、神田喜一郎、长泽规矩也、吉川幸次郎六人所撰中国访书故事，有些资料正好要用到，不禁感叹早些见着就好了。遂让学生也买一本。吴教授对此书也大感兴趣，但架上已无货，我把自己的那本给了吴教授，又把学生的那本拿来，先睹为快。

　　我曾有幸亲睹内藤及后三位学者的旧藏戏曲，故一气读完，如逢故人。在庆幸提要尚无太多疏漏的同时，又良多感慨。

　　内藤湖南，名虎次郎，东洋史专家，京都学派的创始人。他是第一个关注并拍摄沈阳的"满文老档"的学者。他在《奉天访书谈》中，说到埋头拍摄、冲晒一万余张照片的经过，以至两个多月时间，不知不觉中便已过去，对所得资料之兴奋，溢于言表。我在日本访书拍摄数码照片时，有同样的感受。内藤与董康等交好，董康曾送给他一套清钞本《九宫正始》，为研究宋元南戏的重要资料，令郑振铎先生耿耿于怀，直到后来在苏州抄配得另一套，才稍稍舒怀。内藤旧藏汉籍达三万余册，颇有奇珍，这些珍本后来转让给了武田振兴财团，其中有四种被列为日本国宝。他种珍品，尚不在少数。如清代满族最著名的女词人顾太清的词集《东海渔歌》稿本，即其旧藏。我在东京大学访得太清的孤本戏曲《桃园记》，当是同一背景下流落到日本的。

神田喜一郎，则是内藤的学生。他精通中国书画，曾任京都博物馆馆长。他也是藏书名家，其旧藏今归大谷大学。内有孤本明刊《四太史杂剧》、清钞《育婴新剧》等戏曲多种，我拟收入丛刊第二辑。他在访书记中既对陆心源皕宋楼之归于静嘉堂而感到歉意，又以为杨守敬之日本访书，使原藏于日本的大批珍籍流归中国，无论从质量还是数量，都足以与陆心源旧藏本匹敌。然而他认为更愿意立足于大局来看，把目光投向它们对中日文化交流作出巨大贡献这一点上。因为如岛田翰所说，日本学者向来只重中国典籍中的经部与子部，而因陆心源旧藏流入日本，史部和集部将更受瞩目，而之后的事实也确如其所言。我在静嘉堂文库看过几种源出陆氏旧藏的钞本戏曲，又见文库之介绍资料，谓陆心源遗言要求藏书完整地保存，陆氏后人认为岩崎家族能做到此点，遂售归静嘉堂。而国人则痛斥陆氏因利而忘义，更有甚者，谓宁可如钱谦益之绛云楼一火焚之，其魂犹绕故国，似略显过激。今天日本的公私藏书或可得见，若有研究之需，均可申请复制，只收取工本费用；而中国本土公家收藏，却被管理者视作私有财产，外人不可得见，不得全本复制，且底本费动辄每拍数十乃至上百，则不免令人大生感慨了。

我之访曲，从长泽规矩也的双红堂文库所获最多。其中如《花萼楼》《闹乌江》《桃园记》等均为孤本。长泽为日本书志学（文献学）的创始人，因盐谷温的影响，尤喜戏曲小说。他在 1927 年前后数年间，往来北京、江南等地，收罗了大量的戏曲与俗曲唱本，包括许多内府的皮黄、高腔钞本。而当时中国本土学者却无人关注，是在长泽之后，才引起国人的注意的。所以长泽第二次再访时，这类曲本已经不易见到，价亦奇高。可以说，如果不是因长泽氏的寻访而引起关注，也许这些戏曲、俗曲钞本早已消失在历史的阴影之中了。作为一位有心人，他全面地记述了民国时期京、津、沪、宁等地古籍书坊的详情与变迁，成为今天了解当时旧书业的第一手资料，其文字实可作为掌故来读。

吉川幸次郎是中国知名度最高的日本学者之一。吉川那流利的口语与书法，曾使前辈著名学者桑原骘藏以为他是中国留学生，而他个人也以此为荣。甚至在给学生授课时，动称中国为"我国"，反称日本为"贵国"。他在中国留学期间，论文都用中文写成，日记也用中文写作。他组织京都读曲会，使关西地区成为研究中国戏曲的重镇。他珍藏的戏曲之珍品，大多归于天理图书馆。我在第一辑内收录了吉川曾藏、现归京都大学的明刊《折桂记》，原来则是王国维的旧藏。

这诸位的根柢约略如此，再看他们在中国访书的故事，不仅是饶有趣味，也足以令人感慨。

撰于 2006 年 3 月。《日本学人中国访书记》，钱婉约、宋炎辑译，中华书局，2006 年 1 月。

长泽规矩也中国访书记

　　长泽规矩也(1902～1980)，日本著名书志学家、法政大学教授。字士伦，号静庵，神奈川人。1925 年毕业于东京帝国大学文学部中国文学科。他在 20 世纪 20、30 年代，曾七次赴中国，以寻访中国古籍与和刻汉籍为主要目标。毕生致力于以中国文学及汉籍为中心的书志学(文献学)研究。所撰《现存明代小说书刊行者表初稿》(上、下)(《书志学》三卷三号及五号，1934)、《明代戏曲刊行者表初稿》(《书志学》七卷一号，1936)，对明代刻工研究，有开创之功。所撰《汉籍解题》，后被翻译成中文，在中国文献学研究界有着很大的影响。所撰《日本现存戏曲小说类目录》(《文字同盟》第七号，1927)、《家藏旧钞曲本目录》(《书志学》四卷四号，1935)、《家藏曲本目录》(《书志学》八卷三号，1937)、《家藏中国小说书目》(《书志学》八卷五号，1937)、《家藏中国曲本小说书目录补遗》(《书志学》十三卷一号，1939)等①，首次比较全面地对日本所藏中国戏曲做了梳理，其成果后来为傅惜华所编中国古代戏曲之系列目录所吸收。

　　长泽与其他日本学者关于日本所藏中国小说戏曲文献的调查介绍，引起中国学界的广泛关注。

---

　　①　以上各篇后收入《长泽规矩也著作集》第五卷，东京汲古书院，1985 年 2 月。

1930 年代初,孙楷第东渡日本,在东京寻访中国通俗小说,完成具有划时代意义的书目《日本东京所见中国小说书目提要》。胡适在为孙氏此书所写的序中这样强调:"我们可以说:如果没有日本做了中国旧小说的桃花源,如果不靠日本保存了这许多的旧刻小说,我们决不能真正明了中国短篇与长篇小说的发达演变史! 我们明白了这一点,方才可以了解孙先生此次渡海看小说的使命的重大。"①而孙氏东渡,得到了长泽规矩也直接的介绍与帮助。

同样,1938 年之岁末,傅芸子在东京访曲,也有赖长泽之力②。从长泽所撰《民国时代之友》一文(1963)③,介绍与胡适、郑振铎、郭沫若、马廉的交往,可见他与中国学界交往之一斑。郑振铎、马廉等人的戏曲小说研究,均有得益于长泽之处。

此外,现代日本各公私图书馆所藏汉籍之编目、分类整理,也以长泽规矩也的功绩最为突出。他不仅主要参与或主持静嘉堂、内阁文库、成篑堂文库、大东急纪念文库之汉籍分类目录的编纂,而且通过自己的工作,为日本的汉籍编目定下了基调。他为三十多所公私机构编制了汉籍目录,晚年编有《未刊诸文库古书分类目录》等。还为图书馆的工作人员提供咨询。并据访查所见,编成《和刻本汉籍分类目录》,又择和刻本之重要者予以影印。正是由于长泽规矩也的倡

---

① 胡适:《日本东京所见中国小说书目提要序》(1932 年 7 月 24 日),《胡适文存》四集,黄山书社,1996 年,页 292~293。

② 傅芸子(1802~1948),傅惜华之兄。1932 年赴日,任京都帝国大学东方文化研究所讲师,主讲中国语言文学。1938 年 11 月至 12 月间,在东京访曲,撰有《东京观书记》、《内阁文库读曲记》、《续记》,后收入《白川集》,1943 年 12 月,东京文求堂初版。又,2001 年 1 月辽宁教育出版社"新世纪万有文库"第四辑有简体字版,与《正仓院考古记》合刊。惜该版刊落原书之图版,且书前陈子善所撰之"本书说明",已不知芸子之卒年,可知斯人之落寞。

③ 《民国时代之友》(交游抄),日本经济新闻,昭和三十七年四月二十二日。

导和努力,才使日本之汉籍编目取得长足进步,为今日寻访海外佚存书籍提供了方便。

长泽规矩也从中学时就因旧式和汉辞书使用不便,就有编集辞典的念头。长泽所纂《新撰汉和辞典》(1937),对以往的汉和辞书的部首检索有很大的改革。出版方告知此项成果已可申请专利,但他却更愿意学界随意使用,所以,此后的汉和辞典编纂,多采纳长泽改良的部首索引。

1962 年,长泽规矩也以《日汉书的印刷及其历史》获博士学位。1966 年,以中国书志学研究包括辞典部首的革新方面的成绩而获颁皇家的"紫绶褒章"。泷川政次郎博士称赞长泽规矩也:"青壮年时期为日本的书志学开拓了新领域,晚年遍历国内之古文库,致力于其中所藏的汉籍之保护、表彰,使江户时代所覆刻的主要汉籍悉数复刊,使江户时代埋没于世的汉学家的著作得以出版,使国民重新认识江户时代的文化,厥功至伟。"①

长泽规矩也曾写有《わが搜书の历史の一斑——戏曲小说书を中心に》一文,回忆自己收集戏曲小说的过程。晚年所撰《收书遍历》一文,又从不同角度回忆自己访书的经历②。今以此两文为主要线索,参考《长泽规矩也著作集》(共 11 卷)所录其他篇什,略就其时之背景作一补充说明,概述于后。从中也约略可见日本汉学之转型,以及中国俗曲之受关注的过程。

---

① 《长泽规矩也著作集》第一卷序。东京汲古书院,1982 年 9 月。
② 《わが搜书の历史の一斑》,见《双红堂文库分类目录》(日本:东京大学东洋文化研究所,1961 年 11 月),页 71-74。又《长泽规矩也著作集》第六卷(东京汲古书院,1984 年 3 月),页 167-177。《收书遍历》,前揭书页 203-287。

　　长泽规矩也从小由祖父龟之助抚养长大。龟之助毕业于长崎师范学校，通过自学成才，成为出色的数学家，并以翻译西洋数学书而自成一家。借助编译教材的版税收入，家遂富饶。龟之助无子，招赘寸美远（本姓后藤）作养子，是为规矩也的父亲，母亲长泽滋是家中的二女儿。规矩也出生时，父母尚是学生，故主要由祖父抚养长大。作为长孙，规矩也尤得祖父珍爱。

　　祖父给他起这个名字，是希望他成为一名数学家。入中学以后，长泽就明白自己并没有数学方面的潜质，而是更喜爱文史。这又与祖父的影响有关。祖父于数学之外，酷爱史书，喜欢朗诵诗文，尤其热心于收集和、汉历史和诗文书籍，而"唐本"（汉籍）则几乎是从不购买。祖父对长泽规矩也说："要是数学不成，就做历史或汉文。"

　　从小学开始，长泽规矩也就是祖父的随从，经常陪着去神田的书店，挑书，买书，观听长辈的交谈。由于耳濡目染，长泽规矩也从小就热衷于此道。当时，一般人进入大学后，才会流连于书店，而长泽则从小学开始，就已经频频出入于古书店，开始按自己的兴趣购书、藏书了。所以，数学虽未学成，国文成绩却非常优秀。大正十年（1921）以文科甲等的成绩考入第一高等学校（东京大学预科学校）。他的志向是研究日本汉学史。

　　但是，大正十一年（1922）一月，家中不慎起火，十余万卷藏书一时化为灰烬。失去了研究资料，长泽也想过是否转向专攻中国史，箭内亘先生等特地热心地劝说。但"一高"的先辈仓石武四郎氏[1]给予

---

　　① 　仓石武四郎（1897~1975），字士桓，新潟县高田市人，1921 年毕业于东京帝国大学中国文学科。次年成为东大的特选公费生，但因对服部宇之吉等人传统"训读"方法有不满，中途退学，于 1922 年转入京都帝国大学大学院，师事狩野直喜、铃木虎雄等。1939 年以《段懋堂的音韵学》获博士学位。后任教于京都帝国大学、东京大学。

更热心的诱导,把他介绍给汉学家盐谷时敏、安井小太郎①,从而改变了长泽未来的学术方向。大正十一、十二年间,长泽在盐谷青山的菁莪塾参加《文选》的轮读;大正十一年至昭和二年(1922～1927),每个星期天都向安井朴堂学习经学。同时,还在东京外国语学校专修科(夜校)中国语部学习汉语。就这样,长泽为将来专攻中国哲学科,迈出了第一步。

但是,入大学之前,长泽对选择中国哲学还是中国文学,陷入了迷茫。东京大学的中国学当时招收哲学、文学两科学生。长泽规矩也对文学本无特别的热情,亦非擅长。至于哲学,他与仓石武四郎一样,不喜欢宋学。所以仓石把他拉到盐谷温在同心町的住处,为他作了介绍。当时,盐谷温是东京大学中国哲学中国文学的第二讲座教授②。因着这样的机缘,并不喜欢文学的长泽规矩也,只是因为讨厌宋学,选择进入了文学科。

盐谷温当时已经准备带大学院生,但尚无正式学生,所以就给长泽讲授为大学院生准备的《元曲选讲义》。为此,长泽规矩也从上海订购了一套影印版《元曲选》。这也是他买的第一部戏曲书。听讲《元曲选》,成为他搜集戏曲小说书籍的开端。

长泽从大学到大学院生师事盐谷温时,正是盐谷温一生学术的鼎盛时期。而长泽涉足戏曲小说的收集与研究,也是因为盐谷温的

---

①　盐谷时敏(1855～1925),汉学家,字修卿,号青山。第一高等学校教授。著有《青山文钞》《文章截锦》《汉文类别》等。安井小太郎(1858～1938),汉学家,本名安井朝康,号朴堂。大东文化学院教授。著有《论语讲义》《日本儒学史》等。

②　盐谷温(1878～1962),号节山。盐谷时敏之子,是史学世家的第四代汉学家。1909年前后曾留学长沙,师从叶德辉,研习中国戏曲。1920年以《元曲研究》获博士学位,升任文学部中国哲学中国文学第二讲授教授。擅长于戏曲小说之研究。据东大校史称,该校的中国文学之教育、研究,真正名实相符,始于盐谷温。

影响。盐谷温主持《国译元曲选》，让学生演绎，在课堂上讲授讨论，长泽是主要参与人之一。

上大学以后，长泽必须用到上海出的新书，如果向文求堂等书店购买，价格太高。祖父说，他在上海有熟人，可请他代购。因而由祖父的旧知东亚公司桑野缔三氏作介，陆续从上海购书。仅收五分的手续费，远比文求堂便宜。所以长泽能够第一时间从中国获得最新的出版物。

当时家里给长泽规矩也的零花钱是每月二十元，而古书特别购入费是一百元。大部头的书，或在中京、京阪等处买的，还在这百元之外。这样的优裕条件，是常人难以想象的。事实上长泽规矩也一生未尝为生计犯过愁。对于学术，更多的是基于兴趣，故而能使其学问始终保持着一种无功利的纯粹特性。这更是后人所难以企及的。

大正十四年（1925）九月十二日，大学三年级学生长泽规矩也，闲逛东京大学赤门对面的琳琅阁书店，主人向他推荐用旧报纸包着的宣德十年（1435）刊本《新编金童玉女娇红记》二册，说此书系从日本故家散出，因虫蚀过甚，没有书店愿意收购，主人用十七元收下，愿以二十元转让。长泽此前还从来没有买过十元以上的古书，所以先借了回来。一查，乃是世间孤本，便欣喜地去给盐谷温看。又请教和田万吉博士，托池上制本所修补重装。装帧完毕，已是十月二十八日。付钱时，长泽对书店主人说，这是天下无双的孤本，价钱再高一点也没关系。但琳琅阁主人并未多收。结果以书价二十元、修补费十元得手。这是长泽毕生发掘的第一本孤本，他的书斋名双红堂，一半是因为此书。此书随后由盐谷温主持影印，于昭和二年（1927）公之于世。长泽则写了《明宣德刊本〈娇红记〉についての所感》一文，刊于昭和三年（1928）十一月出版的《斯文》杂志上（第十编第十一号）。

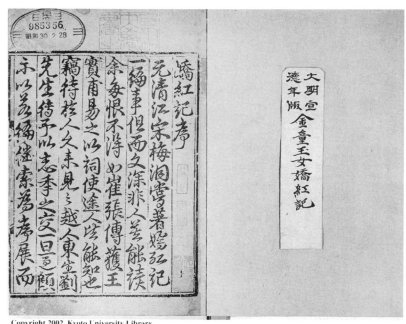

京都大学藏明宣德刊本《娇红记》

　　长泽规矩也从此正式踏入中国古籍收藏者与发掘者的行列。

　　同年十二月——据名古屋的松元书店的目录——花四十元,买了宽延刊本《唐书》八十二册,外加邮费。又由祖父陪同专门去名古屋参加松元书店的展销会,收购了三重旭旦斋几本旧藏书。从别的书店买了贯华堂原刊本第五才子书施耐庵《水浒传》三十二册,七元;随带清刊本《玉娇梨小传》,一元三十钱。此外,在京都买了巾箱本《第一奇书》,八元;万治四年(1661)刊本《南华真经注疏解经》,六元。

大正十五年（1926）三月，长泽规矩也从东大中国文学科毕业，进入大学院学习；研究题目为"中国文学の书志学的研究"。六月，为三菱财团的静嘉堂文库从事编目，并受托为文库购书（至1939年7月中止）。静嘉堂文库自购得陆心源旧藏后，尚未编目，涉足此项工作，对长泽后来拓展日本书志学领域，具有重要意义。

昭和二年（1927）六月，前田家尊经阁文库藏书出售，得到了沐日堂刊本《尔雅注疏》、清初杨素庵刊本《天工开物》、明崇祯刊本《孝经大全》、明万历刊本《升庵先生文集》、板本节山旧藏写本《胡言汉语》等。这些购买经历，为此后长泽连续多年赴中国收购古籍，做了铺垫。

是年，长泽以"孔子の祭祀に关する研究"为题，获得外务省文化事业部补助。八月，为调查研究而赴中国，滞留于北京。此时长泽的父亲作为技师被派遣到奉天兵工厂，因着这一层关系，长泽得以住在大仓洋行。

购得《孔宅志》《阙里述闻》《南工庙祠祀典》等，以及关于北京掌故的书，还有一些清初刻本戏曲小说。在北新书店和商务印书馆、中华书局的分店买了些新书，因为这些书在东京见不到。他个人当时尚未涉足古书珍本，也没有想到要买珍本。他为静嘉堂所购书有：号称是戴东原旧藏《明抄本授经图》二十册四卷，五十五元；殿版《日讲易经解义》八卷首一卷二八册，四十五元；钞本《满洲祭神祭天典礼》六卷六册，六十元；内钞本《续通典考补》一册、《续通志考补》三卷三册（此书未曾刊行过），六十元，等等。所谓的戴东原旧藏本，后来细绎，发现其中之藏章怪怪的，且不见于他处，抄录时间似也晚于其年代。这是长泽为古籍版本知识相对缺乏而交付的学费。

十月，祖父龟之助突然去世（67岁）。长泽规矩也在北京停留不足两月,即从陆路急遽归宅。但内心依然恋着北京的天空。昭和三年(1928)一月末,再赴北京。

从大一时参加一高的旅行团开始,他一生中共有七次赴中国。而从 1927 年到 1932 年,长泽规矩也每年都去北京,时间大都在两个月以上。

在北京期间,长泽规矩也主要为三菱的静嘉堂文库买书,同时也帮大仓洋行鉴定书籍。大仓家在大正六年(1917)买入了董康诵芬室的旧藏,正热心于中国古籍善本的购买,所以委托长泽代为鉴定殿版和宋版①;静嘉堂则在得到陆心源的藏书后,有意以收书全备为目标,并不以贵重书为主要对象,所以长泽主要从书目、丛书等类中,选购《四库全书》收录而文库未入藏的书籍。为避嫌,长泽个人只购买静嘉堂不收的图书,他后来成为戏曲小说及俗曲文献的收藏大家,即源于此。他为静嘉堂所买多为大价码的书,而又不像中国的图书馆人员那样收取回扣(当时行规,一般收取十分之一的回扣),所以大受书店的欢迎。这样,以三菱(静嘉堂)、大仓(集古馆)为目标,在长泽身边,北京的书贾附集如蚁,常常一早就被吵醒。

昭和三年(1928),长泽在正月末从东京出发赴北京,五月末因张作霖事件影响,受劝归国,其间有整整四个月滞留北京,一步也未出城外,每日以访书兼听戏度日。他从天桥请了白姓的胡琴师,上午到住处来教琴。又请人教唱,学习时调、大鼓、京调、昆曲的唱法,加入了所谓戏迷的行列。

长泽热衷于戏曲小说,事出有因。他烟酒不沾。大学时,陪盐谷

---

① 大仓家所得,今归大仓文化财团之大仓集古馆。编有《大仓文化财团汉籍善本目录》(同馆编发,1964)。

温吃饭,屡被训叱:"不解酒味,能懂李白的诗吗? 专攻中国文学,却不能作诗!"长泽作文写诗,私下请安井朴堂删正,则又受朴堂的训叱。朴堂知其无诗才,婉劝道,有写诗的工夫,不如读点书;写诗,到晚年退隐之后也不迟。长泽年少气盛,颇不服气,因为盐谷温不懂唱戏,他便转而学唱戏曲,希望通过学唱戏曲、写戏曲,来出人头地。同样,他在大学二年级时(1924),入东京外语学校速成科蒙古语部(学制一年),也是想用盐谷温也不会的蒙古语来了解元曲语词。从这里可见长泽好胜的性格。

昭和二年(1927)秋,长泽规矩也在北京认识了马廉。这对他的戏曲小说收藏具有重大影响。马廉是北京大学教授,戏曲小说研究的专家,他的书斋名"不登大雅之堂",以表示自己的趣味与传统学者有所不同。又因得到明刊孤本《平妖传》,而颜其居曰"平妖堂"。其时还因对"三言二拍"的研究,也受到日本学界的瞩目。马廉同时担任孔德学校总务长,实际主持孔德学校的事务。早在1925年夏,马廉为孔德学校购得蒙古车王府旧藏的数千册词曲小说。同年秋天,又为孔德学校购得清蒙古车王府旧藏的数千册钞本皮黄与俗曲曲本,同年请顾颉刚为这些曲本编目,此目后来刊于《孔德月刊》第三、四期(1926年12月、1927年1月),因为这部目录,"车王府曲本"之名,遂喧传一时。①

长泽规矩也是在车王府曲本名声初起的时候认识马廉的。结识马廉后,长泽经常往来于北河沿的孔德学校。马廉给他看个人及学校的藏书。长泽规矩也第一次目睹了车王府旧藏曲本,这引起了他

---

① 参见拙文《车王府藏曲本考》,台湾"中央研究院"历史语言研究所"俗文学研讨会"论文,2006年12月。

对俗曲收藏的浓厚兴趣。在此之前,他在北京所买的曲本,都是普通
的刻本或活字排印本①,通过马廉和孔德学校,长泽了解到清代专门
代抄书籍的书坊,并第一次见到了有名的"百本张"钞本,此后,他便
以极大的热情搜罗戏曲与俗曲,尤以人所不取的钞本曲本为目标。

　　次年,仓石武四郎以京都大学助教授的身份留学北京,也认识了
马廉,当是通过长泽介绍。两人此前就蒙狩野直喜、盐谷温传授过戏
曲小说之研究,此时又加上马廉的影响,因而十分热心于戏曲小说的
搜集与研究。仓石曾用六十元买入明起凤馆刊本《西厢记》残本(存
上册,今藏东洋文化研究所仓石文库),令时人为之瞠目结舌。两人
一起收集明刻戏曲小说刊中的插图,并借用马廉、王孝慈和孔德学校
之所藏,共同编集成书,这就是在 1980 年才得以出版的《明清间绘入
本图录》②。长泽规矩也与仓石武四郎两人的友谊更直至晚年。仓
石武四郎在盐谷温退休后一度兼任东京大学教授,并在 1949 年后做
东京大学专任教授,即是因长泽之力挺与周旋。转至东京后,仓石也
常常邀请当时身兼东大文学部讲师的长泽规矩也为学生主讲的讨论
课作讲评。学生对长泽是既害怕又欢迎。害怕的是长泽目光如炬,
其缺漏无可逃遁,动遭训斥;欢迎的是长泽会带他们看各种古籍善
本,可以学到许多知识③。而仓石与长泽,也被后人视为从东大中国
文学科出来的最杰出的学生。仓石的藏书今归东洋文化研究所。他
系统地收罗了清人的经学著作,成为日本国内无与伦比的搜集。

---

　　①　从双红堂文库现存藏品来看,长泽所购民国排印本唱本数量多达 652 册。时至
今日,也已是难得之物。见拙编《双红堂文库藏民初北京排印本唱本目录》,《东洋文化
研究所纪要》第 151 册,2007 年 3 月。

　　②　参见长泽规矩也编《明清间绘入本图录》,东京汲古书院,1980 年 6 月。

　　③　此据田仲一成先生所言。

今观两人精魂所系之书籍,在同一层书库中比邻而处,相互致意,不禁令人思绪悠悠。当然,这已是题外之话了。

长泽规矩也与在北京、东京两地做古书生意的文求堂主人田中庆太郎相熟。他经常听田中说,买书时如果一味压价,书商就不会让你第一个看到好书。因此,长泽很少对书贾压价,通常只说"留下罢",然后用纸记下书店名和书价,故意把此札与样书留置案头。送书的书贾依次而来,在等待之中,似是不经意中看到书札,第二天就会带来同一版本的书,但报以更便宜的价格,或者是带来同一类书相探问。就这样,长泽不仅得到了最低价格,而且能够得到好书。由此可见长泽规矩也精明的一面。显然从小就出入于古书店的历练,使其与书贾打交道时,完全是游刃有余。这与仓石武四郎恰成鲜明的对比。

昭和三年(1928),长泽规矩也一至五月都在北京。这是他在中国连续居住时间最长的一次,也是他在中国得书最多的一年。他经手购入的书籍,总部数达三百四十九部之多。其中为静嘉堂所购有:清钞本《李侍郎经进通鉴博议》十卷四册,一百六十元;获一批清代内府钞本,其中之压卷,是《钦定西清砚谱》零本三卷(卷二、一八、二十)三册,墨淡如漆,描写纤细,共花了四百五十元;明内府钞本《北史》零卷(卷三三、三四)一册,红格钞本,六十元。得文澜阁四库全书本《湖山集》十卷六册,有补写,系《丛书举要》之编者李之鼎的旧藏,当时在北京并没有学者认可其为《四库全书》的零本。又从文奎堂见到满汉文书籍之刊本、写本近五十部,全部买下。其中花费最高的是满文刊本《金瓶梅》一百回,四十二册,二百元。为诸桥辙次博士购得袁世凯关系书(假题"袁氏秘函")十四册,一千元;《永乐大典》

零本四册，一千三百元。

这一年，长泽规矩也对北平已稍稍习惯，滞留时间也较长，开始感受到在小店或路边小摊买小册零本的乐趣。戏曲收购，也从普通本进到钞本。在中华印刷局买了许多活版薄册的唱本。还买了一套"选刊曲本"，即光绪六年版"梨园集成"，共二十四册，用了十二元。这是以往日本人从未买到过的二黄（早期京剧）的曲集。抄本曲本中，以明沈璟的《一种情》清钞本等较为珍贵。又觅得清内府抄本《鼎峙春秋》的零本一册，得以略尝"内抄本"之滋味，这是从保萃斋得到的。有鉴于此，机敏而狡黠的翰文斋的高姓店员，又为长泽带来百数十册百本张的抄本唱本。而这类抄本唱本，他以前只见到马廉（隅卿）和孔德学校有藏。所得除皮黄之外，还有鼓词、扒山调、莲花落、山东莲花落、四平落子等。

昭和四年（1929）七至九月再赴北京。七月，松筠阁出售大批南府曲本及其他钞本曲本，很多到了长泽的手中。其中有内府钞本五十册，用四至五角钱一册买得。又有百本张的唱本目录，百本张子弟书四种，以及高腔曲本等等。此外还有影戏的台本和折子戏用的昆曲脚本等，数量很大。此事在北平的古旧书店里广为流传。由于当时民国学人中还很少有人收藏这类曲本，店员纷纷说是他们店中也有此类钞本曲本，争先恐后地送到长泽的住处。而最多的部分，主要是在文萃斋、东西牌楼和后门的露摊所买，其中有角本和身段谱，不亚于从松筠阁所获。许多本子未见于剧目著录，在得到傅惜华指点后，才得以分门别类。傅惜华（1907～1970），满族人，小长泽四岁，能演昆曲。昆曲在清末以后已经很少上演，爱好者多在家中学习唱演，为此而抄写的附工尺的选段很多。所以长泽自己只留下了昆曲谱《双官诰》和蒋韵兰正本三经堂钞本（附身段），其他都送给了傅惜华。

高腔曲本令长泽深感兴趣,因为这是青木正儿博士也没有见到过的。高腔在清代宫中是与昆曲互演的,长泽在北京有幸曾聆听过二十几次。但高腔曲本传世甚少,其特点是曲词的左侧刻有小三角形的符号,从上方一条直线延下来,因而可以判明。他曾饶有兴致地与傅惜华一起到各个书摊上去寻找高腔曲本。

长泽从文征阁(即翰文斋高姓店员私开的店铺)送来的晚清文艺斋钞本中,选购了《桃花记》十二册、《大明兴隆》十册、《回龙传》十六册、《银盒走国》二十四册。这是卖馒头的蒸锅铺用来出租的本子。书衣上有"壹天一换"木记。他后来在东北大学狩野文库中见到日本人租书用的册子及印记,以为两相比较,很有意思。

此外所得,还有快书的本子。

昭和四年(1929),长泽个人在北京所购买的书籍,除了《爱日精庐藏书志》的木活字初印本等书目外,几乎都是曲本。

是年十月初,长泽规矩也从北京归国。十一日,在从"一高"归宅的途中,见到村口书房的书目,有高崎藩大河内氏散出之书,其中戏曲小说之多,令人吃惊。立即赶去。但神山润治等人先到,已经买下了《水浒》和奚疑斋的写本等。所以,长泽只能在残剩书籍中,选购了十种书籍,价钱不足百元。其中有明崇祯刊孟称舜的《二胥记》传奇二卷三十出、万历刊本陈继儒评《风流十传》八卷等三种孤本。这些戏曲小说类尚是廉价,因为长泽曾从文求堂购买孟称舜的明崇祯刊本《新镌节义鸳鸯冢娇红记》二卷,花了百六十元,此书与宣德刊《娇红记》,即"双红堂"斋名的由来。

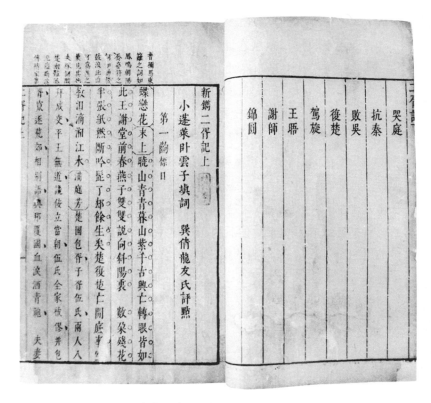

东京大学藏明崇祯刊本《二胥记》

　　《二胥记》和《风流十传》两书,次年携到北京保萃斋以金镶玉重
装①。北平图书馆求得长泽规矩也的同意后,借《二胥记》以作影钞。

　　①　据奥野信太郎(1899-1968)的记录,1937 年前后在北京请人作书籍修补装帧,
价格不过是东京的几分之一。见其《随笔北京》(东京平凡社,1990 年 9 月),页 20。故
长泽携至北京请人重装,也就不难理解。又,承东京大学藤井省三教授赠奥野此书,识
此谨表感谢。

后来郑振铎编《古本戏曲丛刊》二集,即是用这个影钞本影印的。

在当时,长泽规矩也似与北京图书馆这样的购书对手,保持着一种相互交流又相互防范的微妙关系。中国方面对他从日本发掘出来的孤本佚存书深感兴趣,又担心精通版本的长泽规矩也会让中国的好书流出域外。

时至 1929 年,长泽规矩也致力于收集戏曲与俗曲曲本已经有两年多。当时,北京各图书馆以其不登大雅之堂而不屑于收藏。早在 1925 年,马廉为孔德学校收购蒙古车王府旧藏"小说戏曲",关注的其实仍是文人所作的传奇戏曲与小说(兼及长篇的弹词、鼓词),且以刻本为主。此类书籍,因王国维、吴梅、鲁迅等人的努力,此时已渐登于大雅之堂。而车王府旧藏的钞本皮黄曲本与俗曲唱本之类,则犹未进入时人的法眼。所以,1925 年夏天,当书贾以为马廉会对所有的戏曲俗曲都喜欢,而送来车王府旧藏钞本曲本时,马廉只是让他们堆在地上,并没有显出热情。事有凑巧,刘复刚从法国获得博士学位学成归来,借住于孔德学校。经常出入于马廉的办公室,因见地上堆放着一堆曲本,信手取来翻看,马廉说:"你看看,有没有价值。"刘复是北大歌谣征集活动(1918 年)的发起人,对民间曲本抱有浓厚兴趣,所以极力称赞是好东西,并说:"你不买我买。"马廉说:"既然是好东西,那就只能由公家来买。"这样马廉才替孔德学校买下。这五千余册钞本曲本,仅仅付了区区五十元钱[1],在当时只不过是纸张的价钱。即便如此,这样的购藏,时人犹以为非,以为:"图书馆不应该有这类

---

[1]　刘复在《中国俗曲总目稿·序》中记述了这段对话。《中国俗曲总目稿》,中央研究院史语所刊,1932 年。

的收藏!"①这一事例,可以概见当时中国学术界之状况。

在这样的背景下,长泽规矩也收罗曲本,几无竞争对手。书肆的店主们当然十分欢迎这位爽快的日本人,纷纷把本来要送去化纸浆的这类曲本,送到长泽的寓所。

长泽规矩也先后从北京琉璃厂的文澄阁、来熏阁、保萃斋、文萃斋等书肆得到了许多钞本曲本。在传奇戏曲之外,还得到了晚清的皮黄、高腔、昆曲、牌子曲、赶板、小岔、马头调、大鼓书、快书、子弟书等钞本曲本,数量都甚为可观。其中还有很多附有身段的内府钞本。又在松筠阁购得养和堂、百松寿堂等家的钞本,其中有角本(只录某一角色的唱词)、八角鼓和影戏脚本。

长泽对于各家书肆所能见到的旧钞曲本,不管其品相如何,即使是片纸残页也不放过,几可以席卷相形容。也因此之故,这类剩卷残页,尚被精心保存于世间,为吾人所见,慨叹之余,亦令人对他的作为,心存感激。

在当时,一个日本人,竟然这般大规模地收购中国俗曲唱本,显

---

① 马廉述及这批曲本收藏经过时曾说:"这一批曲本,是十四年的暑假之前,买蒙古车王府大宗小说戏曲时附带得来的。通体虽是俗手抄录,然而几千百种聚在一起,一时亦不易搜罗;并且有许多种,据说现在已经失传了。十五年暑假中,承顾颉刚先生整理,编成分类目录。最近因各方索阅者众,爰在本月刊分两期发表,虽然也不免有人要批评我们,说是:'图书馆不应该有这类的收藏!'但是索阅目录的人们,也许是和我们表同情的吧?"见《孔德月刊》1927年第一期,《北京孔德学校图书馆所藏蒙古车王府曲本分类目录》之识语。

然大大刺激了中国学界,使情况一时为之大变①。长泽说:"松筠阁多剧本。特别是昭和四年还有许多南府的剧本,由于尚未受到北京学界的关注而容易入手。但由于此后受到批评,所以民国方面也踊跃购买,翌年就不能得手了。"②

不仅如此,昭和五年(1930)七月至九月,长泽再次到来时,他已经成为中国方面严加防范的对象。

在此之前,书贾也曾经带来三菱不买的宋元刊本,让长泽过目。其中有宋刊本《韩集举正》,是翰文斋的高姓伙计悄悄送到长泽的住处,要求长泽秘密买下。因为长泽也给大仓洋行作古籍鉴定,就推荐给了大仓洋行(此书今藏大仓集古馆)。另外,武田长兵卫在购入宋刊本《备急总效方》时,也曾请长泽做鉴定(此书今藏于大阪武田科学振兴集团杏雨书屋)。事后,中国方面有所风闻,民国图书馆界惧国之重宝流失,便把长泽规矩也作为重点关注的人物。

是年,长泽从松筠阁买得养和堂、百松寿堂记的钞本昆曲,还有宫中演剧用的角本、演影戏的益胜班的底本,马头调、八角鼓等钞本,等等。益胜班影戏底本,有所买的《琼林宴》同种的《东汉》八卷,首有"壬申年敬修堂""同治十二年四月初四日建堂误批",故可断定均

---

① 孔德学校在 1925 年秋只用了五十元就买下数千册车王府旧藏曲本,1927 年初目录全文刊出,1927 年底顾颉刚遣人为中山大学转抄得一部分曲本;1928 年,刘复主持为中央研究院历史语言研究所系统收集俗曲唱本。由于学界的关注和长泽规矩也等人的收购,也刺激中国本土学者购藏,敏感的书贾遂以为奇货可居。刘复说:"北平书贾的感觉,比世界上任何动物都敏锐!自此以后(原指车王府曲本发现及目录公布问世之后),俗曲的价格,逐日飞涨。当初没人过问的烂东西,现在都包在蓝布包袱里当宝贝,甚至于金镶玉装订起来,小小一薄本要卖两元三元。"长泽规矩也则从另一角度说到:"事实是善本日少,书价腾贵。美国人不问书而购,我邦人不顾内容而买,也是书价暴涨的原因之一。"《中华民国书林一瞥》,《长泽规矩也著作集》第六卷,页 4。

② 《收书遍历》,《长泽规矩也著作集》第六卷,页 266。

为同治间之物。影戏唱本存世甚少,马头调、八角鼓等少有刊本。长泽说:"但一年间,北京的学界得知我买了钞本唱本,在我抵北京前即赶紧搜巡了一遍,所以得手就不如前一年那么快乐了。"①

长泽从保古斋殷氏处买得万历版《玉簪记》一种。初问其值,答曰五十五元。回以四十元,殷氏不售。求五十元,长泽不应。殷氏又云:若请徐森玉氏一览,当不止此价。长泽遂约以五十元携回。而后来才知版本学家赵万里曾有意此书,书贾为获高价,卖给了长泽。故有传言,谓长泽规矩也夺走赵万里定下的书。购书而致的摩擦,也由此产生。

是年夏,长泽到南方访书,北京图书馆专门派赵万里予以监视。长泽说:"无论我是到杭州,还是去南京,或是宿苏州,受馆长之命的赵万里君到处都围着我转。我很后悔把日程报给北京。这样,到处的古书店都不让我见到善本,全无收获。"②

但这也激起了长泽的好胜心,所以,他在苏州发掘了稀见的金陵小字本《本草纲目》和覆宋刻本《千金方》。前者存世不超过五部。在杭州,发现了文澜阁《四库全书》零本。

《本草纲目》之版本,长泽原来并不了解。恰好此前在文求堂,偶然听到中尾博士向田中震二谈到金陵小字本比之大字本传世更少,所知传本仅三四部云云。事有凑巧,长泽随后即到江南访书,在苏州

---

① 《わが搜书の历史の一斑》,《长泽规矩也著作集》第六卷,页171。按:1928至1929年,中央研究院历史语言研究所民间文艺组在刘复的主持下,着手进行具有划时代意义的对中国俗曲的大规模收集工作。两年时间内收集了数万册曲本,成为中国俗曲的渊薮,这批曲本今藏于傅斯年图书馆。此项工作主要出于刘复的倡议,与长泽规矩也收藏曲本,正在同时。所以相互间争抢有限的资源,并不奇怪。可以说,中国方面对长泽收藏曲本虽有防范之意,而未必真的针对其一人而来。请参前注。

② 《思い出す人々(五)》,《长泽规矩也著作集》第六卷,页349。

护龙街的一家店里,店头第一列明明白白地摆着这部金陵小字本。而且标价仅十元。所以也没讨价,迫不及待地按标价买下了。回日本后,告诉田中庆太郎,田中便以时价一百元的四朝本《十七史》向长泽交换。由于东京的学者对医书无兴趣,田中转手卖给了美国人。

不仅如此,《本草纲目》的旁边,还摆着日本覆宋刊本《千金方》,标价约是五十元。此书后来长泽通过东京的书店,以一百元脱手。

长泽说:"如果赵君不来监视,至少后者就不会买了。"①

关于《四库全书》零本,也有一段故事。昭和二年(1927)初,北京的来熏阁给静嘉堂寄去文澜阁四库零本《嘉禾百咏》,由于书上没有文澜阁的任何印记,难以辨别真伪。长泽规矩也请日本著名汉学家市村瓒次郎博士鉴定,博士说不是原本。昭和三年(1928),再请教北京的版本专家徐森玉,但徐氏没见过南三阁之本,所以也不能判定。长泽规矩也受托为静嘉堂购书,一般稀见之本,尽管他自己买得起,也都给了静嘉堂。这一部《嘉禾百咏》,因为无法判别真伪,来熏阁又催得很急,不得已,长泽寄去二十元,自己揽下了。他于昭和五年(1930)访问杭州,目的之一,即是了解文澜阁四库零本的真伪。经调查发现,文澜阁之书,与北方四阁的大型本不同,开本小,用纸也较差,与北方本之精美不可同日而语。仅卷首有"古稀天子之宝",末有"乾隆御览之宝"印记,而均未钤"文澜阁印"。此种文澜阁零本,系太平天国乱时散出,虽因乱离而稍有污损,书衣已不存,但毫无疑问是文澜阁的原本。只是北京的学者和商人,以及近在身边的杭州书肆,均不知其为原本。日本学者更无从知晓,所以长泽其实是无心中拣到了宝贝。而令长泽规矩也更为惊喜的是,调查归来,甫一入城,

---

① 同上注。

就在抱经堂书店看到了十余册文澜阁本,整整齐齐地摆放在显眼的位置,而且书衣还保持原样,几乎未动。一问店主人,显然不知是文澜阁的原本,一册要价不足二十元。但长泽只是为东方文化学院东京研究所买了《竹屿山房杂部》一册(存卷十四至二十二,今存东洋文化研究所),又作为给服部宇之吉博士的礼物,买了《墨客挥犀》一册(存卷一至五),其余都留在店里了。后来,他仍把先前所购下的那一册四库零本,转让给了静嘉堂。

在监视之中,仍能得到如此珍籍,令长泽大感得意。长泽说:"因为我不忍全部买走。同样的例子在北京也有。"①这是指二年前在北京,他一面惊喜于所获得的珍贵清代内府钞本,随后却将其中大半赠送给了傅惜华。

顺带一说,当时年方弱冠的傅惜华,小于长泽四岁,喜爱戏曲,能演昆曲。大约与长泽交往之后,激发了收藏戏曲与俗曲的更大热忱,他的碧蕖馆后来成为收藏戏曲与俗曲最为丰富的书斋之一(今均归中国艺术研究院图书馆),他本人则以戏曲俗曲的目录学专家而知闻于世。所著有《元人杂剧全目》《明代杂剧全目》《清代杂剧全目》《明代传奇全目》《子弟书总目》《北京传统曲艺综录》等(另编有《清代传奇全目》,"文革"中失去不存),于中国俗文学研究,厥功至伟。但也因为他与兄长傅芸子跟日本学者关系密切,抗战结束之后,处境甚是尴尬。此为余话。

长泽此次赴江南访书,在南京几无所得,但在苏州,从觉民书社

---

① 《わが搜书の历史の一斑》,《长泽规矩也著作集》第六卷,页171。按:长泽在《收书遍历》中则略表遗憾地说:"今天看来,要是把看到的全部买下就好了。"见《长泽规矩也著作集》第六卷,页260。

买到带谱的昆曲曲本十八册。多为宣统间所书写,是一位名叫"陈湘记"的人钞录的(忠按:今文库分类目录误作"陈湘"钞录,非是)。又经张元济介绍,得观潘、许两家的藏书。并受到吴梅的接待,得观其所藏戏曲。吴梅为戏曲研究之大家,长泽向盼得睹其风采,故颇觉愉快。

在上海的中国书店,买到了《续离骚》初刻本。当时长泽并不知其价值,实是因店员的劝说而买下,不意先于戏曲文献专家郑振铎一步而得手。郑振铎随后特地来信求其照片,以便收入所编《清人杂剧》,长泽则慨然借了原本。

在北京,翰文斋的高姓伙计给长泽带来了三朝八行本《礼记正义》和南宋刊本《重校添注音辨唐柳先生文集》零本各二册,说也许是内阁大库本。长泽为东方文化学院各纳了一本,自己手边也各留了一本。又买了清刊本满文《三国志》二十四册,一百二十元;还有一些其他书籍。

从北京的私人手中,购得四库零本《三鱼堂四书大全》(卷一及卷首)一册。据说这原是残本,全部十册需三千元。书衣有"文渊阁宝"之印,显为文渊阁本,而非伪造。但《三鱼堂四书大全》并未收入四库,而仅见于存目内,未免令人生疑。长泽的判断是:此书初拟收入,后被剔出。他为静嘉堂文库买下此书,是觉得可作为样本,以便将南方三阁的小型本与北方四阁的大型本做比较。此册最薄,故报以全书十分之一的价格而成交。不意,第二年,北平图书馆袁同礼副馆长专程招待,长泽规矩也赫然便见其余九册出现在袁氏桌上。袁馆长先以与长泽先前同样的疑问,询之长泽,长泽即席侃侃作答。袁氏又再三对此书第一册之缺失,表示不可思议,长泽讷讷然未敢回应,大是困窘。

　　昭和六年(1931)七至九月,第六次赴中国,所得似甚少。仅是夏日,在杭州抱经堂用七十元买得延享版《一切经音义》五十五册,稍可一说。是年刊出了他所写的《中华民国书林一瞥》,细致介绍了北京及江南各地书肆的情况,成为后人了解 1920 年代末中国旧书业的重要参考依据。可以说,当时没有任何学者能够像长泽规矩也这般热心去了解这个市场。

　　昭和七年(1932)八月的中国之行,是长泽最后一次到中国。这次他主要不是为了访书,而因服部宇之吉博士的推荐,作为伊藤述史随行人员,出差中国①。此行也意外地买到了一些唱本。二黄、大鼓书之外,还有百本张的牌子曲、赶板、小岔、马头调和快书。子弟书的本子,得到了百本张和老聚卷堂的。但此外几无所得。因为与以往租用私宅不同,这次是住在北京饭店,那毕竟不是一般书贾可以出入的地方,而且,这也是长泽在大学毕业之后,在北京的滞留时间最短的一次。

　　是年刊出了他所写的《中华民国书林一瞥补正》,仅仅一年之间,各地古旧书业之凋敝,已是令人震惊。

　　昭和七年(1932)岁末,日本书志学会成立。初期会员限善本收藏家六人、图书寮等善本收藏图书馆关系者十四名,共二十人。长泽规矩也与川濑一马是其运作的中心人物。昭和八年(1933)一月,创办《书志学》杂志。七月,因患神经衰弱症,转箱根疗养。十月,结婚。

　　此后,长泽规矩也因为对小说戏曲方面的兴趣转淡,没有再往中

---

　　①　长泽自记作为伊藤之随行人员,陪同出入于花柳之地,且需就相关的行事作翻译与安排,令他这样只关心古籍而无此经验的人,颇受困窘,幸而得田中庆太郎的帮助,遂得以完成工作。而笔者闻之今时之尝受学于长泽之日本学者,则或另一角度而作注解,以为长泽当年在中国之潇洒生活,非今之学者可及。两相对比,亦堪玩味。

国。其性格中易冷易热的一面，或许起了重要的作用①。例如他最初所获教职是第一高等学校的教授，但他并没有太在意这个教职。昭和九年（1934）更辞去第一高等学校的教授职位，以便集中精力编纂辞典。不过，他在国内也收购了不少从日本旧家散出的小说、戏曲与俗曲。如昭和七年（1932）十月，从琳琅阁得到明崇祯刊本《石渠阁精订皇明英烈传》。早稻田大学讲授哲学的千叶掬香的千叶文库散出，长泽通过大屋书房购得明存仁堂刊本《新镌国朝名公神断李卓吾详情公案》、清草闲堂刊本《草闲居新编五凤吟》、明汲古阁刊本《水浒记》（全卷附和译）、写本《清君锦先生水浒传批评解》《人间乐》《四巧说》等。又从浅仓屋得到了明崇祯中刘兴我刊本《新刻全像水浒传》，是为孤本。

昭和八年（1933）九月，仅用一元钱，从岩松堂购得《新镌时尚乐府千家合锦》《新编时尚乐府新声》《新镌南北时尚丝弦小曲》《新编说唱孙行者大闹天宫》四小册。

十年（1935）四月，从京都竹苞楼买了《新镌批评桃花影》。

后因《新编和汉辞典》出版（1937），手头稍宽，购书遂多。十三年（1938），九月，山本悌二郎氏旧藏散出，通过各诚心堂、山本书店，购得清乾隆刊本《书隐丛说》、明万历刊本《唐伯虎先生外编》、清刊本《俚言解》《双忠庙传奇》等。

---

① 长泽性格之此一面，据其嗣子长泽孝三所撰之传文。见江上波夫主编《东洋学の系谱》第二辑（东京大修馆书店，1994），页237。

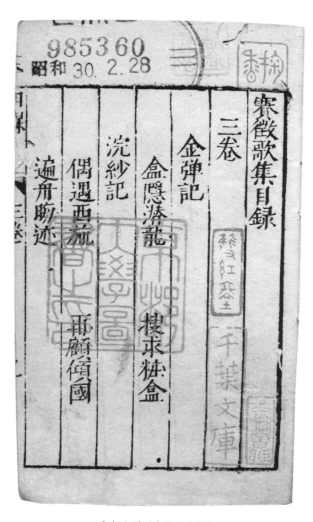

京都大学藏《赛征歌集》

十四年（1939）一月，从浅草屋得写本《杏花天》，是中川忠英的旧藏。三月，通过山本书店，以高价购得富见闻文库旧藏之明天启刊本《历代史略词话》及明万历刊本《新编陈眉公先生评点春秋列国志传》。五月，得明万历刊本《鼎刻江湖历览杜骗新书》。九月，千叶文库之书散出，从南阳堂购得明万历癸卯佳丽书林刊本《新刻全像音注征播奏捷传通俗演义》六卷一百回和明刊巾箱本《赛征歌集》，新钞本《新刊郁轮袍杂剧》《新刊杜祁公看傀儡杂剧》《新刊葫芦先生杂剧》（忠按：当是据内阁文库藏万历刊本影钞，其中《葫芦先生》为仅存于世的孤本刊本）、清刊本《韩湘子十二度韩文公蓝关记》等。

十五年（1940）八月，从一诚堂的陈列室获得明万历《新刊出像天妃济世出身传》二卷的卷下，孤本；而同书的上卷，两年后，十七年（1942）一月在文雅堂得见，遂成完璧。这是非常罕见的机缘。同年六月，从山本书店购买了明万历中潭阳刘庆袭刊本《李卓吾先生批评西厢记》。

但持久的战争，随后也影响到了长泽规矩也的生活。《新撰和汉辞典》的版税，是他购书的主要资源。在二战后期美军对东京的大空袭中，《新撰和汉辞典》的版块和清稿均被焚毁，用金陵小字本《本草纲目》换来的三朝本《十七史》，也连同他的住宅一起化为灰烬。有惧于此，他把1927年第一次赴中国访书时所购买的与孔子祭祀相关的书籍，售给了当时的帝国图书馆（今国会图书馆）。在日本战败前后，面对大批散出的珍贵古籍，长泽只能作为旁观者摩挲叹息。

不仅如此，长泽很快也加入散书者的行列。为购置新宅，他于1951年将所藏戏曲小说出售给东京大学东洋文化研究所。旧藏有插图的珍贵版本，为求善价，大多售给了村口书店，后来为京都大学文学部所得①。两种附有精美插图的《娇红记》戏曲及一种《双红传》小说，也系这一原因，而没有进入东洋文化研究所。而它们原是长泽之书斋命名为"双红堂"的依据。从此，不仅双红堂文库从此不再属于其主人，而且文库也已经不再拥有用以命名的戏曲与小说，不免令人感伤。

又，据东京大学东洋文化研究所之介绍，该所用 1951、1953 两个年度的科学研究费，从长泽氏手中购得所藏 3000 余册戏曲、小说，为之设立专门文库；1961 年 1 月，值该所成立二十周年之际，又从长泽手中补充了小说戏曲书籍 150 余册，随后编成经长泽规矩也手订的《双红堂文库分类目录》，刊行于世。

撰于 2007 年 12 月。

又校核长泽三十年代所刊之目录，知尚有部分钞本曲本未入东洋文化研究所：百本张钞本《义侠记》鼓词三十回三册、文艺斋钞本

---

① 长泽规矩也旧藏的一部分带图之戏曲小说珍本，今归京都大学文学部图书馆。但此事讳莫如深。笔者请学生仝婉澄代为查核，据该馆之"图书受入簿"，知该馆于 1955 年 2 月 28 日以"吉川机关研究费"，购得一批图书，总计 21 部，179 册，共付 51.5 万日元。故知决定者实为吉川幸次郎。今可考查出于长泽之旧藏者，有：《新刻全像音注征播奏捷传通俗演义》六册，2.5 万元；《新编金童玉女娇红记》二册，6.5 万元；《新刻出像音注唐韦皋玉环记》四册，4 万元；《重校锦笺记》二册，3.5 万元；《新镌节义鸳鸯冢娇红记》六册，3 万元；《赛征歌集》六册，5 千元。这当非长泽规矩也所售之价，而应是该馆从村口书店购买时的价格。双红堂文库得以命名的两种"娇红记"均归于此。是则京都大学有"双红堂"得以命名之表，而东京大学得双红堂旧藏图书之实。又，此数种中，宣德刊本《新编金童玉女娇红记》1928 年已有影印本；《新镌节义鸳鸯冢娇红记》，郑振铎所编《古本戏曲丛刊》二集已据同一版本影印。《玉簪记》《玉环记》两种，今已收入拙编《日本所藏稀见中国戏曲文献丛刊》第一辑。

《大明万隆》鼓词十册、百本张钞本《蝴蝶梦子弟书》四回四册、清咸丰四年钞本"戏本七出"、清道光八年钞本"王元福曲本"（角本）、同治中乐班钞本"断桥"二册、原题"内钞本十三册"（附工尺）中之"探庄射灯"一册（今改题"内钞本十二册"）、清芬堂钞本《拾画、叫画》（附工尺），以及《百本张大鼓书目》等。当是长泽规矩也留作书志学研究的样本。此中如《义侠记》《大明万隆》极为罕见，疑是孤本。又长泽所藏刊本戏曲中，清刊第六才子书《西厢记》版本七种、清刊第七才子书《琵琶记》二种，《六十种曲》零本《水浒记》《灌园记》，清代翻刻本《目连救母》，亦未见于东文研之目录；至于臧晋叔改本《还魂记》一种，带图，可能亦经村口书屋而出售，但京大已有臧改全部"四梦"本，或因此而未取。笔者托田仲一成先生代询其嗣子长泽孝三先生，知长泽遗存之书，今均归关西大学。笔者于 2007 年、2013 年两访关西大学，后一次曾出入文库，逐一查核，幸而诸书均在。我通过与内田庆市教授的合作，将这批珍稀文献以《日本关西大学长泽规矩也文库藏稀见中国戏曲俗曲汇刊》为题，由广西师范大学出版社影印出版。

王国维旧藏善本词曲书籍的归属

　　王国维（1877～1927），字静安，号观堂。浙江海宁人。1911 年冬随罗振玉流亡日本，1916 年初回国，1925 年以后担任清华大学研究院导师。1927 年 6 月 2 日自沉于颐和园昆明湖，年仅五十。一生著述甚多，先后涉及词学、曲学、史学、历史地理学、古文字学等多个领域，均卓有建树。

　　戏曲研究，只是王国维在 1907～1913 年间所进行的学术工作。其间，他编写撰述有《曲录》六卷、《戏曲考原》一卷、《宋大曲考》一卷、《优语录》二卷、《曲调源流表》一卷（佚）、《录鬼簿校注》二卷、《古剧脚色考》一卷、《宋元戏曲史》等。这些著述为中国戏曲史这门学科奠定了基础。

　　王国维主要以实证方式研究戏曲，故首重文献。他居风气之先，收罗了大量的曲籍，而且手自抄录批校，故《宋元戏曲史》序文称："凡诸材料，皆余所蒐集。"但王国维去世时，平生所集词曲善本多不存于家，且下落不甚明了。

　　王国维的助手赵万里在《王静安先生年谱》（1928）中说："先生手校书之存沪上者，尚有数十种。其校书年月，与其他行事之未详者,当续行补入,以俟写定。"①赵万里在《王静安先生手校手批书目》（1928）一文中则说："先生于词曲各书,亦多有校勘。如《元曲选》,则校以《雍熙乐府》,《乐章集》则校以宋椠。因原书早归上虞罗氏,今多不知流归何氏,未见原书,故未收入,至为憾也。"②

也就是说,王国维手校的词曲书籍中,"有数十种""早归上虞罗氏",后则"不知流归何氏",下落不明。

那么,王国维旧藏的词曲书籍为什么会归于上虞罗氏的呢?

王国维《丙辰（1916）日记》,在离开日本归国的前一天,即正月初二日,记云:

> 自辛亥十月寓居京都,至是已五度岁,实计在京都已四岁余。此四年中生活,在一生中最为简单,惟学问则变化滋甚。客中书籍无多,而大云书库之书,殆与取诸宫中无异,若至沪后则借书綦难。海上藏书推王雪澄方伯为巨擘,然方伯笃老,凡取携书籍皆躬为之,是讵可以屡烦耶。此次临行购得《太平御览》《戴氏遗书》残本,复从韫公（罗振玉）乞得复本书若干部,而以词曲书赠韫公。盖近日不为此学已数年矣。

据此可知,1916 年旧历正月,王国维离开京都赴上海任职之时,罗振玉择其"大云书库"藏书中的复本相赠,王国维则以所藏"词曲书"作为回馈。故赵万里在《王静安先生年谱》中说,在得到罗氏赠

---

① 《国学论丛》第一卷三号,1928 年 3 月。
② 同上。

书的同时，王国维"亦以所藏词曲诸善本报之，盖兼以答此数年之厚惠"。罗振玉在《海宁王忠悫公传》中也说："公先予三年返国，予割藏书十之一赠之。"罗氏大云书库藏书号称五十万卷，则所赠达五万卷之多。赠书一事，罗氏后人也每有提及，以表明罗氏对王国维的恩惠，只是王国维同时"以词曲书赠韫公"一语，则不甚受人注意。

王国维在京都前后五年（公元 1911 年 11 月至 1916 年 3 月）。在公历 1912 年底、1913 年初，他用三个月时间，完成了《宋元戏曲史》的撰述，此后转向史地及古文字研究，而未再涉及戏曲研究。

在京都时，王国维可以方便地利用大云书库及京都大学藏书，其文史研究，进展神速。后因生计问题，不得不先行回国，任职于上海仓圣明智大学。当时所担心的是在上海时资料利用不便，所以"从韫公乞得复本书若干部"。罗振玉慨然将其藏书中的复本相赠，但以王国维的性格，自不肯完全无偿接受，故亦思有以报之。由于王国维本人已经无意继续从事词曲研究，而书籍本身有其价值，所以将所藏"词曲书"送给了罗振玉，以作为回馈。虽然在总册数上以罗氏所赠为多，但罗氏所赠者，均为"复本"；王国维回赠者，虽不过区区"数十种"，却都是"善本"。

当然，在 1916 年，王国维已经完全放弃了词曲研究，因而将"多余"之书以作回赠，也是合适的。两人谊属知交，原不会有过多的计较。

这里，王国维自记是"以词曲书赠韫公"，赵万里则称"以所藏词曲诸善本报之"，两人所说的是同一事实。只是王国维说得极为平淡，这符合其性格行事；而赵万里则特别点出是"善本"，意在表明王国维所回赠的亦非寻常之物。

所以王国维旧藏词曲归于上虞罗氏，正反映了罗、王两人的深厚交谊。

　　王国维回赠的这些词曲书籍，由罗振玉的四弟罗振常收存①。

　　罗振常（1875～1942），字子敬。他在罗氏家族中，擅长经营。而古董字画及书籍的买卖，原是罗氏家族共同的生意。罗振玉本人学术与书籍出版兼顾，具体的经营与销售，主要是通过罗振常。罗家在上海汉口路开设有书店"蟫隐庐"，即由罗振常打理。罗振常小王国维两岁，也曾在东文学社学习日文。故两人实为同学，交往密切。王国维曾以《词录》手稿，交付罗振常。王国维在1916年归国居于上海时，经常出入于蟫隐庐看书购书，或访罗振常，以作"闲谈"，如《丙辰日记》所记：正月初八日，"出至蟫隐庐书铺"；初九日，"坐电车至三马路蟫隐庐，与敬公（罗振常）闲谈至晚十时归"；十二日，"午后出至蟫隐庐"；十四日，"至蟫隐庐"；十八日，"午后二时出，过蟫隐"。从中亦可见两人交谊之一斑。

　　1916年之后，王国维旧藏的这些词曲书籍，已经属于罗家的私产，保存于上海罗家。但到1928年初，在王国维去世一年后，罗家所存的王国维手校书籍，已"多不知流归何氏"了。

　　何以如此？原因是1927年的夏天，罗振常将王国维所赠的这批书籍标价出售了。

　　这批书籍的出售，与王国维的突然去世有关。

----

　　①　周一平曾推测王国维直接将其手校书籍交给罗振常，"不仅是为了请他校补，而且是打算请他出版"，笔者认为这种推测是不能成立的。见周一平《〈王国维手钞手校词曲书二十五种〉读后》，载《王国维学术研究论集》第二辑，上海：华东师范大学出版社，1987年，页369。

　　1927年6月2日，王国维所作遗书，谓"五十之年，只欠一死。经此世变，义无再辱"，遂投颐和园昆明湖自尽，一时学界震动。其后事及遗孀子女的生计，也大令师友关心。

　　在这一背景下，罗振常开始整理从王国维处得到的这批词曲书，为之撰写识语，或加浮签，公开出售。据笔者考知，大部分流往东瀛，为日本学者与学术机构购藏。

　　地处京都的大谷大学，收藏有明末朱墨套印本《西厢记》一种，上有"王国维"印，其第四册有内藤湖南识语："丁卯六月，王忠悫公自沉殉节，沪上蟫隐主人售其旧藏以充恤孤之资。予因购获此书，永为纪念。九月由沪上到。炳卿。"

　　据此识语，我们可以知道，罗振常曾将王国维所赠的书籍公开出售，并号称"以充恤孤之资"。但罗振常显然只向读者说明这些书籍是王国维的旧藏，而没有解释这些书籍此刻在产权上是属于罗家的，可能他认为没有这个必要，而且想要作说明，也颇不易说清楚，故省略了。

　　王国维的旧藏书籍，居然由罗氏出售，如果不了解前文赠书之由，显然易生误解。

　　其次，罗振常虽然在售书时曾表示会将出售所得，用来抚恤王氏亲属，但观王国维子女的回忆文字，完全没有收到此类款项的记述，所以这些款项的去向，也值得一议。

　　罗振玉与王国维谊兼师友，且为姻亲。王国维去世前一年，长子潜明病故，其媳为罗振玉三女孝纯，因与婆母有隙，竟归罗家。在处理后事过程中，罗振玉护女心切，王国维则因丧子之痛，心绪亦未佳，两人在协商中出现未谐之音，遂使三十年师友，一旦反目绝交。一年后，王国维竟赴水而死，罗振玉深表愧悔，亦思有以弥补。据其《集蓼

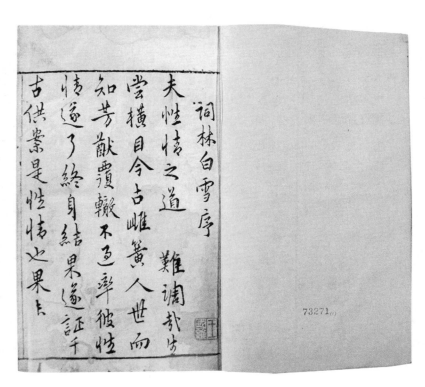

东京大学东洋文化研究所藏明万历刊本《词林白雪》

编》所述："既醵金恤其孤嫠，复以一岁之力，订其遗著之未刊及属草未竟者，编为《海宁王忠悫公遗书》，由公同学为集资印行。"可知确有"醵金恤其孤嫠"的举措。但在当时，王国维的家人似乎并没有收到这种救恤款，故未见其遗孀与子女提及。所以罗家所做的事情，大约是把筹得的费用，用作出版王国维遗著的开支，而以版税归其家属。

也就是说，罗振常出售王国维旧藏词曲书之所得，可能主要花费在王国维遗书的出版费用上了。

王国维旧藏的这些词曲书籍，此时是罗家的私产。但罗振常公开出售时，号称"充恤孤之资"，在日本的王国维知交与后学，因敬重静安之学术，并重其交谊，遂多越洋认购，以作纪念。据笔者所见，有王国维的旧雨内藤湖南、狩野直喜、铃木虎雄，学生神田喜一郎，京都大学后学仓石武四郎、吉川幸次郎，戏曲研究者久保天随，以及京都大学、东洋文库等公私机构。于今检视，均属孤本或稀见之本。故赵万里说"以所藏词曲诸善本报之"，属于事实。这是近代以来从中国学者手中流徙日本的最重要的一批戏曲文献。

王国维赠予罗氏的"数十种""词曲诸善本"，现在虽然已经难以知晓其全体面目，但通过现存日本之王国维词曲旧藏，尚可考见其大概。

兹举笔者在日本各图书馆所见钤有"王国维"印者，并参酌近人著录，胪列如下：

宣德原刊本《周宪王乐府三种》三册、明文林阁刊《绣像传奇十种》二十四册。此两种今藏京都大学文学部图书馆。据该馆的图书入库纪录簿，三书于 1927 年 12 月 15 日入藏，注明系直接从上海蟫隐庐购入。

　　清代精钞本《西堂曲腋》四册，铃木虎雄购藏，于 1956 年 3 月归京都大学文学部①。

　　明广庆堂刊《折桂记》二册，吉川幸次郎购藏，后归京大文学部。

　　明继志斋刊《重校窃符记》二册、明万历刊《玉茗堂重校音释昙花记》二册，此两种系神田喜一郎购藏，今归大谷大学。

　　明末朱墨套印本《西厢记》四册，内藤湖南购藏，有识语见前文所引；后赠予学生神田喜一郎，今亦归大谷大学。

　　明继志斋刊《重校紫钗记》四册、唐振吾刊《镌新编出像南柯梦记》四册，久保天随购藏，后经神田喜一郎手，亦归大谷大学。

　　万历刊《词林白雪》六册，仓石武四郎购藏，今归东京大学东洋文化研究所。

　　从上述情况看，学者个人所购藏者，多为单种，册数不多，单价相对较低，也可知确为购作纪念而已。

　　而最集中的一批，达二十五种，1928 年 7 月，经日本的文求堂书店，由东洋文库收购，这一批书籍，当时铅印有一份书目，青木正儿将所得这一书目，连同王国维遗像、遗书、报道王国维死讯的报纸，一并重装于王国维在 1912 年手赠给他的《曲录》内。此目录题作"海宁王静庵国维手抄手校词曲书目"，一叶，铅字排印，内录有王国维手钞手校词曲共二十五部，二百四十册。此份书目恐即是罗振常印制的求

————————

　　①　唯此本无"王国维印"，今据青木正儿《中国近世戏曲史》附录"备考"所注。

售目录。据此，罗振常当是将王国维所赠书籍，分批出售的。

东洋文库所藏，有二十种为词籍，另含戏曲相关书籍五种：

《元曲选》一百册，明万历刊本，王国维句断、校录，并附识语；

"明剧七种"六册，有两种为王国维影钞，并有题识①；

《录鬼簿》二卷，王国维手校本，有跋；

《曲品》三卷附《新传奇品》一卷一册，王国维手抄并跋；

《雍熙乐府》二十册，明嘉靖十九年序刊本，有王国维识语。

以上藏本，大多有罗振常识语或浮签，如"明剧七种"之《新编吕洞宾花月神仙会》卷末记："此种乃忠悫手自影写，丁卯（1927）仲夏，上虞罗振常志。"并有"罗振常读书记"印。这类批跋，主要是说明属于王国维的手泽，用来表明其价值。当是1927年夏日，这批书籍待沽之时所为。

也有原本有欠完备，而加以补抄者。如王国维手校本《录鬼簿》，罗振常跋："丁卯（1927）孟夏，以大云书库藏旧抄尤贞起本校一过，知艺风虽以影钞尤本寄示，观堂未及校也。罗振常记（"振常手校"印）。""尤本有序，为此本所无，别录之。"观东洋文库所藏此本，首页序文笔迹不同，实系罗氏据王国维旧藏之尤贞起本影钞本补录。

① 迠直四郎编《汉籍分类目录·集部·东洋文库之部》（同文库发行，1967），著录此书作："杂剧七种。清王国维辑。宣统元年王国维据善本书室藏明钞本手钞。"按：此说不确。七种中，有六种为周宪王所撰，所据底本为周藩原刊本；仅《吴起敌秦》一种是据明钞本抄录。该剧末页有识语云："宣统改元夏五，过录钱丁氏善本书室明钞本。此本见钱遵王也是园书目，曲文恶劣，殆优伶所编，以系旧本，故钞存之。国维。"而王国维本人手钞的，也只是《新编吕洞宾花月神仙会》《新编张天师明断辰勾月》两种。

　　王国维的旧雨、后学所购，多是单种曲籍，且无批校，其价格当不是很贵，个人财力能够承受，故纯属购作纪念。而二十五种词曲书籍，主要为钞本，多有批校及跋文，或施有标点，数量庞大，其价钱当是不菲，故须是东洋文库才有这样的财力购买。

　　东洋文库收购的这批书籍，在1977年榎一雄撰《王国维手钞手校词曲书二十五种》文中，首次作披露，1990年被译介到中国（见《王国维学术研究论集》第三辑），为中国学者所知。但有学者怀疑这当中某些书籍并非王国维所藏，亦非王国维手抄，而是罗振常的伪题，因为"真假混杂以卖大价钱历来是古董商、书商的惯技"。其依据是曾问询罗振玉的女婿周子美（延年），周氏说，王国维卒后，儿子不攻文史，继配夫人不甚识字，王家有些书交罗振常蟫隐庐出售，而罗振常曾将不是王国维的藏书也盖上王国维的印记①。当是时人不知王国维旧藏"数十种"善本已赠送给罗家，仅见罗氏售书，加以对罗振玉的人品有所怀疑，遂以为罗氏所售之称出于王氏旧藏者，属于伪托。此类揣测，实不足为凭。

　　笔者还可以举出相反的例证。如前所举铃木虎雄旧藏本《西堂曲腋六种》，笔者在京都大学检阅原书时，并未发现钤有王国维藏章，故最初并不把这种精钞本作为王国维旧藏。后见青木正儿《中国近世戏曲史》附录列有《西堂曲腋六种》一种，其"备考"内注："王国维氏旧藏有钞本，今归吾师铃木虎雄先生所有。"因知出自静安旧藏。若今人的怀疑属实，则此种《西堂曲腋》也应当钤有"王国维"印；今此种并没有王国维的印记，但仍然作为王国维旧藏出售，说明罗振常

　　①　周一平:《〈王国维手钞手校词曲书二十五种〉读后》，见《王国维学术研究论集》第三辑，上海：华东师范大学出版社，1990年，页371。

并没有作伪。同时，现今所知，罗振常出售王氏旧藏词曲，集中在1927年夏至1928年夏之间，此外并无售书记载，既然这段时间所售者也没有借"王国维"印以求溢价，此后就更不可能。而且王国维的私章也不可能归罗氏。因此，罗振常出售已归罗家的王氏旧藏，原是一桩善举，后人反以此责难罗氏，实有违于事实，故为之辩解如上。

王国维旧藏的这些书籍，也有一小部分为国内藏书家购藏。笔者在上海图书馆发现周越然言言斋旧藏书中，有四种戏曲有"王国维"印章：

《新刻出像音注姜诗跃鲤记》四卷，金陵富春堂刻本，四册。

《新刻出像音注唐朝张巡许远双忠记》二卷，金陵富春堂刻本，二册。

《新刻出像音注增补刘智远白兔记》二卷，金陵富春堂刻本，二册。

《财星照》二卷，稿本，写样待刻，二册。

这四种，当是周氏在1927年从罗振常处购入者。

但归于罗家的王国维旧藏书籍，亦并未全部出售。据近人所记及笔者所见，应还有以下数种：

（1）清曹楝亭刻本《录鬼簿》。内有王国维校语及识语，一云："宣统二年八月，复影钞得江阴缪氏藏国初尤贞起手钞本，知此本即从尤钞出，而易其行款，殊非佳刻。若尤钞与明季钞本，则各有佳处，不能相掩也。冬十一月，病眼无聊，记此。"后来罗振玉辑《海宁王忠悫公遗书》第四集，即据此本排印，题作《录鬼簿校注》。此书今藏于辽宁省图书馆,有"罗邨旧农""继祖之印""东北图书馆所藏善本"等印,可知此书当年罗氏未曾出售,而是由罗振玉之孙罗继祖传藏,直到1950年代,时居东北的罗继祖迫于生计,才售予东北图书馆,今归辽宁省图书馆古籍部。或有论者质疑罗氏整理的《录鬼簿校注》底本选择不善,我请学生张禹将此本与东洋文库藏本作了比较。因知王国维在1908~1910年间,曾得到多个版本的《录鬼簿》,1910年2月,以亲笔过录的明钞本为底本,校以楝亭刻本;随后又以楝亭刻本为底本,校以明钞本,"校勘既竟,并以《太和正音谱》《元曲选》覆校一过,居然善本矣"。但王国维本人并没有作《录鬼簿校注》的打算,以上工作只是其戏曲研究的需要,所以分别以两个不同系统的版本为底本,以作出比较,并将比勘的内容,批校于书上而已。比较而言,楝亭本刊印时经过精校,所需校改的字少,罗振玉取以为排印本的底本,是妥当的做法。

(2)影钞尤贞起钞本《录鬼簿》。内有罗振常识语:"此本王观堂以五十金得之董绥经。观堂有《录鬼簿》校本,刊之《观堂遗书》中,所据以校订者有数本,此为其一。罗振常记。"并有"罗振常读书记"印。有浮签,书"录鬼簿一本",下有罗振常题识:"此签观堂所书。"书内有"王国维"印。罗振常撰此识语,最初目的当是为了出售。此书曾入《蟫隐庐旧本书目》,今归中国国家图书馆[①]。

(3)《盛明杂剧》。狩野直喜在1910年秋在北京拜见王国维,对

---

① 《王国维学术研究论集》第三辑,上海:华东师范大学出版社,1990年,页243。王钢又谓:"传云罗氏多作伪,疑此题签及王国维亦出伪造,而原书实与王氏无关也。"则显是受前举周一平之说的影响,以致疑之过度。参见同书第272页。又,此书如何转归原北京图书馆(今中国国家图书馆),不详。疑亦由罗继祖传藏,至1950年代并部分王国维书信等一起售给北图。

王国维拥有《盛明杂剧》等曲籍甚是羡慕。王国维自谓"己酉冬日，得此书之于厂肆"（《盛明杂剧初集》跋）。己酉为 1909 年。1918 年董康诵芬室据王国维旧藏本覆刻，董康自记："《盛明杂剧》为明沈林宗辑，曩曾假王静庵藏本影刻于宣南。"①此书出售后，为王孝慈购得，今藏中国国家图书馆，编号：A01837。

　　笔者撰成此文后，得阅新出版的《王国维全集》（浙江教育出版社、广东教育出版社联合出版，2010），其第二十卷收录国家图书馆藏稿本《静庵藏书目》，末所列为戏曲。本文已举并见于此目者有：《录鬼簿》手钞本一册，《曲品》手抄本一册，《元曲选》一百种一百册，《雍熙乐府》嘉靖楚藩刻本廿册，《西厢记》（当即内藤氏藏本），玉茗堂刻《昙花记》二本，《西堂曲腋》钞本四本。今未知下落者有：《传奇汇考》精钞本十册，《六十种曲》一百廿册，《北宫词纪》四册，《南宫词纪》四册，《南北九宫》大成殿本五十册，《南词定律》殿本八册，《北词广正谱》八册，《啸余谱》十册，《纳书楹曲谱》廿二册，《长生殿》，《牡丹亭》，《帝女花》，《董西厢》，《琵琶记》，明刻《牡丹亭》。此种《静庵藏书目》未注编纂时间，但既然有七种后归罗氏的戏曲相关书籍已经见于此书，可知其编纂的下限在 1911 年 10 月赴京都之前。又王国维藏有《盛明杂剧》，而未见于此目，《盛明杂剧》购买于 1909 年冬，故此书目在 1909 年冬之前就已经编定。又《雍熙乐府》跋称"光绪戊申冬日，得于京师"，钞本《录鬼簿》手录后作跋所署时间为"光绪戊申冬十月"，而《曲品》跋称"宣统改元春王正月，国维识"，而此三书已经收录于此书目，故可推定此书目编定于 1909 年夏秋之际。

---

　　① 《董康东游日记》，石家庄：河北教育出版社，2000 年，页 6。

顺带说一下，新编《王国维全集》第二卷收录有《罗振玉藏书目录》，所据为日本钞本，原未题撰者，编校者因其大半承袭《大云精舍藏书目录》，且1913年王国维提及替罗氏整理书库目录，以为此书目亦出于王国维之手，故予收录。今观此目中已经收录了王国维原藏的词曲书籍，可知其编定必在1916年之后，且非成于王国维之手，故不当作为王氏著作收录。

笔者尝在异国摩挲王国维的手迹，见其以谨严的楷书抄写的剧本、曲目，二色三色的批校，以及因续有所得而增至再三的题识，遥想百年前静安先生独自致力于戏曲研究的情状，体会"凡诸材料，皆余所蒐集"所包蕴的言外之意，仰望"欲学术之发达，必视学术为目的，而不可视为手段而后可"的高远境界，感慨系之。因作此小文，略述王国维旧藏词曲"诸善本"的归属，以表纪念。

撰于2009年5月。

·

品

书

集

·

读史阅世忆华年

　　用了两天时间，读完了何炳棣的《读史阅世六十年》，觉得值得推荐，也值得一说。

　　何炳棣（1917~2012），1930年代毕业于清华，曾师从雷海宗、陈寅恪、冯友兰等。40年代中，以最好成绩与杨振宁等20余人同批留美，以西方经济史研究获哥伦比亚大学博士学位，迅即转向中国史研究，在明清史、人口史、中国农业史、先秦考古、秦汉思想史等领域，均有开创性贡献。其治学范围之广、成就之大，在中华学人中实属罕见。

　　何氏治史的特色，在于深明西方史学规范与标准，善于运用各种现代史学工具，在大量占有史料的基础上，经过缜密考证与平衡理性的思维，在许多重大领域，取得具有原创性的成果。他在国内名声似不如杨联陞等人，但在美国史学界乃至国际学术界，声望可能要高得多。盖何氏既深明西方史学方法，眼界颇高，远非一般中国学人所可比，正如书中不无自得地记述胡适对他说的实话："（即如傅斯年，亦）"未曾注意到西洋史学观点、选题、综合、方法和社会科学工具的重要。你每次说，我每次把你搪塞住，总是说这事谈何容易……你必须了解，我在康奈尔头两年是念农科的，后两年才改文科，在哥大研究院念哲学也不过只有两年；我根本就不懂多少西洋史和社会科学。"（页 321）而何氏对于中国传统文化与文献之把握与理解，更非西方学者所可及。此两者合一，宜其有大成就，且地位卓然也。

此老对自己的学术追求，功利目标极明，且极具自信。此种功利，在于孜孜于学术领域做出不同于他人之功业，时时鞭策，不敢稍怠，故成就可观。惟其极具自信，即使十分尊重胡适等人，语气也仍充满优越之感。如书中对美国中国史学地位极高的老友杨联陞，实含褒贬，暗示杨氏之以"博学"著闻，实在于善以日本学者所聚资料为"引得"，深度则不免有所不足。不过，只要看看书中所述，何氏在博士毕业后，依原先设想转回研究中国史时，即于假期遍阅美国国会图书馆所藏三千余种中国方志，进而有大发现，一举奠定其学术地位，可见此老治学，确有其不可及之处，宜其自信过人。

又，书中对张光直之学术观点与人品，毫不假辞色。前些年张先生著作大行于国内，读何氏书，则或可知其另一面也。

此书之撰写，虽为个人之学术自传，却时时存有为学界保存史料之念。卷首所叙何氏家族情况，即有为中国家族制度与功用留一案例之设想。书中所叙西南联大情况，亦可资史家取裁。叙留美考试卷题情况，记在哥大入学及开题等事，均可令读者一开眼界。于中可见此老对于史料的重视和对于学术规范的意识，非泛泛于一己之私。其褒贬虽基于个人之念，未必尽属允当，但正如封底杨振宁所说："这是一本有分量的书，因为著者是有大成就的近代历史学者，也因为这位学者在书中无保留地讲了真心话。"

故何氏此书，实为了解现代学术史的极好材料，值得一读。

撰于 2007 年 1 月。《读史阅世六十年》，广西师范大学出版社，2005 年 7 月。

治史经验谈

　　严耕望(1916～1996)，对于大陆一般读者来说，并不是一个熟悉的名字，因为他的主要著作如《中国地方行政制度史》《唐仆尚丞郎表》《唐代交通图考》等尚未在大陆出版。而在历史学界，早已藉在制度史与历史地理领域的成就而受人尊敬。1970年，在其54岁时，即当选为台湾"中央研究院"院士。作为现代著名史学家钱穆的杰出弟子之一，乃师获得这一称号也只比他早了两年。钱穆之晚得当然有其他原因，而严氏之早得，却确因其成就所致。

　　严耕望的成就，跟他与钱穆、傅斯年等的机缘有关。他之走向制度史与历史地理研究，即受钱穆之教；他毛遂自荐而得傅斯年认可进入史语所，则是成就其一生学问的大机缘。大凡杰出的学者，唯其尝受乃师之恩惠，亦多思有以转致于后辈。故其晚年撰"治史三书"：《治史经验谈》(1981)、《治史答问》(1985)、《钱穆宾四先生与我》(1992)，可谓循循劝诱，授后辈以治学之门径。辽宁教育社汇集此三书，而名之曰"怎样学历史"，倒像是一本教中学生学历史的著作，其实大不然。

　　严氏一生治学，以躬自砥砺、勤耕不辍而垂范后世，有学者谓其为史学界的"朴实楷模"。其所言正如其人，平实道来，既无"惊人之

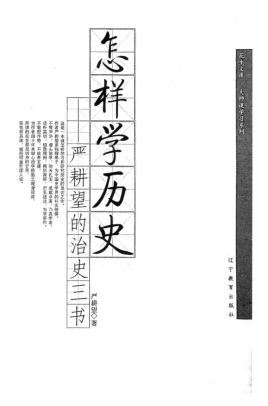

这是一本谈怎样学习和研究历史的随笔之作，作者严耕望是香港科学子、为国学养界的杰出楷模，不冒西亦、语头治学，为文末长、成就卓著，乃真学者。流长真切，娓娓周到，阅历深厚，识见通达，为非常作。不装腔作势，不故弄玄虚，为作者四十余年悉心治学经验之现身说法，所谈在在皆恳切身的甘苦，实在面具体，诚所切各种度人也。

严耕望◇著

怎样学历史——严耕望的治史三书

辽宁教育出版社

花生文库·大师谈学习系列

严耕望先生著作书影

语"，亦无故弄玄虚之处，均为本人治史之经验，实启治文史之门径。

尤其《治史经验谈》，从原则性的基本方法说起：博通与专精、点与面、研究时段之短长，所论极为辩证而令人可效法。"建立自己的研究重心，不要跟风抢进"，"要看书，不要只抱个题目去翻材料"，"看人人所能看得到的书，说人人所未说过的话"，则语重而心长。又示几条具体规律:尽量少说否定话,不要忽略反面证据,防止断章取义,尽可能引用原始或接近原始史料,转引史料必须检查原书,不要轻易改字,等等,则示以基本的学术规范。

又细述论题的选择,论著标准,论文体式,引用材料与注释方式,论文撰写与改订,可谓苦口婆心。末了又宕开去而论生活、修养与治学的关系,以为:一,健强身体、健康心理;二,一心力、惜时光;三,淡名利、避权位;四,坚定力、戒浮躁;五,开阔胸襟;六,慎戒执着。故北大罗志田教授以为不仅初学者,已任教授者也不妨多看看,必有所获。诚哉斯言!

另外两篇谈及学问与学人,其语与时下一般观念颇不相同。如其惋惜胡适与顾颉刚因行政或他事而妨碍其学问;又以为陈寅恪晚年所著,在学术上几无价值;又论学历史仍需从历史入手,不可从哲学、文学诸道入手,亦是语出惊人。

今见时人评其书,或讥责严氏在学术中始终没有在"更高层次上""灵动"起来,也没有丝毫"要成为领导社会、移风易俗的大师"的想法,只是一个矻矻终日、深藏于"中研院"和香港中文大学的学者;虽然业已"格物"而"致知",在学术的高度上难有比肩者,但是似乎少了一份读书人对社会的责任,"治国""平天下"的认识在耕望先生身上难以寻觅。——则所指责之处,显然正好与严氏的价值取向相反。所谓道不相同者,无法与语也。

看来做一个严肃的学者,以求真为务,与念念不忘以"古为今用"作最高境界,原是难以融而为一的。

撰于 2006 年 9 月。《怎样学历史:严耕望的治史三书》,辽宁教育出版社,2006 年 1 月。

读《师门问学录》

　　中国的研究生教学,从恢复高考以来,已走过了近三十年的历程。现在每年入学的研究生已达数十万人,所以如何培养研究生,便是一个令人关心的问题。南京大学的古代文学学科,在程千帆教授的带领下,在国内学术界享有盛誉。程门弟子如蒋寅、程章灿等均有从师问学的记述,使尊师敬学,构成了一个良好传统。今观《师门问学录》一书,副题:"南京大学中文系古代文学专业攻读博士研究生课程的一份教学实录",完整地纪录了一位博士研究生跟导师学习的全过程。它出自南大学生之手,原属正常。只是由马来西亚第一位在中国大陆获得博士学位的余历雄博士来作此记述,稍稍出人意料,再一想,却也在情理之中。

　　说意料之外,是没想到会由一个外国学生来完成此举;说情理之中,是因为唯有外国学生的朝圣般的心境,方能如此有心。国内的博士生,或许是因为来之容易而不加珍惜。待知道应当珍惜的时候,却又往往是事过境迁了。

　　余历雄的指导教师周勋初教授是唐代文学研究的大家,也是一位醇厚的长者。照片上的余历雄,个子不高,一副朴实敦厚的样子。盖学生既勤勉好学,先生原亦是有心人,所以能合作完成此事。当其初,周教授闻弟子有此记录,亦是勉励有加,以为从中可以总结南京大学的研究生培养的经验,以作当世之范式。不过,我以为,研究生教学,也仍然是千差万别,其中既有导师学识上的差异,也有学生个体的不同,难以一律。所以,此书的主要价值并不在此。

此书详细记录了在六个学期中,每次询问导师所得到的解答,并且在记录之后,又经过导师本人审阅补充,遂臻完善,更具系统。它可以作为研习唐代文学的入门书籍来看,对于非唐代文学专业的学生或学者,也不无参考价值。因为其中的许多问题,虽然是入门之说,却又是在教科书中难以得到答案的,诚是导师甘苦之语。即使曾经写成文章有所论述,却也是"绣罢鸳鸯凭君看,莫把金针度与人",不唯不知其从何而来,亦不知从何而悟。所以与其说是教授弟子之法,还不如说可从中窥知周先生的学问之路径,而予人以启迪与教益。况且有些问题,如果不是因为学生这般询问,导师未必会专门撰文讲述。

又因为是从具体问题引出的话语,大多涉及时贤学问路数与学术著作之臧否,对学界有争议之观点有所点评,对论争各方有所议论,非但关注具体的结论,而且解释了持论不同之原故,以及个性、师承、门径等等,娓娓之语,可以想见当初的交谈当中,锋芒更是显露,不过此次正式出版,想应是有所删削,话语也稍作婉转。

在目前学术界尚未真正形成一种良好的学术批评氛围的背景下,其中的评论尤其耐人寻味。某些地方,不妨作学术公案看。读来也饶有兴趣,可博知情人会心一笑。

撰于 2006 年 2 月。《师门问学录》,周勋初、余历雄著,凤凰出版社,2004 年 12 月。

兵以诈立

　　时下,中央电视台"百家讲坛"风头正劲,一二位主讲等人的讲述稿,风靡一时。但那终究是媚俗之文,已有学者指摘其中的硬伤。而《兵以诈立——我读〈孙子〉》,是李零用他在北京大学的讲课录音整理修订而成,其学识与学术含量自非前者比,其不及电视明星学者著述的畅销,也理所当然。

　　李零,北京大学中文系教授,堪称当今兵家研究第一人。又由于李零生于今世,能够幸运地见到从地下发掘出来的银雀山汉代简本《孙子》,故其所得,亦远远超越前人,则称为古今《孙子》研究之第一人,也无不可。

　　这门《孙子》课,李零开了二十多年,已记不清讲过多少次。李零说:"现在,学生很多,教室里,装不下,即使凑热闹的人走了,也还是很多。每次讲完,他们都给我鼓掌。"不过,20 年前,他第一次在北大开讲时,第一堂课,课堂里有十个学生,到第二堂课,只剩下两个学生。一个是中文系的学生,他是来向李零宣布一个决定的:"同学们说,您的课太深,听不懂,他们不打算再来听课,委托我跟您讲一声,我们都很忙,以后就不来了。"剩下的一个学生是老外。李零就干脆让这唯一的学生到家里上课。这老外后来成为专家,真正的专家,在

《孙子兵法》书影

李零所见的西方学者中，他最懂（军事学上的）法国理论，也最通中国兵法，翻译过《三十六计》。（页5）

这《孙子》是中国兵法的祖宗。当今不时兴打仗了，这兵法还有新用处，就是赚钱。1984年，有三个中国人编了一本《〈孙子兵法〉与企业管理》，很是畅销。而更厉害的是日本人，有一位名叫服部千春的人,据说不仅直接用《孙子兵法》管理企业,大赚其钱,而且还到中国来宣传他的研究,在中国出版了《孙子兵法校解》,令中国学者也深为叹服。而近年北大哲学系开设"老板班",也专门让李零去讲《孙子兵法》。只是老板们兴冲冲地期待着李零从《孙子》中炼出管理妙方,立竿见影,不枉他们付了那么贵的学费,而李零却只能让他们失望了。

李零自己说:"我这本小书,重点是讲兵法中的哲学:一是兵法本身,二是兵法中的思想。为此,我在书中加进了有关的军事知识,还有思想史的讨论,内容比以前丰富,结构比以前清晰,讲法也轻松愉快。希望读者喜欢它。"(页8)

而本书也确实是深入浅出地把《孙子》十三篇讲得清清楚楚。诚是集多年的版本研究之大成,所以在校勘上富有创见;又能摒弃烦琐考证,巧妙地以往日的考证著述作为此书的背景,点到为止,所以能深入浅出。讲述中紧扣兵制变化、时代变化,释战事而充分考虑当时社会、城堡、井田等在春秋战国时期的变化情况,遂化繁为简,使古奥之义,豁然可解,可谓驾轻就熟,举重若轻。各讲之后,又加附录,用以说明一些军事史上的问题,以及古今中外军事家的观点。不仅用《唐太宗李卫公问对》来作印证,用现代战争、毛泽东兵法及实战情况作验证,还与克劳塞维茨的《战争论》作比较,借以诠释古今军事史的诸多问题,可使读者于军事史、战争史、外交与政治史诸方面,均有所斩获,俨然有身居统帅之侧而观其治兵征天下之感。其间每一段文字都可见作者独到的心得,也不乏出人意料的借古讽今,幽默之中渗透出古今战争的铁血冰冷之感。

"兵者,天下之凶器也。"李零自己觉得"讲法也轻松愉快",从讲法来说,也许是如此,但李零想告诉人的东西太多了,多得塞不下,不仅是军事的,还有政治的,国际关系的,民族的,等等,而且大多只是点到为止,许多话语都值得再三回味,所以读来其实并不轻松。

"兵以诈立,以利动,以分合为变者也。"中国的特产是兵法,兵法的精髓是兵不厌诈。奇与正,虚与实,流动作战,机动和突袭。不打则已,打,就给敌人一个惊喜。打得赢就打,打不赢就走。三十六计,走为上计。战争是政治的继续,恐怖主义,则是战争的继续。在古代,总是野蛮部族战胜文明民族,于是,文明与野蛮,分成了两个世界。只是以往的文明定义,一直由农业民族定的;另一面,却永远是胜者为王。……所以,一部《孙子》,包罗万象,可以有无数的心得。不过,如果只想从中寻获诡诈之道,以求出奇制胜,而不知奇正之变,不知兵家之道,人命关天,只能实事求是,则未免南辕北辙。所以李零才对老板们的短视要求,哑然失笑。

利德尔·哈特在为《孙子兵法》英译本所作的序言中说:《孙子兵法》在兵法类作品中出现最早,但其阔阔深远,却迄无超越者。此书真可谓集运用之妙的大成。在以往所有的军事思想家中,只有克劳塞维茨可与之相比,但就连他,也比孙子要"过时"、显得有点陈旧,尽管他著书立说比孙子晚了两千多年。孙子有更清晰的眼光,更深刻的见解和可以垂之永久的魅力。

要想真正了解《孙子兵法》,李零的《兵以诈立》,无疑是最好的一本。

撰于2007年3月。李零:《兵以诈立——我读〈孙子〉》,中华书局,2006年8月;又:《〈孙子〉古本研究》,北京大学出版社,1995;《吴孙子发微》,中华书局,1997;《〈孙子〉十三篇综合研究》,中华书局,2006年4月。

花间一壶酒

　　因专业的限制,常常不得读想读之书,这是做学问人的一桩苦处。若得花间对月,一手把壶,一手执书,文读喜欢之本,思随野马而行,便是书生快意之事。

　　李零的《花间一壶酒》,诚是花间独酌,已得"对影成三人"之味后所写的快意文字。北大教授是李先生的职业,他所从事之研究极专,从金文、竹简、帛书而方术,尤以方术研究成家,所窥多为时人未到之处;然而由于今世之学,受限于某种条规,遂有"学"与"非学"之别。李零教授所擅长的方术研究,似处当下学问的"流外"之域,所以他才意欲从专业学术的腹地逃向边缘,从边缘逃向它外面的世界。用李零的另一句话说,就是:他是用业余的态度研究专业,用专业的态度研究业余。本书所论之卜、赌同源,药、毒一家,"畜生人类学"发微,厕所用纸之与蔡伦发明,天下脏话一家之类,便是如此。唯因其不作学问之腔,以其胸中汪洋之水,汩汩然流出,遂成天下至美之文。书中所叙至细,所思颇钜。所谓学者随笔,不负其名。

　　"花间一壶酒,独酌无相亲。"以李白《月下独酌》诗句作为篇名、书名,此名很美,颇可作联翩之想。篇中所论李白诗的意境,却也是李零本人为文、为学的心境。唯明月亦不知其心,故李零先生必有大感叹在。如《说校园政治》《书不是白菜》《学校不是养鸡场》诸篇,可见故纸堆中的学者,何尝不关心世事;但作"汉奸发生学"、《一念之差》,直言"汉奸也是被逼出来的",几至引起世间轩然大波,则"毕竟是书生"了。

如其论王国维:"我们尊敬'大师',但不必美化'大师',更不必用西方知识分子的'可怜下场'安慰自己,赋予'大师'太多的'学问'之外连他们自己也不知道的'伟大意义'。"可见作者过人的理性与冷峻。

本书从文字到内容都堪称脱俗。美中不足的是封面设计太恶俗;作者简介中的文字,恰恰是作者所竭力反对的。"相期邈云汉",呜呼! 知音之难如此。

<hr>

撰于 2005 年 8 月。《花间一壶酒》,李零著,同心出版社,2005 年 6 月。

晚明文人的心态

　　1991年,罗宗强先生的《玄学与魏晋士人心态》一书,由浙江人民出版社出版,开启了文人与士人心态史研究的法门。继之有么书仪的《元代文人心态》(文化艺术出版社,1993)、张毅的《潇洒与敬畏:中国士人的处世心态》(岳麓书社,1995)、周明初《晚明士人心态及文学个案》(东方出版社,1997)、吴调公和王恺的《自在自娱自新自忏:晚明文人心态》(苏州大学出版社,1998)、左东岭《王学与中晚明士人心态》(人民文学出版社,2000),等等,使心态研究已成热门话题。而罗先生于十五年后推出《明代后期士人心态研究》一书,已跨越他所擅长的魏晋而下延至晚明。耕耘十载,始成四十万字之宏著,其间还曾因重病中断数年。对一个年过七旬的学者来说,原非易事,故尔格外令人感佩。

　　据作者最初的感觉,晚明与魏晋这两段历史,在"士"的传统中,似乎有着某种重叠与衔接,所以他的兴趣也往下移。然而,历史的事实,远较这种感觉要复杂得多。作者用十五年时间,通读了皇家的实录,读政书,读各种杂史、笔记,更多的读的,则是一部接着一部的别集,自称:"能够读的都读了。"这看似简单的一句话,不知需要花费多少的时间与心力。结果却仍是头绪纷繁,无从下手。作者最后只好舍弃全貌,取其一维,侧重描写了皇权不受制约下谏臣的心态,描述了末世景象下思想家与改革家的拯世情怀,以及他们的希望与失落,也描述江南那一群徘徊于入仕与世俗之间的士人的人生旨趣,描述了那些回归自我的士人那种适意与迷惘的心境。而其肯綮之点,则在于作者独特的视角。

作者的视角即是士人心态,也即在于其独特的诠释理路。从言行看心态;涉及事件,而不着重于事件本身;涉及思潮,而不着重于思潮之内在理路;涉及政局,往往亦不着重于政局面貌之全面省察;涉及社会风貌,亦只在于考察其对士人心态之影响。作者对明代后期士人心态的考察,意在从一个时段、一个动荡而充满末世景象的时段,努力恢复"士"传统的历史记忆,进而体现作者对士人传统人格的认识。

作者每于叙述之间,抒其感慨。如在讲述身陷囹圄的谏臣杨继盛之事后,谓:"国族危难之时,既有赴汤蹈火、舍生取义者,亦有奴颜婢膝、卖身求荣者。日常相处,如继盛所言之面孔变换、伎俩莫测之情状,无代无之。不过世愈衰士风愈下,则大抵如是。关于士传统之此一面,至今似未引起我人直面之勇气。言说优良传统易,敢于直面丑陋之根性难。"(页 37~38)

故此书所叙虽是明代,其实不乏深刻的当代性。

撰于 2006 年 9 月。《明代后期士人心态研究》,罗宗强著,南开大学出版社,2006 年 6 月。

柳如是之死

盛暑西游,暑去东归,行程匆匆,久未打理俺的"不落客"(blog)。时近开学,又渡海而东,忝列"中央研究院"文哲所王瑷玲女史主持的"明清文学文化中的秩序与失序"会议。新朋旧雨,令人畅快。因席间所闻所见,颇有感触,晨兴,欲缀数语,亦以招待来访客。

昨日下午第二场,与文哲所严志雄博士同组作讲。

严兄的题目是"哭泣的书——从绛云楼到述古堂"。此前曾拜读其稿,开卷才阅二页,便已令人泫然。志雄兄一开讲,全场即肃然。何故?彼开言所述者,"我们敬爱的柳如是夫人"最后留在世间之文字也。吾等不意其竟是因如此不堪之状而死,而此事又涉及今日图林万众敬仰的《读书敏求记》的作者、绛云楼后江南第一藏书家、述古堂主人钱曾,甚至若非此事,则或许竟无今日所见之钱遵王!此事殊大,其间委婉曲折,端的有关"秩序与失序",且容慢慢道来。

本篇先说柳夫人之死。以下所述文字,撷自耶鲁才子严博士的原文。

一六六四年五月二十日,八十三岁的钱牧斋翁去世。不意家难顿作,祸起萧墙。六月二十八日,灵堂未撤,而柳如是"披麻就缢,解经股缳",须臾殒命。其中种种难堪不堪、可哀可痛之情事,即使想用诗体来再现,也注定是失效的、苍白无力的。柳如是乃一代奇女子,

柳如是像

他留给人间最后的手笔，竟是一纸让女儿持去报官的遗嘱，字句出以白话，却字字惊心，兹录如下：

> 汝父死后，先是某某并无起头，竟来面前大骂。某某还道我有银，差遵王来逼迫。遵王、某某，皆是汝父极亲切之人，竟是如此诈我。钱天章犯罪，是我劝汝父一力救出，今反先串张国贤，骗去官银官契，献与某某。当时原云诸事消释，谁知又逼汝兄之田，献与某某。赖我银子，反开虚账来逼我命，无一人念及汝父者。家人尽皆捉去。汝年纪幼小，不知我之苦处。手无三两，立索三千金，逼得汝与官人进退无门，可痛可恨也。我想汝兄妹二人，必然性命不保。我来汝家二十五年，从不曾受人之气，今竟当面凌辱。我不得不死，但我死后，汝事兄嫂，如事父母。我之冤仇，汝当同哥哥出头露面，拜求汝父相知。我诉阴司，汝父决

不轻放一人！

　　垂绝书示小姐。

　　威逼姓名，未敢原稿直书，姑阙之。

　　因知柳氏自杀的直接原因，竟是钱氏身故，尸骨未寒，而族中豪强者，即来勒索金银、田产、香炉古玩等物，语言难堪，却又无计排解，遂愤而自尽，为儿女谋一活路。

　　柳氏遗嘱末尾按语称，对威逼者姓名，不敢直书，以"某某"代之，可知此"某某"必为族中势力显赫之人，如果将其姓名披露，后果堪虞。

　　然而，公布柳氏遗嘱时，钱曾之名，赫然在目，未加掩饰。于是钱曾遵王，牧斋暮年所亟为推奖与倚重的族曾孙，薄有名于时的学者、诗人、藏书家，一夕沦为千夫所指，不齿于人的"兽曾"。牧斋门人顾苓、归庄（归有光孙）飞书笔伐，出语刻薄，略无假贷。甚至抖出遵王父亲的一段不伦丑闻，用以羞辱遵王。

　　可怜是年三十六岁的钱遵王，终身未见置一语以辩白。而他活到七十三岁方下世，在往后半辈子的生命里，他等于是要背负起忘恩负义、逼死师母柳夫人的罪名，"偷生视息于人世"，身败名裂，情何以堪？

　　…………

　　早上会议时间已届，匆录至此，要知后事如何，且听下面分解。若无后文，不妨留作悬想。

　　　　　　　　　　　　　　　2008 年 8 月 29 日，于台北"中研院"学术活动中心。

通观与贯通

有关《红楼梦》的书籍，当下正在热销。刘心武等人的戏说式解说，虽然在红学家们看来颇有点儿不以为然，但在大众中却很有市场。既然有读者，有销量，能够亮相于电视台，甚至讲学于海外，当然也足可引以为自豪了。在中国，《红楼梦》不仅被视为古往今来最伟大的小说，而且因为它曾与中国现代政治、历史紧密相关，所以格外引人注目。红学的著作更是汗牛充栋，因为有着众多专业的研究者与无数的业余爱好者。毛泽东曾说《红楼梦》不读至五遍，没有发言权。在爱好者看来，如果读过十数、数十遍，则自然也可称半个红学家了。开谈不说《红楼梦》，纵读诗书也枉然。草野与台阁并行，蔚成大观。

所以红学的历史，既是近代以来文化史、学术史的一部分，也是政治思想史的一部分，更是社会生活史的一部分。有关红学史的著作，已不下十种，但最为详尽的，当推复旦大学陈维昭兄新出的《红学通史》。

此书甚为厚重。上下两册，洋洋百万余言，举凡红学史上有影响之观点，见解之可自备一说者，莫不述之。眼光所及，不唯细说国内，

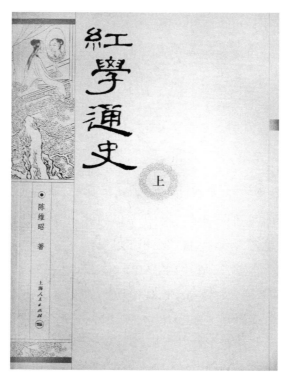

陈维昭著《红学通史》书影

亦详及海外。故纵横捭阖，中与洋，内与外，揽于一，是名为"通"。但红学著作既已汗牛充栋，想要遍加评说，谈何容易。曾有学者统计，古代小说之研究论文，关于《红楼梦》者，几三分天下有其二。所以，要作叙说，必须有一独特视角加以贯穿，这便是此书所坚持的"解释学立场"。在作者看来，历史，是叙述出来的，真正的历史，本身原是一堆杂乱无章的自在。重现历史真相的努力，存在于研究者的执着之中;历史的叙述需要选择,更需要解释,历史的意义同样令研究者梦绕魂牵。以故,还原历史与解释历史,是一个永恒的课题。而此书作者更多地选择了后者。

红学界是一个山头林立的地方。有许多"名家",原是老虎屁股摸不得的。纵使前辈名家或视名如敝屣,但其徒孙辈却可能对任何非议其师祖者,均"誓死捍卫"。对作者来说,所谈论的对象之地位境遇,有强有弱,有尊有卑,有亲有疏,则叙说时何详何略,何褒何贬,关涉"青史"留名,最为难办。幸好看起来作者似站在无门无派之处,故依胸中所见,无论对象名满天下,还是初出茅庐,一切以学理为准则,全凭己意而绳墨天下。虽然其观点必有可商榷之处,但力去山头之见、以文论文的态度,却定能得人许可。其难能可贵者,还在于时过境迁之后,对往日因政治原因引发的问题,仍能从历史的维度,表述其同情之理解,而不是简单加以否定。

当然,此书也仍有其"局限",即未免拘于"学术"。凡非"学术"者,便不入法眼。但大众化消费的快餐型与"戏说"型的解说,也未尝不是红学史的一部分。虽然它们难称学术意义上的红学研究,却必然是红学社会史的一个重要部分。

窃以为,如果能在这个角度,为刘心武等人的畅销读物立一界说,所构成的红学史,或许才能称得上是完整的。

以此观之,则此本"通史",也仍有未"通"之处。

撰于 2006 年 10 月。《红学通史》,陈维昭著,上海人民出版社,2005 年 9 月。

一个私奔女子之死

　　耶鲁大学史景迁教授的"中国研究系列"八种,目前已经出齐。《王氏之死》是其中最薄的一册,却是最出彩的篇章之一。12万字的篇幅,叙述了清初山东穷僻的郯城中一个小妇人的故事。

　　书的开头这样概述:"这本书讲述的事情发生在17世纪,主要在1668～1672年间;地点在中国北方一个小角落,山东省一个叫作郯城的县。所聚焦的是当时当地非知识精英阶层的老百姓:农民、田间佣工,以及他们的妻子,这些人在困难的时候得不到社会的帮助,也没有强有力的家族组织的支持。我从四个小而具有冲突的事件上去考察他们:第一,土地耕作和税收;第二,寡妇保护她的孩子和遗产的努力;第三,地方恩怨带来的暴力;第四,王氏夫人的决定,她不再愿意面对一个不可接受的现状而逃离她在郯城的家和她的丈夫。把这些都说成'小事',是因为相对于整个历史背景而言,而对于那些实际身在其中的人来说,这些事绝对是非常重要的。"

　　用耶鲁学者康正果的话来说:王氏的故事很简单,她和她的丈夫一贫如洗,不知什么原因她突然与另一个男人私奔,出走后又走投无路,最终不得不独自退却回来。在返家的当晚,愤怒的丈夫把她掐死在他们的破屋内。王氏之死仅为此书的结局,它只是一个凄厉的尾声,作者用更多的篇幅勾画了事件发生地山东省郯城县的老百姓在明末清初经历的一连串灾难。从地震到旱涝蝗灾,直到土匪的劫掠,清兵的扫荡,饥荒中的人与人相食、饿毙和自杀,活着几乎是一连串死亡和屠杀夹缝间的暂时偷生。王氏的个案和郯城人的苦难,为我们想象十七世纪的中国大地打开了一个孔洞。

作者主要依据三种文献:《郯城县志》,郯城县官黄六鸿的《福惠全书》,《聊斋志异》。台湾学者王乾任认为:史景迁在这三书中来回穿梭,寻找、拼凑、融通,再现十七世纪中国贫困小县的社会状况。试图为作者所要描述介绍的妇人王氏,建构一个她所身处世界的完整社会图像、文化价值观、妇女地位等。借由全书的铺陈安排,让读者一步步进入了解 1670 年代中国的这个贫困小城,让读者在最后遇见主角的出现与其经历的无奈时,可以充分地感受到:由于当时的社会环境与价值系统带给这位所谓背德妇女的无情待遇,与看似清廉的县吏在处理妇人王氏的一种荒谬与无奈,——古代中国妇女一旦背叛丈夫,则死不足惜,则不可称之为"人"。

史景迁,原名 Jonathan Spence,他的中文名字,表明他作为史学家对于司马迁的仰慕。这位定居美国的英国人,拥有世界范围的学术声誉。他有关中国历史的著作,原是欧美世界的畅销书籍,现在被介绍到中国本土,同样足以引发阅读的热潮。

撰于 2006 年 5 月。《王氏之死》,(美)史景迁著,李璧玉译,上海远东出版社,2005 年1 月。

晚清北京的堂子与清代戏曲的兴盛

——梅兰芳：男旦与堂子相公

最近读了么书仪先生的一本书，名叫《晚清戏曲的变革》，人民文学出版社 2006 年 3 月版，定价 36 元，责编冯伟民、周绚隆。

这虽然是一本非常冷门的专业书，却说了许多别人不曾说的事情。其中所说的某些事儿，也可能将会引起很大的喧哗。例如，其中所说男旦的兴衰、晚清打茶围、开堂子等事，便是触及一个向来被戏曲史家隐去的环节。

晚清京城的"打茶围"，实际内容主要是以歌侑酒。也就是戏班中年轻的男演员（特别是男旦，那时女优还未兴起），在演出的余暇，从事侍宴、陪酒、应酬等收费服务。营业地点，有应召前往顾客指定的酒楼饭庄，不过大多数是在营业者的住处。晚清史料、笔记中有下处、堂子、私坊、私寓、相公、歌郎、老斗、小友、叫条子等，都是与"打茶围"这一娱乐业相关的用语。从事打茶围行业的伶人叫"相公""歌伶"，顾客叫"老斗"。老斗特别喜欢的优童，称其"小友"。点名要求某位歌郎侍宴，即"叫条子"。"下处"等即伶人之住处，为开设打茶围的地方。只是伶人本界把名伶自己的住处叫"堂号"，不叫"堂子"。

歌郎台上演戏完毕，台下侑酒作陪。堂子里那些稚龄的相公，在老斗们的眼中,皆是初放的鲜花,故爱怜有加,一掷千金。好事者有《燕兰小谱》《燕台花事录》《日下看花记》《长安看花记》《凤城品花记》等娱记式品评赏鉴,一经品题,身价百倍。这堂子的兴盛,事关戏班兴盛、伶人走红、"资本"走向,是戏曲商业活动的"生物链"中一个重要环节。

这是一个以青春作为代价的暴利行业,它对于年龄的要求,实在是太严酷了。同治、光绪年间,雏伶、童伶成为这个产业的支柱,而其当红的年华,不过十三到十八岁,各领风骚三五载。他们在陪酒侍宴中同时学艺,也有一部分人真正以演员作为职业。从嘉庆以后,直到光绪间,堂子与"科班"共存,共同担当培养艺人的职责。

据统计,晚清戏曲演员,从堂子培养出来的所占比例最大。曲界的名伶,也大多是堂子的主人,"同光十三绝"中,梅巧玲称景和堂主人,刘赶三为保身堂主人,余紫云为胜春堂主人,徐小香为岫云堂主人,时小福为绮春堂主人,……今人叙其事迹,大多朦胧其事,仿佛如文人之堂号,十分雅致,其实他们实实在在地开着堂子,养着许多立过卖身契的歌郎——这原是主人主要的经济来源之一。

歌郎被捧红后,有老斗为之赎身,则可另立门户,开设自己的堂子,于是后浪推前浪,不胜热闹。又如梅兰芳,幼年在云和堂里学艺,人称"梅郎",为云和堂"十二金钗图"(有照片存世)上的人物。

民国之后,堂子被禁止,一代名伶,终以才艺名扬于世。而早岁之事,不免为贤者讳。但如果缺少了这一环节,一部戏曲史也就是不完整的了。

撰于 2006 年 10 月。

袁氏当国岂偶然

　　前贤尝谓历史是由人打扮的少女。即因讲述者身处的时代、地位与价值标准的不同,历史常常在撰述者的笔下,显出全然不同的面貌。加上历史通常由胜利者来书写,成则侯王败则寇,由于话语权的原因,遂令那些恒定的说法,历久不变,深入人心,更使后人以为历史原本如此,毋庸置疑了。

　　在中华民国立国史上,袁世凯之为窃国大盗,因开历史倒车,做了八十三天皇帝梦,便呜呼哀哉,遗臭万年。在后人心中,其人既阴险贪婪,亦愚不可及。

　　然而,哥伦比亚大学博士、当代史学家唐德刚教授撰于1998年的《袁氏当国》,谓袁氏之执政,实由时势所然,故称"当国"而不谓"篡国",且其为人与处境,实颇存令人同情与悲悯之处;中山先生举辛亥义旗,建立中华民国,伟业彪著,然其行事也不无可议之处。

　　初闻其议,不免有哗众取宠之疑。不过,顺着唐先生的演义式笔法,听其娓娓道来,却发觉并无故作标新立异之处。盖为其借自创的中国社会"转型"之说,在洞悉时局之后,以"同情之理解"的心态,所作之平实之论,其间胜义如云。

　　唐氏认为,"袁世凯在近代中国历史转型期中,也算是一个悲剧人物。两千年帝王专制的政治传统,决然不能转变于旦夕之间"。袁氏能成为民国的第一任正式大总统,实是其以政客的精明,通过养敌、逼宫和摊牌,获得"众望所归"而大权独揽的结果。但袁氏"纵然想做个真正的民主大总统,不但他本人无此智能条件,他所处的时代也没有实行民治的社会基础。他如要回头搞帝王专制甚或搞君主立宪,这些在当时的中国也已经失去了生存的土壤。客观历史早已注定他这个边缘政客不论前进或后退,都必然是个失败的悲剧人物"。(第19页)

从近代中国之转型的角度,来看袁氏当国与其所为,更有着深远的意义。推翻满清,固然是民心所向,但在封建的基础上,要建立一个真正民主共和的政体与国家,也并非一朝一夕之事,唐氏以为即使费时一二百年,也并不算长。而民国成立之初,弊端丛生,人们不由怀恋帝制下的相对平静有序的生活,全国舆论遂众口一词地以为共和制不适合国情,民心民情也无不推动与助长着袁氏做皇帝的梦想。

当今天我们痛斥袁氏窃国倒退之时,可曾想到,因前进过程中暂时的起伏混乱,借"国情"以拒斥变革、恋恋不舍旧日时光,这样的场景,其实在当代也已经演过很多次了。

撰于 2005 年 3 月。《袁氏当国》,唐德刚著,广西师范大学出版社,2004 年 11 月版,12月第二次印刷。

毛彦文与吴宓：不能不说的《往事》

在大陆，知道毛彦文（1898～1999）的人，已经很少了。最近十年来，吴宓的日记、遗稿不断刊出，多种吴宓传记或文章的风行，使得她作为雨僧情史中一位香艳角色，才又进入人们的视野。

毛彦文九十岁（1987）时，写了一本《往事》："虽然其中有几件突出的记载，乃事过境迁，也成为平凡了。""这似乎是一本流水账，谈不上格局，也没有文采的，故本书将仅赠少数亲友作为纪念"。

这些话说得很淡，所记录的文字也很淡。对这位耄耋老人来说，世事真已淡如云烟。浮华已去，仅剩鸿爪雪印，止水微澜。而正是这淡淡的、流水账式的记述之背后，我们仍可以看到涌动不止的潜流，只是作者已无意直接掀开波澜而已。

毛彦文，浙江江山人，与北大著名教授毛子水同族。1914年，因爱慕表兄朱君毅而逃婚，轰动江山。后朱留学美国，彦文苦候多年。1924年，朱君毅归国，不意六年痴情等待，换来的却是朱的负心背弃。1929年，彦文留学美国密西根大学，获教育学硕士。其间与吴宓有一段因缘。

吴宓与朱君毅同学，早岁从朱处得读彦文往复之信，殊为艳羡，目为女神海伦。值朱弃彦文，遂求之，并有诗公开发表，劈头便说：

"吴宓苦爱毛彦文,三洲人士共惊闻。"两人一度曾到谈婚论嫁的地步。1935年,毛彦文忽然下嫁给年过花甲的前国务总理熊希龄。两年后,1937年12月25日,熊希龄病逝于香港。是月31日,吴宓得知此一消息,"深为彦悲痛。万感纷集,终宵不能成寐。于枕上得诗'忏情已醒浮生梦'""未晓,梦见彦,情形甚为悲凄,醒后犹泪涔涔也"。更因求而不得,吴宓心中的"海伦",愈发完美,更令后世的好事者想象无限。

然而,毛彦文早已心如死水矣! 虽其时年不过四十,而终身不复嫁人。

毛彦文与吴宓的交往,自然是"几件突出"的、必须予以交代的"往事"之一:

> 吴心目中有一不可捉摸的理想女子,不幸他离婚后将这理想错放在海伦身上,想系他往时看过太多海伦少时与朱君毅的信,以致发生憧憬。其实吴并不了解海伦,他们性格完全不同。海伦平凡而有个性,对于中英文学一无根基,且尝过失恋苦果,对于男人失去信心。纵令海伦与吴宓教授勉强结合,也不会幸福,说不定会再闹仳离。

> 自海伦与朱解除婚约后,她想尽办法,避免与朱有关的事或人接触,这是心理上一种无法解说的情绪。吴为朱之挚友,如何能令海伦接受他的追求? 尤其令海伦不能忍受的,是吴几乎每次致海伦信中都要叙述自某年起,从朱处读到她的信及渐萌幻想等等,这不是更令海伦发生反感吗?

> 吴君是一位文人学者,心地善良,为人拘谨,有正义感,有浓厚的书生气质兼有几分浪漫气息,他离婚后对于前妻仍倍加关

切,不仅负担她及他们女儿的生活费及教育费,传闻有时还去探望陈女士。他绝不是一个薄情者。

毛彦文显然否认了他们之间曾有过爱情。但也有人认为,毛彦文此书,"完全否认他们之间有过恋爱",这恐怕是出于误解。毛彦文并不讳饰吴的追求,也不讳言两人私信频仍,这里只是说他们并无志投意合之趣,也不曾有过刻骨铭心的爱。虽然两人也一度讨论结婚,但这并不是爱情。结婚与爱情毕竟是两回事。所以毛彦文在1963年闻朱君毅逝世时,仍可畅抒其思念之意,而对于吴宓,则所说的仅能如此而已。

当年的吴宓教授并无真心迎娶彦文之意,为的是方便他继续周旋于众多女友之间。他在日记中写道:"宓此时心中实不爱彦,故有种种忧虑及愤慨;若问宓此刻心情,宁直书曰:'我不爱彦,就不肯婚彦'。"(《吴宓日记》第5册,289页)只是葡萄未曾吃到,后来不免后悔,遂独厢情愿意地作幻化,更显其美而已。所以,这一点上,吴宓毕竟是浪漫的诗人。

但毛彦文心中也并不恨吴,心底里仍多关心与惋惜:

> 曾看到一本英文的大陆杂志,登载许多在大陆有名学者的坦白书,内有吴的一篇,大意说:他教莎士比亚戏剧,一向用纯文学的观点教,现在知道错了,应该用马克斯观点教才正确。当时海伦气得为之发竖!人间何世,文人竟被侮辱一至于此!吴君的痛苦,可想而知。
>
> 传闻吴君已于数年前逝世,默默以没,悲夫!

此诚知吴宓者！枯淡的文字后面，何尝不是无限的关切！

然则今人责备毛彦文在与吴宓相恋一事上撒谎，其实是没有读懂毛彦文的话。

撰于2007年5月。《往事》，毛彦文著，罗久芳、罗久蓉校订，百花文艺出版社，2007年1月。《吴宓日记》，吴学昭编，三联书店，1998年3月、6月；《吴宓日记续编》，吴学昭编，三联书店，2006年3月；《吴宓传》，沈卫威著，河南大学出版社，2000年。

印刷书的诞生

印刷术的发明，对人类文明发展的重要，已是众所周知的事情。但印刷书在早期是如何制作与销售，并且对文化史发生了怎样重要的影响，则并不是一个人人都能明白的问题。

《印刷书的诞生》，由法国年鉴学派的开山二祖之一费夫贺（Lucien Febvre, 1878~1956）与书籍印刷史专家马尔坦（Henri-Jean Martin）合著，正是为了解答后一问题而作。此书自 1958 年出版后，已成为西方文化史研究者和人文学者的必读书。

在欧洲，在谷登堡发明印刷机以前，书籍主要是以手抄于羊皮或兽皮的方式传播。因造纸术传入欧洲，方有印刷书的出现；因了印刷书的需求，从意大利到法国，造纸业迅速发展起来，从而构成一个新的产业链。

印刷机产生之后，印刷师傅带着制造活字相关的工艺，游走各地，使印刷铺遍布各地，进而形成印刷与出版、书籍流通的中心。

木刻的图与活字的印刷，并存于一书。因着替书穿衣而衍生书籍的装帧形式。因着书铺的不同，而有牌记。因为各家书铺的争相翻印，遂有书籍的印刷特权与侵权概念。当旧日经典出版殆尽，作者的新创便受青睐，为了获得名家书稿，作者的著作权与版税便应运而生。

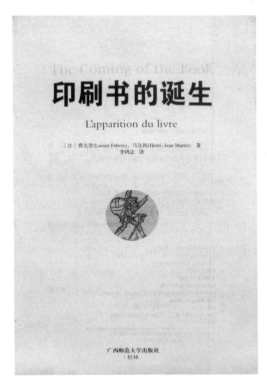

《印刷书的诞生》书影

　　印刷书的出版与销售，也是一个庞大的产业。因为有利可图，便有资本的进入，集资建立大型的出版集团，使生产和销售日益制度化，由此形成了跨国性的图书市场，支撑了这个行业。同时，书籍作为思想的承载物，又引出意识形态的问题，所以又产生了书籍检查制度，出现了禁书。一旦触及或挑战教会的规矩，便会面临不测之灾。故有人血本无归，有人负债、破产、身陷囹圄，甚至还有人因制售违禁书籍而惨遭火刑。

此外,因着政治或宗教的原因,书籍的流通之路,书籍的集散中心也不断发生着变换。国别之间的限制,催生了本土语言出版物的兴盛,从而使民族与国家概念变得更加清晰。所以,一方面,作为欧洲通用语言的拉丁文,因印刷术的发明而极盛,另一方面,各国本土方言,也受惠于印刷机的力量而勃兴,最终瓦解了万流归宗的欧洲拉丁文化。

借助于这种书籍出版兴盛的背景,文艺复兴与路德的宗教改革才得以实施。意大利人文主义的学问,正是在印刷书问世之后,才得以传遍欧洲的。启蒙运动也因印刷书的推动而蓬勃发展。

印刷书在 16 世纪新教阵营的发展中,更是扮演了关键性的角色。马丁·路德宣传新教思想的文章,也是在印制成书或传单后,才通过众多小贩之手迅速传遍全德,不出半个月,每个角落都看得到。

正是在这样的意义上,书籍出版的勃兴,完成了西方文明从手抄本迈入印刷书社会的革命性转型。西方近世思想、文化、文学的发展,莫不与书籍印刷的兴盛与流通息息相关。而近代以来世界文明的进程,也与书籍史合上了同一个节奏。

读毕此书,令人良多感慨。

中国是造纸与活字印刷的最早发明的国度,它们对中华文明的传承,起了重要作用。但我们并没有能够藉此而推进思想文化的发展,也未能挽回帝国没落的趋势。因为它们始终禁锢于封建传统之内。同样令人感叹的,则是我们暂时还看不到写出能与费夫贺、马尔坦相媲美的中国图书史著作的可能。

撰于 2007 年 9 月。《印刷书的诞生》,李鸿志译,广西师范大学出版社,2006 年 12 月。

摩挲古籍论印本

线装古籍，既有其内容的价值，又是有价之文物和艺术品，近些年来，深受追捧，价格节节攀升。但真正了解古籍的人，即使在专业图书馆里，也仍是稀缺资源。目下诸多的读书人，虽动称爱书，但真正摩挲过古籍且略有所知者，实属寥寥。也正为如此，介绍古籍版本知识的书籍，近来多有问世，即使是旧著，附以图版后作新印，销量亦是可观。

最新出版的陈正宏等编著的《古籍印本鉴定概说》，是一本不错的古籍版本的入门书籍。撰稿者虽非版本学巨擘，但大多是国家图书馆、上海图书馆、浙江图书馆等有十数、二十年古籍版本鉴定经验的工作人员，以及复旦大学与北京大学讲授版本目录学的教授，文出众手，而要言不烦，仍能大致保持统一风格，实属难能可贵。

此书所述范围限定于"印本"，以有别于写本（抄本），后者拟另出专书。书含四编，每编三章。初编所论宋元、明、清刻本的鉴定，多是老生常谈，内容未出同类著作的范围。余下三编，则颇有新意。

第二编专论特殊印本的鉴定，论及活字本、汉文佛经、域外汉籍。活字印刷，为中国四大发明之一，虽见诸《梦溪笔谈》记载，但缘由实物的缺失，其实不无争议。此书从实物到载籍，详述各类活字印本的源流与遗存，娓娓叙来，可作科技史读。所论佛经，从早期写本，到宋元以来各种大藏，一目了然。尤其所论域外汉籍，得益于撰者在日本等处访学的经验，颇有心得。今人多知中国古籍为外人所藏或所劫，却不甚了解，颇有中土已佚者，因汉字文化圈各国的翻刻印刷而得以传世。古人谓礼失而求诸野，古籍之求于域外，亦属同理。

第三编所叙，颇专而细，却甚耐读。例如说从刊语、牌记判定版本刻印年代，说到更改牌记，剜削刊语，有心作伪者；从剜板、补板、断板来判定传本之间的关系，如老吏断狱，甚是令人信服。

说到古书的刊语，有许多是非常有意思的。一般的短语大多类同牌记，仅表明为何时何人或书坊所刊，但大段的刊语，通常包含许多的信息。例如有的表明所刊才是正宗，抨击翻刻者；或祈求读者认明正本，已经在官府立案，以防盗版。但这类还是斯文的做法。笔者所见戏曲与俗曲刻本，颇有因难禁同行盗版，便在卷末之刊语中，诅咒若盗其版者，子孙男盗女娼。可见盗版之风，古已有之，且无良方，只能痛骂一顿了事。

第四编叙及印本鉴定的工具，如古籍书影之溯源撷珍，古籍鉴定之常用书目，学者专著，近三十年版本学专著要览。一编在手，古籍版本的著作情况，已可概见。

与正宏兄相识多年，知其长期醉心此道，令人心折。近日获赠此书，略为表述如上。

撰于 2006 年 2 月。《古籍印本鉴定概说》，陈正宏、梁颖编，上海辞书出版社，2005 年 6 月。

他年想象藏书者，说是宋廛中一翁

六月六日午后，访伯岳兄于北京大学图书馆古籍部。在其逼仄的工作台前畅叙三小时，而谈兴犹浓。然航班时间已近，只得作别。伯岳取大著两种，签名以赠。

其中之一为《黄丕烈评传》，中国思想家评传丛书第 172 种。展卷一阅，不忍释手，遂一气读完，心潮涌动，思缀数语于后。

将荛翁归于思想家之列，粗似出人意外，然而经伯岳钩幽稽玄，娓娓叙来，可知乃在情理之中。

黄丕烈（1763~1825），字绍武，号荛圃、复翁。又多用室名别号，以示其旨趣。因嗜宋元刻本，自谓："予喜聚书，必购旧刻，昔人'佞宋'之讥，有同情焉！"遂名其居为"求古居"，谑号"佞宋主人"。又以所得宋本超过百种，遂名其室曰"百宋一廛"，并请顾千里为作《百宋一廛赋》以纪之，复自加注，刻印行世，遂广为人知。荛翁所作诗，有句云："他年想象藏书者，说是宋廛中一翁。"其一生曾入手之宋版书近二百种，且以一人之力，零星收集，故有清一代，专攻此道，无出其右者。

宋元旧版，明季传世尚多，故钤山堂著录以数千部计。至明季变乱，而古刻始渐趋散逸。当乾嘉之际，荛翁以宋为尚，勤加收罗，使千年旧籍，一一复现，香火不绝。荛翁又名其斋曰"读未见书斋"，广求稀见之本。且购书时，于残阙者尤加意，戏号"抱守老人"。每得一残本，必求他本以补之，使残者复完，濒亡之书，焕然而发生机，常有修补之费，远高于购书之价者。又精加校勘，详考版本源流，细列版本优劣，复加跋语，叙其源委、状貌、得失。每得一书，必丹黄点勘，孜孜不倦，为善本留真，亦以待后人之研讨。其有功于吾国之文化，诚莫大焉。

古书凡经荛翁收藏品题，则身价倍增，肆贾挟以居奇，而人唯恐或失。其诚知荛翁手泽具不菲之价值，而不足以真知荛翁也。

清末缪荃孙说："至于考撰人之仕履，释作书之宗旨，显征正史，僻采稗官，扬其所长，纠其不逮，《四库提要》实集古今之大成；若夫辨版刻之朝代，订抄校之精粗，则黄氏荛圃蹊径独辟。"在晚清而以荛圃之成就与"钦定"之《四库全书总目提要》相提并论，可见其推许。故近人姚名达誉其为"版本学之泰斗"，袁同礼推许为"目录学之盟主"，均非虚语，然犹未能揭示荛翁于吾国思想文化之贡献也。

荛翁少时，家道丰饶，早岁也颇有入仕之想。中举后，十余年间，多次会试不第，遂绝仕途之念，嗣后二十余年间，以藏书、校书自适，亦以寄托理想。因藏书、校书，不事产业，其家遂贫，其书亦随得随散。中年遭回禄，子又早逝，族人或以此为荛翁聚书所得之报应，举作笑谈，而荛翁终不改初志。

荛翁颇以书自娱，其题跋如隽永小品。跋尾常可见此类描写：

　　校毕时未及一更，新月半规，天光洁静，令人添静意几许。

　　甲戌人日记。瑞雪未消，新月欲下，一种清景，闲窗静夜，人独领之。

校毕此卷，斜照满庭，绿荫映牖，林间清风徐徐来矣！

舟中无事，从封溪至横塘，适毕此卷。春帆细雨，新燕掠波，颇饶野趣。

荛翁念兹在兹，在于宋元旧版、未见之书，为残籍零种而作抱守，不仅得意于饱此眼福，更努力使古物延续生命，通过其校读而使书之内容更准确，使版本的真正价值得以呈现或披露。荛翁于所研读之书，多详作序跋，今人所辑，几近千篇，或详叙版本原委，细考收藏源流。其或清夜自赏，或清昼焚香而读，更有岁末祭书之雅事，以示数年所获之书中白眉。早岁财力充裕之时，尝刻书数十种，多属传世甚稀之本，其校刻之精，惊艳于当世。今人多从学术上或收藏上予以肯定，而荛翁之心中，显然有一个为吾国文化兴亡继绝的理念在。非此不足以解释其一生之孜孜所求；非此固不足以解释其思想与意义也。

荛翁校勘作跋者虽多为宋元之物，而收集之书，并不限于此。1938 年，明代赵琦美脉望馆钞校的数百种元明杂剧转辗现世，俗文学史家郑振铎费尽艰辛，终使归于公家，以为堪比敦煌遗书之发现，元代戏曲史之研究，遂藉此而焕然一新。而脉望馆之旧藏，就曾在荛翁手边数十载，荛圃为之重编录，并表明其中已散之什，留待他日寻访。设非荛翁曾予收藏而使后人倍觉珍惜，恐此类往昔不登大雅之物事，早已化为尘烟矣。然则荛翁岂仅是一"佞宋"之人而已！

洪亮吉《北江诗话》将藏书家分作五类，分别为考订家、校雠家、收藏家、鉴赏家、掠贩家。黄丕烈名列第四等之鉴赏家，所谓"第求精椠，独嗜宋刻，作者之旨纵未尽窥，而刻书之年月最所深悉"。粗观北江之语,荛翁似犹在宁波范氏天一阁、钱塘吴氏瓶花斋、昆山徐氏传是楼诸收藏家之下。今人耳食纷纷,多以北江之语为贬,更因"佞宋"嗜古而责荛翁,甚且目为骨董家之流。故伯岳作此评传,乃拨云开雾,独为荛翁树一丰碑。所叙之事,必有其徵,于看似平常处,颇可见其不凡。荛翁于文化史之贡献,遂昭然得揭。由此而知"鉴赏家"荛翁何以得居思想家之列也。

伯岳在引录数则荛翁小品文般的跋语后,这般写道:

> 校书人长久沉浸于同古人思想与情感的交流,忘却了自己所处的环境,而校毕一书,精神乍一放松,蓦然回到现实的世界中,看到窗外的自然景观,那一种清新的感受,真是言语所不能形容。此时,在常人看来很普通的景致,在校书人眼中,竟是诗一般的美好,令人怦然心动。此情此景,独有校书人自己能领略。而校书之乐,也不禁油然而生。

伯岳于八年前转入北大图书馆古籍善本部,负责为尚未整理的三十万册线装书编目,自谓再有十载,亦未必能完成此事。而此中颇有向未见记载之孤本、稀见书。并信手拈出一部元人刻本相示,谓系前数日发现,为向来未见著录之书。其喜悦之情,难以自抑。

故在我看来,前引文字,亦是伯岳夫子自道也。

撰于 2007 年 3 月。《黄丕烈评传》,姚伯岳著,中国思想家评传丛书第 172 种,南京大学出版社,1998 年 12 月初版,2002 年 5 月第二次印刷。《荛圃藏书题识》,黄丕烈著,屠友祥校注,上海远东出版社,1999 年 10 月。

读书与藏书之间

藏书，原是无数读书人的梦想。

许多人幼年无书可读，后来考上大学，有书可读了，藏书却仍是一件奢望的事情。学成之后，事业有成，生活安顿，经济条件也允许购买自己喜欢的图书了，才能一圆儿时的梦想，装点了自己的书房，也颇可作为一种雅趣来炫示，只是已经没有时间阅读，所以不知不觉间，进入到"藏书家"的行列。

另一方面，作为升值最快的资源之一，日益稀缺的古刻旧钞，已经成了最佳的投资对象，遂衍生出一批新的"藏书家"，可惜他们的着眼点，主要不在书籍本身。

能在读书与藏书之间找到乐趣的人是幸福的。

辛德勇教授的《读书与藏书之间》，写的便是这种乐趣。

辛德勇，陕西师大从史地名家史念海读硕士、博士，其间亦从师版本学名家黄永年研习古籍版本，后调入中国社科院历史所，又转北大历史系。他自谦是一个从故纸堆中讨生计的人。不是转贩旧书，而是从古人著述的字缝里找文章做。买书只是为了读书，为了更方便、更多地读书，也为使读书变得更有趣味，更多一分惬意。只是学海无涯，而一个人的生命和精力毕竟十分有限，买下的很多书，根本顾不上看,有些书甚至终此一生,恐怕也无暇一览。得筌而忘鱼,这便与购书的初衷相背离,进入"藏书家"之列。由为读书而购书,却在不知不觉中已向"藏书"的方向偏倾,遂介于读书与藏书之间,故以此为题,集文二十四篇,既有从收藏的角度,来谈读书的,也有从读书的角度,来谈如何收藏的。

因其唯求雅俗均可欣赏,遂令人开卷见喜。

书分三辑。第一辑"书肆游记",谈的是买书故事。其津津乐道的,自是旧书市中"拣漏儿"。既有在津门拣漏得宝,也有在斯堪的纳维亚买旧书,在东京、京都逛旧书店的乐事。因为能识版本,且术有专攻,知文献本身的文化学术价值,故能于鱼目堆中识得宝珠,游历四海以拣漏儿。仅是文中似乎平平淡淡地说到其斋中所藏明清人某刻本、某稿本作何,以证冷摊故纸之价值,便令人艳羡不已了。

第二辑"书衣题识",则更多的是从收藏家的角度论旧书版本。这也是本书的重头部分。

清人洪亮吉曾将藏书家分为考订家、校雠家、鉴赏家、收藏家、掠贩家五类。人多褒前数者,而鄙后者。但藏书家有理由、也有权利只赏玩而不读,或是拿藏书作文章,只是读书人则应发掘书籍的价值和意义。本辑讲的就是著者赏鉴古籍的心得和感想。像《述石印明万历刻本〈观世音感应灵课〉》一篇,从一本普通的石印本,探幽钩玄,揭出万历间宫廷后妃间的争斗之一角,读来令人大呼过瘾。

愚以为古籍并非死去的故纸,而是有灵之物,只是需要人们用心灵去触碰,用文史之学识去还原,在与历史进程的关联之中,寻找到鲜活的一幕。一般人对古籍冷板凳视若畏途,而此中人则乐道津津,原因即在所见有所不同。

第三辑"书山问路",记述著者研习版本、目录之学的体会和认识。这两门知识，看似简单，没有什么高深莫测的微言大义，但一切玄机禅语，对之都难以施展。人们往往将其视之为"小道"，不屑于措意。实际上，这是一片广阔无垠的森林沧海，要想掌握好这些内容，很不容易，需要日积月累，博闻多识。

当下的文史研究中，能够精通版本目录之学者甚稀，即如所谓的名家，有时也会在这一方面捉襟见肘。而目下的藏书家们，却大多缺少学术的训练。所以像辛德勇这样的蝙蝠式人物，实是另类。不仅令人读此书而顿生赴冷摊淘书之欲望，也因而对版本、目录之学心生向往。另外，此书讲收藏、鉴定，娓娓而道，不免时露得意之色；其叙2005年嘉德拍卖会上的拍品，佳处何在，历历如数家珍，不过却也不免予人作托儿之嫌。

辛教授讲读书而知味，读此书而令吾人所见如此，是又一趣也。

撰于2007年4月。《读书与藏书之间》，辛德勇著，中华书局，2005年12月。

冷摊淘书觅生涯

每一位爱书者都有过从冷摊之中淘书的记忆。但古旧书作为一个行业，作为图书文化的一部分，却向来未尝有史著之。或虽有嗜书人之片纸只语，终究语焉不详。

中国旧书业之有史，当自徐雁兄之《中国旧书业百年》始。

百余万字的巨著，涉及中国旧书业的方方面面。撰作三载有半，实积十数年之功。材料之翔实丰富，可见著者之勤勉；然正因材料之详赡，微有杂缀堆砌之感觉，是为白璧之微瑕耳。

书中所见旧书业的风景，自然首推燕京，次及江南之沪、宁、杭、苏、扬。展卷披阅，如入山阴道上，应接不暇。所撷淘书之趣与乐，令人神往；所叙近代旧书业之痛与伤，令人抑腕；所叙贩书之人，如孙殿起、雷梦水，令人起敬；所称擒获稀世之珍，似得之于偶然，令人怦然心动；历数郑振铎、许地山诸人救古籍于国难之中，令人血脉偾张；偶举"文革"中刘盼遂、孙楷第诸学人心血之散失，令人仰呼苍天。

呜呼！是为旧书史，旧书业史，古籍流播史，亦是中国近代旧书业变迁的痛史。

自清季以来，有识者每每痛惜古旧书业之凋敝，然百年之间，古旧书业竟因国难家难，屡踬屡兴，直至"文革"的彻底荡涤，资源涸尽，于今为始，古旧书业方无可奈何花落去。倘若古旧书业主要指的是以古籍为主体的销售，则将来之业，或成古董、文物，其价可待，但已非往日淘书人所可得矣！如果与新出相对之书均为旧书，则旧书业之未来，仍可期待。

中国旧时之藏书家，聚书为乐，每愿子子孙孙长守勿失，似为愚不可及。然此非藏书者之痴，乃因故国多灾多难之故耳。倘若世道昌盛，岂能从化浆池边、废纸堆内拣得宋椠元刊？倘非知识成罪，焉能从冷摊旧店拣得名人手稿残章？

吾尝见故家零落，群书散出，其后人谓往日家中，书连壁顶，暗无天日，而今幸然书去，可见白壁，遂觉气为之舒。——若非特殊年代，导致其人无学，又何至于斯？

吾愿自徐雁兄此书为始，古书之业，归入文物古董，不入书史。而旧书之贩，虽未必能成就大业，若走鬼之摊，冷巷旧肆，仍见存留，可供我辈书人得其淘掏之乐，已属幸甚！

撰于 2006 年 6 月。《中国旧书业百年》，徐雁著，科学出版社，2005 年 5 月。

一入深宫里，无由得见春

中国皇家久有藏书的传统。汉代的兰台石室，魏朝的秘书阁，晋代的秘阁，隋代的嘉则殿、丽正殿，唐代的乾元殿、集贤院，元代的宏文院、秘书省，宋代的崇文院、咸平馆，明代的文渊阁等，都是皇家藏书之处。皇家图书文献的收藏，是帝室最重要的文化财富的构成部分，也是历朝灿烂文明的重要组成部分。而清代宫廷所藏，更是集历代之大成。这些图书文献的收藏与荟集，流散与佚存，其实也是一部中华文明变迁史的重要内容。

齐秀梅等所撰《清宫藏书》，可以窥见其中之一斑。

清室各宫殿里的旧藏，究其来源，大略有四。

一是"天禄琳琅"为代表的清秘府旧藏。主要是明以前历代刊印之书籍、名家稿本、钞本、批校本，从中可见中国图书发展演变的概貌。又因其校勘精审，镌刻考究，年代久远，既具学术之价值，也是珍稀之文物。

二是清代历朝内府纂修刊刻的图书。如武英殿刻本、扬州书局刻本和六部、院、监刊印之书，纸墨、写刻、刷印和装潢，精美绝伦。

三是清宫存藏的钞本书籍。以明代写本《永乐大典》及清代写本《四库全书》《四库全书荟要》为代表，兼及历朝实录、玉牒、本纪等，

双红堂旧藏清内府抄本《阳平关》

修书各馆在纂修过程中所形成的稿本、呈览本及付刻底本,未及刊印的进呈钞本,宫廷娱乐所用的昇平署剧本,等等。

四是所存满、蒙、藏等文种之图书,以及方志、禁毁书等。

一部《永乐大典》,为世界最大的类书,内收明初以前秘籍惊人,颇有久佚之书。惜其正本早佚,唯传副本。不过二百余年间,已多散失。当明清易代之际,即已损十分之一。至乾隆三十八年(1773)开四库馆,着手修书,因从中辑录佚书,点检所存,尚存 9677 册。此后近百年间，又续有丢失，且大多系读书戴官帽的雅贼所为。咸丰十年（1860），英法联军攻陷北京，大典更是损失惨重。光绪二十六年（1900），八国联军之役，洋兵入城，至取《永乐大典》代砖，以支垫军用。当时译学馆总办刘可毅，于乱兵马槽之下，拾得大典数十册。历经浩劫，今日残存于世界各地的大典数量，区区607册而已。

当宣统元年（1909），内阁大库库垣大坏，剔出远年破损档案书册，达八千麻袋之多，露积于库外拟焚，学部参事罗振玉见后，求之以归学部图书馆。溥仪逊位，仍居故宫，时时以宫中珍贵书画图籍，作赏赐之物，故国之宝物，大量流出宫外。1923年，西花园建福宫失火，殃及其余，数万册书籍文献，付之一炬。

故清代后期九十年内，战乱、水火、无知，所藏书籍文献，损失惨重。而历代皇室之珍贵遗存，有许多也是在此过程中，化为乌有。

而今清宫藏书之遗存，尚有五十万册。其中最珍贵的十五万册，随国民党迁至台湾，现存台北故宫博物院；其余三十余万册，存于北京故宫图书馆。而其流出之书册文献，也仍多散见于公、私藏家。

《清宫藏书》一书，于此类历历如数家珍，能使人得知故宫藏物之丰富，诚属难得。但皇室珍籍，原属帝王珍玩，秘不示人。或随战争水火而去，如同向来不曾存在过。如今散于民间者，虽一故宫旧册，在拍卖会上，动辄价至千万。而深扃于故宫图书馆者，外人实难以一见，欲求阅览，犹如登天之难。

所谓"一入深宫里，无由得见春"。忆念至此，令人掷笔浩叹。

撰于2006年。《清宫藏书》，齐秀梅、杨玉良等著，紫禁城出版社，2005年4月。

·
论学集
·

如此严师，还会有吗？

军剑：

承惠寄二文，并问："如此严师，还会有吗？"似叹世道之不古。

拜读一过。我倒不是那么悲观。

好的老师会不断出现，哪怕他的学问未必一流。好的学生也在不断出现，不过他们的心里话也许要过许多年才会披露，也许一辈子都未必有机会披露。也许他们仍在学界，但转益多师，对于业师，也就淡然，甚至遗忘；也许他们已经转向，故无暇忆及了。

但对那些到处寻找名师、严师的学生来说，他们准备好了吗？其实，也许名师就在身边。只有当失去时，或在来日与他人比较时，他们才可能意识到自己的幸运。

何况，也不必名师时时在身边教导；那些不在场的名师大家，他们的言行，他们对后辈的谆谆教诲，他们求真的学术理念，我们尝试着去做了吗？

道路的选择是容易的。但这条道路要走下去，走到头，与一生相伴，却不容易。

不是选对了，就算了结了。殊不知，选对了，那也只是一个开头哟！埋头走的时间，也许是十年，也许是二十年，乃至是一辈子！

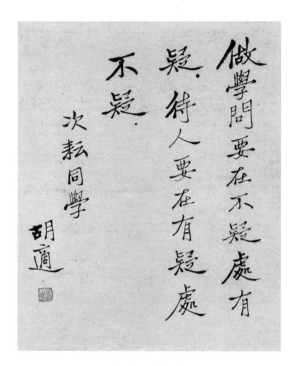

胡适论学手迹

　　而许多人只等待一次博彩式的选择。其实,过程原是平淡无奇的。因为要持之以恒地去做平淡无奇的事,才显出"难"来。

　　名家,"名",实是以数十年时间,以半生、一生换来的。换来之后,仍得归于寂寂,因为还得继续那样做。他们做不得"明星"。一切都是时间堆砌出来的。

　　漫语如上。

2005 年 5 月 21 日。

与某兄论发文书

某某兄：

　　信悉。

　　我们有缘在一起工作，而且我们也属于一个团队，如果我们自己不相互提醒，不相互支持，没有合作的意识，能收获的便只有他人的批评与排挤了。

　　如果我在工作与言谈中有不当之处，亦请直接向我提出来。

　　关于发表文章，其实我也没有熟悉的编辑与刊物。也只是直接把文章寄到觉得相对合题的刊物而已。只是因为有些文章还有些新见，他们乐意排在前列，有些影响而已。而且，我一直认为有退稿也很正常。

　　我以前给自己定的聊以自慰的界限是：如果没有任何关系，直接投去而被录用，就表明自己的文章已经到了一定的程度了，可以有些自信。二十年来，几乎都是如此。因为按常识，只有在可上可下之时，关系才是最重要的。等而下之，即使有关系也不会被录用。这样也就为自己的文章撰写设了一个门槛。我认为需要这个门槛，因为这也是为自己设立的一个基本的学术标准。

　　我还有一个说法：我们既然在这个领域准备为之献身一辈子，则多少会有一些成绩，也会在某个时候会有一些名声的，——即使没有多少成果，单凭资历，也会让我们薄有一些名声的。那时候，后人与同辈会以"闻人"的要求来看待我们，我们以往草率而作的东西，便是白纸黑字，无法抹去的痕迹。所以，通过投稿，由刊物编辑帮我们挡掉些不合适的文章，其实未必不是好事。

当我们进到职称的最高级时，文章的多少，除了因为学校的饭碗之外，其实已经不再重要。重要的是写几篇"与流"的文章。不必多，每年能有两篇让人还会记得、或者还会让目光有过停留的文章，就已经可以了。如果我们可以通过著作或其他方式应付得了考核，我们剩下的时间，便可以应付学术界的"考核"了。

我以为我们面临的有两个标准。一个是职业上的。例如学校的考核，教育部的要求。它以论文数量、刊物级别、经费多寡为标尺，也会以大众眼光中的某些知名度为依据。所以会产生一批学校的红人，政府的红人，媒体的红人。他们可能同时也是学术界所认可的，也可能是在学术界中没有什么影响的，连同行学者都要费力想一想，才记得似乎好像是有这么个人。另一个是学术界的标准。即是学术圈中按学术标准给予的评价认同。这种认可，一定不会是普遍的认可，也许在相当一段时间内，只是若干知己而已。略如钱锺书所谓的荒江野屋二三知己之说。

我提醒自己必须注意到这两个标准，而有所择取。我也将这点与友朋共勉。

当然，总归会有走出荒江野屋的时候。那时候，有了职称，有了职务，也有了些影响，之后与你不搭界的声誉之类会越来越多，直到自己也不认识自己。然后又习惯于这种新的角色。

世局与人生既然如此，端的在于自己选择了。

不知吾兄以为如何？

2006 年 6 月 25 日。

学问不是什么大不了的事情

某某学兄：

与你的几次接触，我对你的爽直的个性有深刻印象。

但坦率地说，我仍以为你的有些想法有些偏颇。学问之路的走法，如果能予以调整，将会更好。所以我就你信中所说，交换我的意见。

在我看来，学术界有内外之别。学术的标准与影响有两种类型与途径。

说"内"与"外"，简单说来，有些人，有些事，不管眼下如何热闹，如何万众注目，他（它）仍在学术之外。因为他们连学术之门都未入。另一方面，即使到了门内，也仍有学术境界之差别。

你说："我一直认为学问应该有益于国计民生，有益于道德人心，有益于身心健康。"我完全赞同。因为我看到真正的学者都是这样做的。你又说："现在的情况是发文章拿课题都要关系"，则不尽然。只是那些本来就不做学问，学问未入流，才只想着用些手段。当然，学问好，也未必能拿得到，但真正做学问的人，其实并不在意这些。拿到当然好，拿不到，也照样做自己的事。则眼下那些轰轰烈烈的现象，与学问事有何关系？学生称你有"魏晋风度"，我想，这风度一定也包含着我做我之以为应该做和值得做的事。所以，根本不必理睬

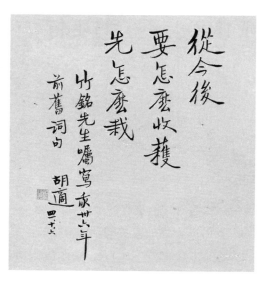

胡适手迹

世俗之风。

　　所谓学问，一种是世俗性的认同，如学校认同，媒体认同，会议等类场合之荣光，等等。另一种是学界内部的认同，是同行的认同，是一些真正以学术为标准、以学术为追求的人的认同，此所谓学术只是荒江野屋二三知己之事。故立的标准不同，看法也就不同。世间滔滔皆如是，可世间也仍有许多并不如此之人。即如当世无其人，也仍可尚友古人。纵论今日之世，大都谓"浮躁"云云，但我也仍以为，每一代皆有浮躁，皆有做学问和不做学问之人。只是比例之多与少而已。而我辈既然认为浮躁不妥，则何不选择加入不浮躁之行列？哪怕百分之九十五以上皆浮躁，也仍有百分之五可仿效。何况当今学界并非只有这么低的比例呢。

有朋友,也有记者,还有好心人,曾在不同时间对我直言,说的是同样的话"你们应该关注现实"云云。我不禁哑然失笑。大概他们以为只要做古代学问的,就一定是不关心现实的,就一定是关在象牙塔里的。所以,现在的问题,其实不是"浮躁"的问题,而在经过了一个特定的时段之后,我们已经不知道真正的学术是什么,真正独立的思想与人格是什么了。要知道魏晋风度,那可是"封建地主阶级"才能享有的,哪是贫下中农之可能有的? 对真学问不识,斥之为象牙里之事,以为无用,责令改之,灭之,然后便只剩下浮躁,于是他们便又比别人高明地批评起天下如何浮躁。呜呼,他们真的知道什么是学术么?

但另一方面,学问其实也不是什么大不了的事,只是需要老老实实地去做而已,只是需要用心去体悟、全身心去爱而已。你说"我认为做学问是要有天赋的,尤其是搞文献,须有过目不忘的本领",我想这只是你个人的看法吧,或者只是还没有涉足文献的学人的看法吧。世上本没有什么过目不忘的天赋,世上也有的是这样的天赋。我的儿子,就是不喜欢作业,不喜欢老师让他背的东西,因为他说记不住,一让他背规定要背的段落,就两眼泪汪汪。但是他喜欢的神奇宝贝呀,奥特曼呀,则历历如数家珍,每个细节,功力,名称,指数,变身情况,二代三代,一清二楚,说来时,眉飞色舞,而我是永远也搞不清楚的。所以,很正常,人对喜欢的东西,一眼就能记住。而许多人确实有过目不忘的本领,原因无他,在于他们从心底里喜欢。看见一条新材料,就像发现了你关注的某个熟人的某件事儿似的,一下子就能记住,并马上联想到相关的人和事,于是大悟:他们的事儿原来如此!所谓学问,所谓发现,原不过如此而已。

而不喜欢,很多情况也是因为我们不了解。了解了,熟悉了,慢慢有了兴趣，有了悬念，便有了像看电视之下一集的期待。学问之事，也就不过如此。

再回到你的课题。你说："如果我三五年内一直做资料校笺而不能拿出论文，别说评职称，年度考核恐怕也成问题。"看来你把"资料校笺"和做论文对立起来了。如果你先只做资料收集，然后加以排比，其实并不需要花太多时间。然后根据所得资料，略加笺释，说明其人、其事，考其诗因何而作，其人因何而谪，可证前人记载之误处，再然后你从中选择某个具体的事例，你以为可商、或觉得自己所得之略有新意者，复加考稽，排列诸说，覆以按语，一篇略有新意的文章也就可以完成。若干这样的文章之后，你对全局也必有新见，也许会有一个大的发现，或一个全盘的新的视角，进而发现有许多事儿等待着你去完成。所以，收集资料并加归类、按语、笺记，只是作初步的审理，为进一步选择个案撰论文作铺垫。搜集资料则是一切学问的第一步。若是如此做了，你又如何会三五年只搜集了资料却没有成果呢？如果你三五年内都喜欢而热心于此一课题，凡与此相关者，皆欲得之，不欲有一漏网，那你届时必定已经成为一个领域的行家，不止写出一篇文章，而是可以告诉别人，这个领域将可以如此这般去做。所谓执其牛耳而傲视天下了。而你的单位或许还可以高兴地称，我们某位老师是某领域的专家。

如此这般之后，我们才能说，自己于学术之贡献，算是合得上某一职称，而不至于太惶愧吧。

拉杂说来，此信已长。所述意见，也仅供参考。

2006 年 9 月 30 日。

百分之九十五与百分之五

某某同学：

信悉。

你想入我门下，自无问题。且我们的研究所也是一个整体，你在别的老师门下，同样也可以是我的学生吧。

因为你还没有入学，一切都是从零开始，所以，我希望你能以打好基础的方式，进入专业学习。希望你不是只以完成课程为目标，而是以走真正的学术之路为目标。也即是长远的，而不只是眼前的。希望你将来真正有兴趣做学问，而不只是为了文凭与饭碗。希望你以高的标准来筑基，而不是寻找方便的方式。

基础是由你自己去打的，一切都在未定之中。事实上，结果会怎样，仍是由你自己决定的。我的期待，只是让我的学生，首先成为一个合格的学者，然后再论其他。连合格都做不到，其他也就不必说了。正如我在课堂上想表达的，每一个人首先应当成为一个合格的公民。这看似不高，其实不低。

研究生学习，是一个寻找与自己适应的学术之路的过程，更是一个寻找人生之路的过程。而对人生与社会的体悟，与学术的境界是紧密关联的。我以后还会反复提到，学术与人生，关键在于抉择。个

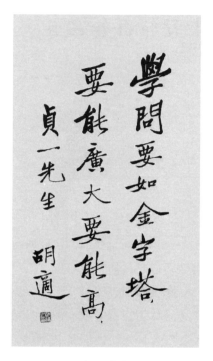

胡适手迹

中的道理其实谁都明白，但在歧路面前，在利益与诱惑面前，在眼前可见，与可期而不确定的将来之间，选择什么，坚持什么，原非易事。

所以我常说：哪怕世上百分之九十五都是"浮躁"，那么，我们为什么不选择成为那百分之五呢？如果我们都努力成为这百分之五中的一员，也许不久之后，这个群体就会有所增加了。

先匆此以复。

2008 年 6 月 23 日。

用善意的态度对待所面对的事情

各位同学：

欢迎各位成为中山大学的一员。

我是中文系的黄仕忠。

学校让我代表中大的老师，在今天的开学典礼上，作一个致辞。一时不知从哪里说起。

回想自己30多年前在大学学习的情形，有感于我现在指导刚从大学本科毕业出来攻读硕士研究生的学生的情况，我主要对本科的同学，提一些建议，供大家参考。

第一，是角色的转换。从中学生到大学生，我们所面临的问题，具体的学习方式，会有很大的不同。从一名优秀的高中毕业生，成为一名合格的大学生，有一个磨合过程。请各位一定要有足够的心理准备。

第二，我个人的理解，大学的生活，就是要让自己获得全面的提升。只把"专业"课学好，是远远不够的。中山大学是一所综合性的大学。学校的目标不是培养只懂一门的"专科生"。学校强调通识教育，便是这个道理。

第三，用积极和善意的态度，去对待你所面对的事情。现在的大学制度,老师们授课的具体方式,一定还存在很多不尽如人意的地方。但这些制度并不是一天就建立起来的,而是用了几十甚至上百年的时间,才慢慢确定下来的,所以自然有它存在的道理。我们所要做的事情,就是好好去体悟,这些规定,这些课程,其实际目标和指向到底是什么,作为学生,应当如何去应对,也就会明白自己该怎么做了。

第四,希望大家能够明白一个简单的道理:大学四年,就是处在一个不断学习与成长的过程之中。随着你攀登的脚步,会有你无法想象的新的空间,新的世界,向你不断展开。所以,请不要太功利地按世俗的眼光安排你的目标。

苏东坡曾说:姑妄言之,姑妄听之。我就这么说说,你们也就那么随便听听。因为归根到底,是要通过自己的理性思考,来决定自己的行动。

我就说这些。谢谢大家!

2013 年 8 月 17 日,在中山大学珠海校区开学典礼上的致辞。

访与学

继明、诗洋：

你们好！

来信分别收到了。在此一并作答。

在外访问学习，说到底是个人的访与学。

从"访"的角度来说，无非是睁大眼睛看，也可以说是闲着到处转，各个角落看看，不一定限于戏曲小说，其他类别的，以前没有时间或机会去看，也不妨借此机会看看，尝试做个目录。在做的过程中，会发现有许多要学的内容：从版本的鉴定到描述、用语、著录规则，以及藏书来源，凡此种种，不懂的东西，努力去弄懂，也就不断进步了。

从"学"的角度来说，一是学习，看看别人的学习方法与学习态度，努力去理解、体悟；二是学问，德国人、日本人关注的学问，他们切入问题的角度，与中国传统所谓学问，总归有那么些的不同；有异，便有异之因，他山之石可以攻玉，所以，拓展视野，多思考，便很重要。

我指导学生时发现，你们对于戏曲史上的某些现象，总按既定的学术史视野予以解释。想一想，问题可能就出在这里。如果一切皆在既定的范围内，既定的理论指导下，在前人一览无余的地方，说来说去不过是那些内容，便难以有新意。所以，必须对这些现象从新的角度去提问,必须有超出原定框架的东西,才可能问出真正的问题。

我在课堂上,总是不断地说:这一点我考虑了什么因素——无论政治的、经济的,还是学术史的、学理的,总要想出一些不是那么俗套的内容与角度,然后才能说出一些新的东西。我的结论并不会都正确,但这样的方式,应该是没有错的。

不过,无论哪种理论、观点,都要去做了才行。

现在就是让你们自己脱了缰自由奔跑,可能会漫无目标,但这些都没有关系,不要太多地想有用没用。文化的差异,文化的交流影响,他们如何了解中国与中国人、中国学术,凡此种种,都会扑面而来,那你们就迎风而上吧。所以你们现在去了解的,去问的东西,都很好,请继续。在国外,可能有文献价值的,是很多还在角落里无人问津的东西。不会太多,也不会什么都没有。即使无人问津,何以无人问津,解释了,便是学问。

泛泛说一些,供你们参考。

祝学习进步!

此信作于 2015 年 11 月 30 日。时学生李继明正在德国莱比锡大学作访问研究;张诗洋则在办理去日本东京大学作访问学习的手续。因其所问,遂有此答。

·

怀
人
集

·

梦

明代戏剧家汤显祖在其《牡丹亭记题词》中说:"情不知所起,一往而深,生者可以死,死者可以生。生而不可与死,死而不可复生者,皆非情之至也。梦中之情,何必非真?"

这位玉茗堂主人以"临川四梦"即《紫钗记》《牡丹亭记》《南柯梦记》《邯郸梦记》而名闻于世。吾师朔方先生则以研究汤显祖而名家。

2007年2月17日,先生驾鹤西去。吴熊和先生作联挽之,曰:

一枕沉酣似续临川四梦
百篇芒角直追曲海二王

曾永义先生作挽联云:

学贯中西,傍史依经,曲学会归成泰斗
识通今古,谠言鸿论,等身著作为典型

可斌兄,则作有挽联二篇:

溯四百载,四十词仙重拂拭,自道心香,尤在清远
历五十年,五百万字费摩挲,谁谓茶苦,惟存斯文

曲海稗山苦搜寻,黄卷青灯送流水
桃林李圃乐化育,苍颜白发笑春风

我也敬撰挽联如次:

承乾嘉风范,融西哲精神,唯求百世真谛
考小说源流,辨戏曲谱系,独成一家之言

先生离去转瞬已过两月。时时忆念,却和梦亦无。

忽忆昔年之事,似有所感。

先生自 2003 年摔倒后,昏迷不醒,一直卧病在床。

2006 年 7 月 27 日晨,忽见先生来穗参加会议。永明师弟陪同。先生行动虽有不便,气色似乎很好。予惊见先生康复,喜不自胜。遂把先生之臂,陪随先生转视校园,于林荫道间,言笑晏晏。转着转着,先生忽然不见!

予大惶急,手足无措。

忽然惊醒,却是南柯一梦!

一身大汗,惊魂犹未能定。疑先生或有不测,当即致电可斌,不通。再电永明。问先生近况。

永明谓,此前一日,师兄弟数人过钱塘江,去医院见先生,并携去新出版的先生最后的著作。那是先生摔倒后昏迷不醒三周年的日子。第一次见先生有了知觉,似能听懂所说的内容;别时,手指略有

力,似攥书而不忍放。

予稍安。复告永明致电之故。

心内窃喜,以为先生意识回复,故此入梦;他日清醒,或可期待。

不意等来的却是噩耗。

2 月 27 日,予一早赴机场,中午至杭州,下午参加先生的告别仪式。

先生长子礼扬自美国赶回。代表家属致词。一副先生年轻时的模样,唯较先生高大些。他说到小时候先生对他们的教育,长大后给他们自由的空间,任由他们远游。然而晚年的先生何尝不希望儿孙在身边,只是更希望儿孙们有自己的空间,遂甘受孤独与寂寞。

礼扬说,父亲走的前一天晚上,他忽然梦见父亲。

　　父亲说:我要走了。

　　礼扬说:好呀,你能起来自己走路了?

　　父亲说:不是。我要永远离开你们了。

　　礼扬说:不! ……

　　父亲却挥手远去。

礼扬惊醒,方知是南柯一梦。

而今,吾亦唯有梦中寄以哀思。

撰于 2007 年 2 月。

家叔十年祭

几年未见婶子。周末晚上拜见，才知道周日便是小叔十周年忌辰。竟是如此之巧，也许冥冥中有个因缘在。

周日一早，与婶子、俊弟以及缨妹一家，一起去了八宝山，为小叔作了祭扫。公墓中放着小叔的黑白照片，我献上一个小小的花篮。十年中第二次来到这里。我凝视着他那温和而善良的面孔，他则平静地看着我。两两相望，往事纷至沓来。

家叔在兄弟中最小。按排行，我称他做小阿叔。后来用普通话，则省称作小叔。

小叔是我从小的偶像。他从钱家山下这个不过三数十户人家的小村里出来，上了大学，在浙大土木系毕业后，分配到了二炮，工作在北京，在毛主席的身边，在我幼小的心里，这一切想来都令人激动。那时小学的伙伴在一起，有时要比比谁厉害，谁能调动众多兵马，我总会把小叔搬出来，令同伴立马拜倒。其实我并不知道小叔在京城做多大的官，只不过有一个令人仰望的形象，立在我的心中。

小叔是通过读书，才到了北京的。我则在"文革"开始之后上的小学，"文革"结束之时，高中毕业。那时虽然说是读书无用，但我还是喜欢读书，这恐怕就有小叔的一部分无形的影响。在山村无书可

杂志上的小叔

参军光荣

读的年代，小叔读中学留下的几本脱了封皮的课本，便成了我的精神食粮。例如语文书是差不多两寸厚的《文学》，我不知读过多少遍，《多收了三五斗》《闰土》《祝福》《华威先生》等文章，虽然我从来没有注意过它们的作者是谁，也不知道这便是所谓的"名篇"，只是因为无数次的阅读，其语句、语调，深深地印入我的脑海。后来写作文时，竟也有那么一种味道从笔端流出，甚至在今天依然影响着我的文字表述。我能够在恢复高考后考上大学，也就因为比我的同学多读了一些这样的"闲书"。

大约是六十年代末的某一天，朦胧记得有一次小叔回家乡探亲，我偎依在小叔的身边，感到一种特别的亲切，却是用小孩子缠人的方式，坐在他的二郎腿上，腿上下摆动，我则作骑马的颠簸状。不知是我哪件事做得不对，小叔给我头上来了一个爆栗子，那个疼呀，我多年后犹未忘记。这是我幼时仅有的一些记忆。

1984 年，我为撰写研究生论文而北上查访资料，第一次到了北京，去了当时在南礼士路的小叔家。房子很狭窄，也很普通，几乎没有像样的家具。那时缨妹刚上初中，俊弟则尚在小学。我体会到所谓的"京城大，居不易"的意思。小叔虽然在京几十年，但乡音未改，家乡口音很重。他的性格与家父很相似，温和，不急不躁，待人非常平易。他让我把在京工作与读书的同乡、同学叫去家里吃饭。对于家乡后辈能够读书出来，他由衷地感到高兴。

那以后我每次去北京，都会去见小叔。后来他搬了新家，住房宽敞多了。八九年暮春，我做博士论文，在北京查资料，一直骑着小叔的二十八时永久牌自行车，每天从南到北，又从北到南，骑几十公里是平常事，看到了许多终生难忘的景象。那时饭量特别好，甚至小叔一家人吃的也没有我一个人多。

1993 至 1994 年，我在北大做访问学者，在北京住了一年，周末都会去小叔那里。但见他很难。我印象中他三天两头都在出差。一年中加起来只有三四个月在家。有时前一日刚出差回来，第二天又赶到另一地方，没有卧铺，买一张站票就上去了。那时小叔已经五十多岁了。他的身体显得很瘦，很单薄，咳嗽也多了起来。他站着时，常用手撑着腰，支住疲乏的身子，我感觉风会把他吹跑似的。我父亲是老大，年长于幼弟一轮，爷爷在盛年就去世了，父亲时年十六，小叔则尚在幼龄。父亲长兄当父，在农村忙碌了一辈子，历尽苦辛，但数十年后，我父亲去北京时，小叔的同事都以为家父才是小叔的弟弟。

小叔的为人，一如诸暨人的性格，硬而直，也未免太过老实。因为很多人会编个理由，推掉出差。只有小叔，好像不知道这样做，他好像也从来没有学会说假话。他有时还会把别人的事儿揽过来。他说研究所里那些年轻人，家里孩子还小，更不容易。所以他总会有出不完的差。而他的总工程师身份，一些重大工程也确实需要他亲临现场，所以，他觉得出差到第一线去，是理所当然的事情。

小叔有一次也和我说到了他的工作的危险性，那次他刚刚检查了一个工地，离开不到一分钟，就发生了塌方，一名连长因此牺牲了，才二十五岁。几分钟前小叔还和他谈过话，一个活生生的人就没了。小叔说，他一直没有把这事告诉婶子，因为怕婶子担心。小叔的话语里，更多的是对在一线的战士们的担心。小叔觉得他在现场指导，可以减少战士们的危险，所以他与部队战士的关系很好。

1994 年的夏天，我回到广州。秋天，小叔因一直发低烧而住院检查，才发现患上癌症。

我惊呆了。我知道的小叔，一直以他的工作为中心，总是那么忙碌。我觉得他并不懂得如何安排生活，总是那么简简单单。二十年前的木柜仍在使用，纸箱叠着纸箱。但也许是他根本无心关注这一些，因为他需求无多。他来自贫寒的山村，小时候冬天甚至没有袜子，穿的多是哥哥们穿过的旧衣服。正因为从这样的日子走出来，所以他并不觉得自己的生活清苦，甚至觉得已经很奢华了。他真正把自己的一切都献给了他所忠诚的事业。

这年缨妹刚毕业回京，俊弟也上了大学，再过四年小叔即可退休。他可以真正过上平静舒心的日子。而这可恶的疾病！

我去病床上看望他，他依然是那样平静，平静地面对一切。既无怨尤，也无后悔。他受到的是国内最好的治疗。他告诉我某些新药的价格，然后是轻声的叹息：如果是普通人家患了这样的病，不知会是怎样的困难。

另一方面，荣誉则不期而至。我也是从《人民日报》的头条报道中，了解到小叔所做出的堪称平凡而伟大的事迹。了解到他在学术上的成就，所获的自然科学与全军科技进步奖项。他曾被推选为工程院院士候选人。

我由此知道了许多我以前不知道的事情。例如那一次，小叔从北京紧急赶赴事故现场，下火车时，已无法站立，是急性阑尾炎，已化脓。术前准备已完，小叔却再三央求："再等一个小时行吗？"因为事故来得更急，更严重。蜷曲在手术车上的小叔，用手死死压住下腹，艰难地口授了抢险方案和注意事项，才上了手术台。此后小叔常常干咳不止。但他从未停下工作，直到终于倒下，被确诊为晚期肺癌，大面积扩散。

1995 年夏，战略导弹部队一项重要的国防工程竣工，小叔是这项工程的主要设计者之一。我从新闻联播节目中看到他被总书记接见的情形。然后在刊物上看到他的封面照片,作为"献身国防现代化模范科技干部",总书记亲自颁发嘉奖令,并号召全军向他学习。后来见到评100位新中国成立后为国防和军队建设作出重大贡献、具有重大影响的先进模范人物,其中也有小叔的名字。

我最后一次见到小叔时,他已经说不出话来了。甚至睁不开眼睛。我握着他的手,他的手指仅有轻微的感觉。

1997年5月13日凌晨,小叔平静离世。年未满五十九岁。

…………

一转眼十年过去了。

十年生死两茫茫,不思量,自难忘。

我静立在小叔的墓前,雾翳升上了我的眼帘。

2007年5月13日。

据有关网站介绍:黄炳华,浙江诸暨人。1938年出生,1963年8月浙江大学毕业后入伍,第二炮兵某设计所原副总工程师。几十年来,他先后组织了多种型号导弹阵地论证、勘察、设计和建设的现场指导任务,取得10多项重大科研成果。1996年1月,中央军委授予他"献身国防现代化模范科技干部",军事科研一级英雄荣誉称号。1997年5月13日,因积劳成疾病逝。

牧惠先生三年祭

　　拿到这本《沧海遗珠》，我信手翻阅着里面的文章，蓦然发觉，牧惠先生离去已经三年了。我的耳边，又响起了他那爽朗的笑声，脑海中则浮现出他那充满了沟壑的脸庞，还有他那朝后梳得笔挺的稀疏而斑白的长发。依然难以想象，先生已经离我们而去。

　　内子在1990年代初作《随笔》编辑时，牧惠是她的"忠实作者"。所以我有幸相识。先生本名林文山，1946年考入中山大学中文系，曾受教于王季思师。后入党，参加粤东游击队。新中国成立后长期在《红旗》杂志任职，后转任《求是》杂志。在1980年代开始杂文生涯，以笔作枪，先后出版过30多本杂文集，人称牧惠以用历史眼光关注现实、且蕴涵浓厚古典文学韵味的"史鉴体"杂文而在文坛独树一帜。著名杂文家严秀说："牧惠杂文是我师。"

　　我曾有幸去先生家中拜访过，也曾几次与内子在广州一尽东道主之谊。听先生讲他一直念念不忘的初恋情人，讲因他出席而受有关方面关照，遂致不能开完的座谈会的故事，更多的则是听他对现实世道人心的剖析点评，嬉笑之间，呈显其中之荒谬。

　　先生是一位保有童心的老者，也是一位没有架子的长者。七十多岁了，仍然身体健朗，声如铜钟，步履平稳。

我怎么也没有想到，先生竟然遽尔而去。那是 2004 年的 6 月 8 日。当人们发现他已经停止呼吸时，写字台上还留着他刚刚写成的两则文稿。

邵燕祥称牧惠是为杂文而牺牲的烈士。

这本题为《沧海遗珠》的书，收录了牧惠先生生前最后编定的杂文集《反思"一边倒"》。

此集主要收录了有关苏俄问题的思考文章。《反思"一边倒"》，原是这组文章中的一篇。牧惠在前言中说，孙中山提出"以俄为师"后，我们的新民主主义革命或多或少是在这位老师指导下进行着，在全国革命取得胜利前夕，毛泽东又明确肯定必须向苏联"一边倒"，要进一步"以俄为师"。直到苏共二十大的秘密报告，我们才大吃一惊——原来我们的"老师"竟发生过那么多严重的问题。随着这方面的书籍陆续出版，事情的真相一次又一次地被揭露，我们认识，我们思考。反"凡是"运动和"苏东波"的发生，更促使我们进一步的反思：在"以俄为师"，在"一边倒"中，我们哪些方面做得对，在哪些方面做错了？我们得到了什么，失去了什么？我们应当从中得到什么样的教训。如此等等。

杂文家的敏锐，在于将一些不易为人们关注的细节，将人们习以为常的现象，轻轻一点，顿即显示其历史或逻辑的悖谬，从而引人长思。

牧惠的杂文，体现了这位老革命家的深度思考，倾注了这位一生追求国家民族民主兴盛的思想者深深的感情，可谓呕心沥血。同时又是嬉笑怒骂，皆成文章。《掺沙的文字》《知识无罪》《造神运动的终结》《真话的空间》《头痛医脚》《把圈画圆》等集，从书名即可见其旨归。而《歪批水浒》《金瓶风月话》《闲看聊斋》《与纪晓岚谈古论

2004 年 4 月 6 日在广州与牧惠先生合影

今》,则可见他深厚的古典文学修养,借古喻今,挥洒自如。

他的杂文深受读者钦佩,也为某些当道者所侧目。

牧惠一生正气。

正是这位谨厚的长者,最早把柏杨的杂文引入到大陆。

韦君宜的《思痛录》得以艰难问世,就是因为牧惠的不懈努力。韦君宜本人非常清楚她这本书的分量,也十分明白中国出版界的规矩,甚至都不指望在自己活着的时候能够出版。1998 年《思痛录》出版,出现全国争读的盛况。有识者称:中国知识界对历次政治运动,尤其是对"延安整风"和"抢救运动"的认识,由此确立了一个新标杆。

牧惠先生最后一次来广州时,我送他到住处。回来才发现,他的名片盒落在了车上。他次日一早即回京，我只得将名片盒留在家中。

闻知牧惠去世，我取出这盒名片。名片正面只有名字与地址，背面印的是廖冰兄给他画的一幅漫画与题的诗，诗曰：

　　京城爬格莫嚣张，休碰中流八九枪。
　　若到广东牙沙沙，语丝一喷更遭殃。

此诗以反话方式为之解嘲。

嗣后，牧惠在广州的老朋友们为他开了一个追思会，我带上了这盒名片，给每一位都发了一张。不多不少，最后一张名片，刚好留给了我自己。

先生留下这些名片，也许是冥冥中留待我们沿着他的足迹前行吧。

―――――――――――――――

2007 年 6 月 3 日晨撰于延安枣园。

《沧海遗珠——牧惠遗作及悼念文章》，兰州大学出版社，2005年 6 月。《风中的眼睛——牧惠杂文精选》，兰州大学出版社，2005年；《头痛医脚》，福建人民出版社，2001 年 9 月；《把圈画圆》，兰州大学出版社，2003 年 7 月；《与纪晓岚谈古论今》，广东人民出版社，2003 年 4 月。

金文京先生小纪

　　金文京先生是当今日本最具实力的中国文学及东亚研究者之一，在韩国及我国台湾，声誉甚隆。他承继了京都学派的传统，涉猎面甚广，擅长小说戏曲与俗文学研究。2005 年 3 月，金文京担任京都大学人文科学研究所所长一职；其后又连任一届。该所自 1920 年代成立并由狩野直喜担任首任所长以来，历任所长均为东方学权威学者。由此亦可见学界对于他的学问的认可。

　　金文京长我数岁，韩国人，太太是我国台湾人。他出生、成长在日本。身高一米八十又五，貌似威严，即之也温，常常很严肃地表达他的幽默。他用中文主持会议的能力，置身中国学者中，也不遑多让。每一次与他相见，都让我对他多一分了解，也多一分敬意。例如我后来才知道他还是当今研究胡兰成的三个不能绕过的人士之一。他谈到他早年作为记者对胡兰成的日本保镖的采访，说到胡兰成一本正经地作弄保镖，而保镖在胡兰成死后，仍深信不疑地奉若神明，令我听着大呼过瘾。

2016年日本中国古典小说研究会成立三十周年会上，右起金文京、黄霖、大塚秀高、黄仕忠、廖可斌。

有一年，我们在南京开会，游览明孝陵，有看相的老妪上前兜生意，国内学者均避之唯恐不及，老妪最后堵住了金先生，大谈他的命相八字，说他有晋升之相，大约把他当作来自北方小城市的官员，令我在旁边忍俊不禁。但金先生很认真地听老妪讲完。他愿意听老妪所言，是因为小说戏曲中颇有这类描写，而在他则是作为一种民俗学的考察。多年后，我们在日本相聚，再议及此事，他戏言道：看来那看相的老妇还是有些准的，所以我才担任了人文科学研究所的所长。

2005年春节，我从台湾大学张宝三教授处得到金文京荣任所长的消息，曾作信以贺。不过金文京先生本人却视此为苦差使。因为从此以后，他失去了作为一个学者的"自由"日子，再也不能随意而潇洒地四处参加学术会议了。出门必须向所里报告，一切听命于所里职员的安排。他戏称所长犹若囚徒。他总是说"他们"不让如何如何，同时也细心地避免做了所长而给人倨傲的印象。

但他的"运气"很好,作为八十年才轮到一次的"日本研究所联席会议"主席,随后轮到了人文科学研究所,所以金文京一周有两三次赴东京主持各种会议。他答应我来广州来讲学的事儿也就泡了汤。

2006 年 12 月初,我们在台北"中央研究院"的学术会议上再次相见,金文京首先在大会上作唯一的主旨演讲。上演讲台之前,金文京一脸严肃地调侃说,因为他的杂务烦忙,论文直到最后期限才交,由于小组会议议程已经编排完毕,使得主办方大是为难,不得已,只好安排他单独来做一个大会演讲,所以他要表示对不起。会场气氛顿时变得轻松起来。看来研究所联席会议主席的角色,让他的即兴演说变得更加自如。

金文京希望两年的所长任满,可以解脱。所以,2007 年的元旦刚过,收到了金文京的贺年电邮,道是:

　　今天是此地工作开始日,案上已经文件如山,等待处理。希望三月底能够顺利摆脱这个苦差。(2007 年 1 月 4 日)

不过,是否能够及时脱身,恐怕是由不得金先生的了。

此文撰于 2007 年。2015 年春天,金文京先生正式从京都大学退休,转聘到东京的鹤见大学。我刚好在前年去过这所大学开会,是一所佛教背景的大学,有庙寺园林极佳,藏书极有特色。这是一所在中国知名度并不很高的大学。金先生只是淡淡地在信中带到,因为他早就答应了在该校任职的学弟的邀请。记得多年前我问他,怎么从庆应大学副教授任上转去京都大学,他也是平淡地说,因为老师让他回去。

序跋集

属于历史的仍将归于历史
——《〈琵琶记〉研究》前言

　　本书是关于元高则诚《琵琶记》的专题研究。

　　虽然这里只是就一部独立的戏曲作品作评论和考证，但由于这一作品本身的复杂性，其间涉及的问题仍是十分广泛的，因为它与戏曲史的诸多重要问题相关联。故笔者企望借助这一研究，对于认识和评价其他古代戏曲作品，对于理解戏曲史有所帮助。

　　关于《琵琶记》的认识和评价，自明清以来，即已歧见迭出，至晚近更是愈演愈烈，致使评价判然有别。本书总体上是试图恢复高则诚应有的位置，却无意对各家说法作一高下的判别。因为事实上也是难以简单地判别高下的。

　　从接受美学的眼光看，明清以来的《琵琶记》评论，都是《琵琶记》的接受史的一个环节。这种"接受"的历程，还与一般所说的"文学接受史"有所不同。因为戏曲与一般文学作品有异，即有着更多的"开放性"。虽然戏曲剧本得以传承至今，主要依靠刊本的功劳，但戏曲本质上却是属于舞台的，是借助舞台演出而与观众相沟通的。所以"曲无定本"，在长期的流传过程中，经受着艺人们不断的改造。艺人在表演中对于角色和主题的理解，以及由此而作的改造，同时受到

《〈琵琶记〉研究》

时代和社会条件的制约,受到每一时代的价值观念和审美观念的影响。根据这种改造后的刊本与这种特定理解中的表演而得出的评论家们的观点,也就由此打上了时代与社会的深深的印痕。所以与其说某一观点合于作者"本意",不如说所有的观点都代表了它们所处的时代。

所谓的"作者本意"，其实也只能是后人理解中的"本意"，所以不可能有一种历世代而无变、为人们所普遍接受的统一的"主题"；能被普遍接受的只能是一种理解的角度和方式而已。作品的内涵乃是一个开放的和不断丰富的结构，在不断滋生之中，既非固定不变，亦非可以简单厘定。

十年前，当笔者通过对《琵琶记》两个系统传本作仔细比较，发现其间的细微而重大的差别时，欣然自喜，以为找到了久被湮埋的作者的"本意"，以为就此可以洗刷高则诚被"诬加"的罪名。它成为我的硕士论文的主要内容，后经整理发表，便是本书所录的《〈琵琶记〉悲剧绪说》一文。

就所谓的"作者本意"而论，虽然仅是今天的追蹑，但我相信该文的解说仍是最为接近的；因为它与作者的经历和所处元末社会的特定条件是相合的。但问题却在于，元末短暂的时光，迅即为朱明王朝所替代，自明以降，《琵琶记》一直是以合于明代观念的方式而被理解和流传的。而一种"久被湮埋"的"本意"，对于作品的流传接受史来说，也即是无意义的。一度被"遗忘"的涵义，也可能是被历史所淘汰了的，故依然可能继续被遗忘。

对作品那"开放的结构"来说，意义是一个不断生发的过程，是在与接受者的关系之中产生和构成的。以此而论，一切历史都是当代史，一切文学作品，都是为当世阅读者而设的。一般读者通常只为自己而读，非为古人而读。虽然文学史研究者不妨追蹑古人的踪迹，但那只限于历史研究的领域。故笔者所提出的"作者本意"，也只是一种丰富，而不可能替代既存的历史。明乎此，则对所有的"诬加"之辞亦大可不必愤愤然，毋须一一加以辩驳。

当我们站在历史的高度，明白前人的局限，有些问题就已不必深究了。因为每一时代的批评者也只是以其当时的标准，为自己时代而作取舍的。表面上他们在指谪着什么，似乎作品本身真有可指谪之处，本质上却只是按自己所需而取用其所需，并排斥不合己意者而已。故所可注意的，其实不在于结论本身，而在于其结论所赖以产生的思维方式和价值观念、审美标准，等等。这些也正是"接受史"的要义。

一代有一代之文学。同一题材，在不同时代可以有不同的处理，表述完全不同的倾向。文学本质上是社会的反映。文学的理解也逃不出这一框式。

今人常见的责难，是《琵琶记》改变了《赵贞女》的悲剧结局，强扭团圆，遂有"功在民间，罪在高明"之说。然而，要求元代这一书生仕途不畅的社会，依然钟情于宋代社会方有普遍性的书生负心婚变问题，并且不允许有所改变，显见其悖谬。

高则诚在肯定传统的孝道伦常的前提下试图构设一种社会悲剧，使明清人觉其不可及处在于能"使人下泪"，同时又因习惯以程朱理学作观照，遂将这"动人"的内容只归于"教孝"而已。而在"与旧的传统观念作彻底的决裂"的时代，高则诚的所为便自然而然地被作为"狂热宣扬封建礼教"的典型。

对于阶级间的斗争和对立的崇尚，对来自西方的以死亡为终结的悲剧概念的向往，《赵贞女》式悲剧涵义和悲剧结构，遂被今人用当今的观念作了重组，正如断臂的维纳斯般，提供了无限的想象空间。但用历史的眼光观照，作为戏文的初始作品，《赵贞女》应不会超过《张协状元》所能达到的水平，则《琵琶记》的高度的艺术成就自应出于高则诚的创造。《琵琶记》的结局虽然不尽人意，然而中国古典作品的结尾大多难免于此责。一般而论，《赵贞女》的结尾也是恶有恶报,不免略呈一些"亮色"的,只是今人在遥想其悲剧构成的时候,往往将这点"省略",故众美归之,而"恶"却移之于高则诚了。

其实,即使以"宣扬礼教"而论,《赵贞女》亦不逊色。因为赵贞女之可敬,正是在于她是一个古代社会的孝贤妇:侍奉公姑,独力行葬,尽到那一时代的孝贞之责,这是赵贞女能够得到封建时代社会道德同情的基础,也是蔡二郎的行为引来极大愤慨之由。而高则诚所做的,不过是参照史实,抛弃了其时已无现实意义的书生负心问题,将蔡伯喈也改成一个志诚的孝子而已。

不意这种写法正合于明代社会的喜尚,后世径以"教孝"一词以概之,戏曲应"有关风化",更成为一种口号,始作俑者遂难辞其咎了。

本书涉及了一些仍然有待深入讨论的问题。

就文学内涵而论,其一,是如上所述的历史地看待文学主题的历史变换,而不是一般地以当代眼光作单纯的价值判断,以为一种题材只有一种"正确"的写法,以所谓的"生活逻辑"作判别作品的标准。

以负心婚变主题为例,从《诗经》的《氓》《谷风》等篇,到汉魏乐府的《白头吟》《上山采蘼芜》,唐代的《霍小玉传》,宋代的《王魁》《赵贞女》,元代的《琵琶记》,明代的《焚香记》,清代的《赛琵琶》,无不反映着各自的时代和社会,难以定于一。《琵琶记》只不过是其间的一个环节而已,也依然是时代的产物,仍应历史地认识,探究其改变之由,而不当以其结局不合于今人对于"悲剧"的要求,而遽下断语。

其二,是如何看待《琵琶记》及其所肯定的礼教传统的问题。

孝道伦理观念是封建伦理纲常的基础,而封建的礼教制度早已为当代社会所批判与否定。这使人们看到《琵琶记》肯定孝道伦理便殊觉不快,正如《窦娥冤》的孝妇和清官,一度是使其备受责难的原因,使得人们不得不曲为辩解一样。作家以其所处时代的占统治地位的思想作为创作的某些基本的概念,以此出发揭示生活的本质,展示人物的命运,却往往被不加区分地冠以"狂热宣扬封建礼教"的罪名。

在今天,抛弃了民族虚无主义观点之后,古典作品所蕴含的对于礼教伦理道德的看法,应该给予新的认识。因为孝道伦理也正是东方社会之异于他种文化的主要特色之所在,它渗透在中国人的血液之中,无可逃避。

以《琵琶记》的具体描写,平心绎之,则其中正深刻地揭示了礼教制度下的家庭生活,如实地展示了试图以合礼教方式行动的男女主人公,因礼教本身的矛盾而招致灾难。这在明清人看来是"忠孝"两难的矛盾,本质上却正显示出礼教制度本身的巨大缺陷,昭示了这种伦理社会之中的人们行事软弱,陷身苦难,以及无可奈何的处境;只要礼教制度不加以改变,夹缝中两难的处境便是他们无法逃避的命运。

就是说,从这一肯定礼教的作品中,也依然可以读出对于礼教制度本身的怀疑。这或许正是所谓的"现实主义的胜利"吧。而父与子,忠与孝,国家与个人,情感与理智,婆与媳,新人与旧妇,等等,即使在当代社会,也仍是具有普遍性的社会问题,这意味着《琵琶记》的结构,依然能够容纳现代性的涵义。

由此观之,《琵琶记》的内涵远较人们想象的要丰富,有待进一步的发掘。

第三,如何理解作品的复杂性。

因《琵琶记》评价的歧见,人们将它看作是一部"复杂"的作品。这种"复杂性"其实来自作品的流变史。

首先,《琵琶记》改变了《赵贞女》中蔡伯喈的形象,也改变了故事的结局,但基本的故事框架仍同于《赵贞女》,这就意味着,高则诚虽然着意表述另一主题,但《琵琶记》的故事结构本身,仍然保有着往负心婚变与否方向阐释的可能;亦即仍然保有了《赵贞女》的谴责负心汉的含义,只是剧中以正面的歌颂不负心易之而已。而同一故事框架中注入不同的涵义,表述不同的倾向,自然也难免产生抵牾未周之处,留下某些"疏漏",招致物议。明清人对蔡伯喈是否真孝子的怀疑,今人以"生活的逻辑"而判定结局"必然"以负心不认结束,都源于此。

其次,高则诚有意为蔡邕"辩诬",在按史实改称其为孝子的同时,还融入了蔡邕在东汉末年政治黑暗时期被迫为官而致"名浇身毁"的悲剧性际遇;同时,其中也还有着高则诚本人对于元末社会和统治的认识,即借蔡邕故事,以寓元末情状,表述功名"孰知为忧患之始"(《东山存稿·送高则诚归永嘉序》)的观念,故肯定孝而对忠则并未明确肯定,有意无意间流露出对于现实的批判之义。只是这一因素在时过境迁之后不再被关注和重视。

再次,对孝子贤妇的正面描写,使明清人以为高则诚创作的目标即在于此,往昔之誉与当今之毁均基于此。第二种含义的隐晦,使明清人以为高则诚只以全忠全孝易以先前之不忠不孝,使今人判其为宣扬礼教而改变《赵贞女》结局,强扭团圆。为之辩护者则只能在赵五娘形象之动人或古代不负心亦属可能等范围内力争。结果夹杂不清,众说均有其理与据,遂只能以"复杂"一词当之了。

就戏曲史而论,《琵琶记》的讨论既有其独特性,也有其普遍性。

关于《琵琶记》的传本,本书详细讨论了两个系统传本的关系和区别。指出晚明通行本实出自昆山本《琵琶记》,并考察了昆山本的主要裔本。这种通行本,对于高则诚原作而言,是一种"歪曲";但对于明代社会而言,则是一种积极的改造,也可以说是一种"改编"。

这一问题,在本书全面展开讨论时,应当说是阐释得比较清楚的。但本书收录的论明人对原作的"歪曲"一文单独发表时,未及详述后一部分原由,以至引得一些师友的误解,以为笔者也认同了流行的"元本"之说,而全部否定明人改本的合理性。本书关于"古本系统"的陆贻典钞本、《风月锦囊》本的讨论其实解答了这一问题;其中明确论定陆钞本底本"元本琵琶记"刻于弘治年间,指出所谓"元本",并非"元人刻本",而是同于"原本",是书坊的一种标榜。

这里需要说明的是,虽然早期南戏如"四大南戏"大多具有"世代累积"型特征,但《琵琶记》又稍有不同,因为它是经由高则诚这样具有较高素养的文人重新创作而成的,其高度的艺术成就,使得它在明代的流传中,不像其他早期戏文一样,经受较大的改动,以致情节内容相去甚远;即它基本中止了"世代累积"的过程,而其他南戏却仍处在这一进程之中。所以《琵琶记》确有一个"原本"存在,各种传本之间有先后谱系可按,而不能在否定"元(人刻)本"存在的同时,进而以"世代累积"的笼统一词而否认各种本子的判别先后的可能。

《琵琶记》与其他宋元南戏之间,有个别与一般之别。唯其如此,在讨论《琵琶记》的内容时,才可以细味其间的潜台词,伏线,言外之意;而他种戏文大都不能作如是观。这也是文人之作与艺人、才人之作的区别。

在辨明《琵琶记》传本的谱系之后,通过诸多版本的比较,我们也大致可以判明何者为元末及明初面目,何者为明中叶以后所增删。但我们的工作也不仅是辨明"原貌"作何而已,而且需要更进一步从明人的评论和改动,来分析其背后所支撑的观念,从其无意识的流露中，反观元明戏曲观念的变化，了解明清戏曲审美观念的演进，比较其间创作方式、技巧等方面的异同，以填补戏曲史所缺失的一环。

从戏曲刊本及评论本身来研究戏曲史的变迁，这是一个有待开拓的领域。它可以说是一种内证的方式；是对传统材料的一种新的理解，新的利用。本书只是以《琵琶记》为例证作了初步的讨论而已。元人杂剧和宋元戏文，都有大量不同时期的刊本和选本材料，有待进一步的比较研究。

在讨论《琵琶记》的影响和地位时，触及以下一些问题。

一，如何看待杂剧与南戏于杭州会合后发生的交互影响？如何把南北两种体裁作为元代戏曲的总体合而观之？

依笔者的初步研究，杂剧对南戏的影响是占主导地位的，它在文学成就上为南戏在元末的兴盛创造了条件；并以旦和末主唱的方式，使戏曲的表演艺术有了长足的进步，这也最终成为南戏的有益养分。而《琵琶记》也正是在杂剧的文学成就的基础上，借生花之笔，使南戏这种"村坊小伎"，得以进而与古法部相参，卓乎不可及。因而在这一意义上，《琵琶记》既是有元一代戏曲的殿军，同时又是有明一代戏曲的开拓者。

就元杂剧创作而言，在元末已走向衰微；就整个元代戏曲而言则不然，因为以《琵琶记》和四大南戏为代表的南戏"中兴"，标志着元代戏曲的金声玉振。

二，就一部戏曲作品的影响而言，它涉及戏曲文学史，戏曲演剧史，戏曲批评史，以及文化史，社会发展史等领域，《琵琶记》之得以被视作"曲祖"，并有其他戏曲作品所不可替代者，正在于这数方面都有着独特的影响和地位。因而单就倾向的因素和价值标准的歧异而贬低《琵琶记》，也就显见其不公。应当重新恢复其与《西厢记》并提的地位。

　　在论述《琵琶记》的人物形象时,本书并不作静态地描述,而是试图"动态"地看待,既关注"原作"中包涵的意义,同时又兼及明人的改造和理解的不同;从比较中予以说明。因而人物形象的含义本身也因理解者视角和需求的不同而有差异。这也可以说是"形象接受史"角度的一种探索吧。

　　本书的撰写,时间跨度长达十年。其间三易其稿。部分篇章曾经先行发表,既有援引结论者,亦引起一些争议,以及批评。原因既有理解角度相左的因素,也有单篇文章未易阐明的缘故,当然也不免有行文未周之处。今既以全书面目刊行,前两点已得详论,故不拟另作辩诘。但曾发表之文,则按原貌收录,附以登载之刊物名称及时间,以备读者稽考,亦以保存此十年间思索的历程。

　　忆昔少年气盛,以为既得作者之秘义,为之雪诬,指日可待。而今乃知属于历史的仍将归于历史,非人力之可尽。

　　文学艺术本有合时与不合时之别。故其流传于后世各代,亦时见其得幸与不幸。当其不合于时,则种种贬责亦自不免;而时势变换之后,观念变更,忽得其时,种种不实之词转瞬已为陈迹,人们刮垢磨光,复得其温润之质。

　　故幸时不必甚喜,不幸时亦不必过忧。《琵琶记》的情况,正是如此。

　　　　　　　　　　　　　　　　《〈琵琶记〉研究》,广东高等教育出版社,
　　　　　　　　　　　　　　　　1996年11月第一版;2011年5月第二版。

琵琶一曲友古人

——《〈琵琶记〉研究》后记

今年春三月,在泉城参加新编中国文学史讨论会,与友人尚兄言及学问事。尚兄于前辈学人为某一作家的研究而耗费毕生精力,颇不以为然,以为此亦一人生,彼亦一人生,彼属原创,此则搜其枯骨,何其不等?

我则唯唯否否。

当年初入校门,也曾有过这样的想法。其后初窥学问门径,便自悔之。何则?角度和态度有所不同。盖学问固然可作一生功业待之,而本应属于兴趣,有所谓痴与迷,却未必尽可称"耗"。如前辈学人多已将学问变成人生乃至生命的构成部分。只有二者分离时,才有"耗"之所谓。当深入某一作家的心灵,便是得到一个永生不渝的知己,静夜之时,每可作心灵的对话;虽或偶尔相别,也必时时挂念,留意其最新消息,关心别人之议论与评价,以至于历数十载而不变,不亦宜乎?

我对于高则诚及其《琵琶记》的关注,也是如此。

自从八二年从朔方师习元明清戏曲史,偶从不同版本的比较,发觉"作者原意"与明人所理解和经明人改动之后的"衍生义"有所不同,而今人批评《琵琶记》,其所据其实大多出于明人的改动,或因明

《琵琶记》赵五娘画像

人改动而衍生歧见,遂留意广查版本。起初也只满足于证实"原本"
与"明人改本"的不同,后来,随着对于"文学接受史"的理解的加深,
所思渐多。通过对《琵琶记》这样歧见迭出、众说纷纭的作品作辩证
理解和历史考察,对文学史和戏曲史的领悟也逐渐深入,从点到面,
得益良多。此后更加关注《琵琶记》的版本,并注意其流变以及文本
的变更之于戏曲发展史的关系。每出差京、沪、宁及各大城市,必造
访图书馆善本部,积十数年,终于将有线索可寻的数十种国内藏本,
一一披览。其海外藏本,则请出访的师友代为造访,复制,亦间有所
获。当数访不得的版本,终得寓目,往日疑团得释,阙疑得补,此中之
兴奋与喜悦,非言语所能及。亦以此之故,本书讨论版本诸篇,大多

历时数载,改动甚或不下十数稿。即或如此,也仍有一些见诸记载而未知下落或流转海外的本子,未得一见,本书所论版本,也仍不免有未能定夺者,使人怅怅。

他人或以为如此积十数更或数十载为不值,殊不知则诚固嘉惠于我者多矣。遥想前辈学人所为,亦或如是。

本书的完成,首先应当感谢朔方师、季思师、天骥师三位恩师十数年间的指导与关心,授以唯真理是求的真谛,引领弟子初窥学问的门径。

其次是尚宪、保成诸位师兄的相互切磋和多方关心。在资料方面,还得到许多师友的帮助,例如高继祖先生帮助寻访了我数访未得的明刻本,保成兄在出国任教期间,为我多方查阅留传于日本的版本,复制寄赠,这些都是应当特别感谢的。还应感谢杨哲女士为本书的出版付出了心血。

而我妻定方,在我最困难的时候给予无私的支持,并以她的辛劳,换取我书斋生活的平静,本书的完成,有她一半的劳绩。

唯憾季思先生今春仙逝,知本书之成,而不能见其出版,令弟子黯然。

1996 年 10 月记于听雨斋。

学问本是冷门事

——《中国戏曲史研究》后记

　　学界风尚每有不同。80年代讲究方法论，宏煌之论较之烦琐之考更受欢迎；90年代以来出现"国学热"，考证文字又较论述之作更显"功力"。笔者向承王季思、徐朔方诸先生教泽，以为论与考本是研究工作的两个方面，互为依托，不可偏废。盖立论必须建立在翔实的材料基础之上，方不至于游谈无根；而考证能上升到理论高度，方能尽释其义。本书所录，既涵史论评述之章，也有考据辨析之目，非敢谓已达师尊之训，勉力而已。

　　本书的基本框架，实是80年代末和90年代初定下的。1989年，笔者刚刚博士毕业留校任教，方过中秋月圆之夜，忽被告知因故而教职尚需重议。此后一年多时间里，每月与扫地洁厕者同去人事处叩拜，领受百余元工资，而前程未卜。向日以学问为乐，此刻更唯以笔耕为寄托，聊遣心怀。亦因观古悟今，而觉格外明爽。遂稍纾内心焦虑，渐能超然物外，于无怨无悔之中，畅叙自由之意志。此种感受，今日诸事顺达之时，反不能得。古人云文章憎命达，或即此谓乎？

　　忆十数年前，初从诸师涉足曲学，正值戏曲研究的兴盛时期，时届盛会，少长咸集，与者数百，遍及各院校，令其他专业的同学钦羡不已。而今老成凋零，或他趋热门，紧守此域者，屈指可数，亦令同仁感慨不已。然学问本是冷门事，原不宜作趋势之想；真正的学术，亦不

《中国戏曲史研究》书影

在势众。倘能去其虚饰,认真地做些基础工作,解决些具体问题,集腋成裘,戏曲研究的进展,仍当有可观者。姑识于此,亦以与同好共勉。

在此应感谢天骥师多年来的谆谆教诲和殷切期待。尚宪兄的序,令我重温同窗三载,共侍于季思先生身边的美好时光,耳边犹闻先生的謦欬;本书近半篇章,经过先生评阅,留有先生的手泽,以及先生批评和鼓励的话语,令弟子难以忘怀。

敬以此书献给敬爱的王季思先生。

作者自记于中山大学,1997年3月。《中国戏曲史研究》,中山大学出版社,1997年7月第一版。

或裨益于素心人

——《戏曲文献研究丛稿》后记

这是我的第三本论文集。以文献考证和版本目录学方面的论文为主,大部分未曾刊布。

我近来撰作亦以此类文字居多。述其原由,实因就职的单位以文献整理为务,泰半亦是私意对文献考证整理兴趣渐浓。窃以为戏曲史的研究,自王国维先生开创基业以来,取得了长足的进步,然时至今日,此一领域若要取得新的进展,也仍有待文献发掘研究方面做更多努力。特别是古籍图书今日基本归藏各公私图书馆,且大都有编目可寻,阅览条件较之往日更不可同日而语,唯待发掘利用。其次是元及明两代的戏曲文献存世有限,研究相对比较充分,而清代尤其是近现代戏曲与俗曲文献整理研究则尚处榛莽。再则是域外文献之待访者尚多,颇可补中土之不足。本集所收论文,即多属此类。既无宏大叙事,事亦属琐屑,唯或于素心人有所裨益,则幸甚。

我个人对于文献考证的兴趣,大约需从学生时代说起。

我的本科与硕士都是在杭州大学读的。回首往事,我结束在杭州大学从徐朔方师的问学生活,也已经有二十个年头了。杭大的学风,犹存朴学风范,甚重基础文献的研读,更主张理论需以实证为底子,论考结合。前辈学者如夏承焘、姜亮夫、王焕镳(驾吾)、胡士莹

《戏曲文献研究丛稿》

等,均为一时名家,虽或仅识面而已,未获亲炙,但著述俱在,余泽绵绵,构成一种学风与氛围,其为人与观点、学风,随老师、同学的议论口传,影响着后学。当时中文系同届研究生有古代文学和古代汉语两个方向,相互串课。我也选修了郭在贻老师的"楚辞解诂"和蒋礼鸿先生的目录学课。同届同学中往从较密者,古代汉语有方一新、王

杭大研究生同学合影

云路(今任教于浙江大学)、金小春(今移居美国)等,古代文学有钱志熙(今任教于北京大学)、陈剩勇(今任教于浙江大学)、陈飞(今转辗任教于郑州大学、广东外语外贸大学等)等,曾同处一室,此外还有从黎子耀教授学古代史的黄朴民(现任教于中国人民大学),我们亦曾同室近二年,邻室从陈桥驿教授学历史地理的王永太(现任职于浙江省社科院)等。当时正值同学少年,意气风发,辄喜评点江山,议论乾嘉学人和当下学者之风格与创获,下及各位导师与本校师长的短长喜尚、佚闻逸事,交换关于故训、史地方面的知识或心得。我以听闻为主,默识于心。因仰乾嘉之学,以至差一点也想从通读《说文》段注开始自己的学业,想想自己所学毕竟是古代文学,才打消了念头。一新、云路后来一同毕业留校,小春兄留校后更与我同住一寝室,颇乐意与我分享他的闻见与成果，使我获益良多。同学间的交往，对我发生了很大的影响，这也是我深感幸运的地方。

业师徐朔方先生，则真正将我引入学术之门。内心感激，非言语所能表达。虽然我留校工作一年后离开杭大，转到中山大学向王季思先生求学，大大拓展了视野，使自己在学术境界上有所提升，但专业基础却是在杭大打下的，根底里仍是杭大的风格。且季思师祖籍温州，曾任教杭州，与夏承焘、任铭善为至交，于朔方师为长辈，故学风实不相悖。我最早学步的文字，也以文献考订为多。以此之故，本书借问学徐门的一篇文字代序，并将我从徐师问学时写的几篇文章，收录于后，亦以存念。书中篇什，多有与徐师意见相左与商榷之处。唯徐师因年迈体弱，自前岁夏日摔倒后，至今昏迷未醒，未能再相切磋，指正愚鲁，令弟子泫然。

徐师向谓学术领域应当拓宽，小说与戏曲尤应打通，他自己的研究还涉及《史》《汉》、明代诗文以及比较文学，晚年尤以皇皇三卷《晚明曲家年谱》，嘉惠学林。弟子愚钝，于小说研究方面，至今仍未入门，只能以戏曲为主，兼学别样，这也是中山大学黄天骥师所倡导的。我近年兼及曲艺俗曲，于子弟书方面落力为多。故本书亦收有关子弟书及清末民初俗曲、戏曲唱本目录。望读者诸君勿以其芜杂为讥。

2005 年元月 25 日。《戏曲文献研究丛稿》，台北："国家"出版社，2006 年版。

踵迹前贤蹑后尘
——《日藏中国戏曲文献综录》后记

    本书目的编纂,始自 2001 年 5 月,我初次访问日本。到 2010 年 5 月最终定稿,其间五次访日,历时整整十个年头。

    2001 年春,我获得中山大学的一个国际交流名额,赴日本创价大学做为时一年的访问研究。主要的想法,是借此机会访查日本所存的明版孤本戏曲,为计划编集的《全明戏曲》寻找底本。行前也曾向海外友人了解日藏戏曲文献的情况,他们大都认为日本的汉学研究十分发达,戏曲研究名家辈出,恐怕是不太可能有新的发现的了。

    在这一年中,我的主要时间都在各地的图书馆里。起初只是按预先的计划,直奔已知的几种孤本戏曲,不意入目的却是一个个文库的收藏。于是从目录入手,从各种汉籍书目中爬罗散见的曲籍,列出待访曲目,但随后发现,仅仅这些,其数量也已经很是可观,便有了编集一本日本所藏中国戏曲文献目录的想法。开始时,只是根据各馆已刊目录作摘录,但各家目录著录标准不尽相同,著录水平参差不齐,同书异名、异书同名现象十分突出,且版本项详略不一,讹字错字时有可见,如果不是目验原书,很难做到著录准确。所以心生一个宏愿,力求目验所有已知藏处的曲籍,使得著录完备。又想到这样眼见手摩一次,实是不易,他人未必有这样的机会,所以著录力求详细,使

《日藏中国戏曲文献综录》

　　读者通过拙编即可知其版本概要。戏曲本为"小道",坊刻颇多粗率,内封与正文所署往往不同,前人著录也无成例可循,只能在阅读与著录中,不断补充完善,著录体例也是在整理过程中逐渐得以确定。故本书目实介于善本书志与普通目录之间,于稀见之本著录稍详,常见之本、晚清刻本、石印本著录略简。

　　至 2002 年 4 月归国,经一年访曲,收获甚丰。在东京地区,先后调查了东京大学、早稻田大学、庆应大学、内阁文库、东洋文库、静嘉堂文库、国会图书馆、东京都立图书馆等；在关西地区，则调查了京都大学、大谷大学、天理大学、大阪大学等处所藏。此外，南访九州大学，中至名古屋大学、蓬左文库，北至仙台的东北大学，只要是日本较有影响的藏曲单位，大都造访，并且几乎逐册翻阅，又摄得大量书影，以供比勘。而新发现的孤本、稀见之本，亦不在少数。可谓满载而归。

归国后，又花了两年时间作整理，撰成二十余万字的初稿，并与广西师范大学出版社确定了出版意向。2005 年底，中国戏曲研究专家、东京大学名誉教授田仲一成为拙编撰写了序文。可谓出版在望。

但我的心中仍有疑惧。一年时间，毕竟有限，还有一些著名图书馆的收藏，尚未及目验；有些藏家以往并无公开目录，甚至尚未编目；有些已经调查过的书籍，著录时发现当时的记录不够完备；对不同馆藏的版本作比较归类时，由于原书不在手边，难以定夺，尚需重加复核。由于初时的着眼点在藏书本身，而事实上这些藏书的收藏经过、与近现代学者的关系等，对于了解日本的中国戏曲研究史也别具价值，但要为之作出解说，以我当时所掌握的资料来看，存在明显的不足。所以此稿存于箧中，迟迟未敢交付出版。

不过，归国后的几年中，我在日藏戏曲文献的整理与研究方面，也有了一些收获。特别是与京都大学金文京教授、东京大学桥本秀美助教授合作编集出版了《日藏稀见中国戏曲文献丛刊》第一辑，凡十八册，收录东京大学、京都大学、内阁文库、东北大学等处所藏曲本四十四种，2006 年底由广西师范大学出版社出版。我负责撰写了全部的解题，并且写了一篇较长的序言，系统地介绍了日本各图书馆的戏曲收藏情况。在此过程中，对日藏曲籍的庋藏源流，对稀见曲籍的学术价值，也有了较为深入的了解。并且新的交流机会也随之而来。

2007 年春，我以"日本藏中国戏曲の文献学研究"为题，获得了日本住友财团"アジア诸国における日本关连研究"基金的高额资助，因而得以实施新的访曲计划。2007 年秋及 2008 年春，借助这项资助，我先后在东京大学、京都大学做短期访问，调查了关西大学、大阪图书馆、立命馆大学、龙谷大学等处的曲籍收藏，重新核查了京都大学、天理大学的藏曲。2008 年冬及 2009 年冬，蒙冈崎由美教授的安排，我两度赴早稻田大学做访问研究，先后调查了拓殖大学、山口大学、东京外国语大学、大东文化大学、神户外国语大学、大仓集古馆、早稻田大学演剧博物馆、庆应大学斯道文库等处藏曲。同时，利用早稻田大学和东京大学所藏书刊，对明治时期（1868～1911）的中国戏曲研究论著作了较为全面的调查，而这样的调查，是日本学者也从未做过的。

以此为基础，我为日本明治时期的中国戏曲研究做了系年，又将学者的论著与其旧藏曲籍相印证，较好地解释了中国戏曲研究在日本发轫的原由与经过，以及这些研究对王国维戏曲研究的影响，从而较为深入地了解这些戏曲研究者的学术传承。另一方面，《日本所藏稀见中国戏曲文献丛刊》第二辑的申请出版工作，也进入到最后的阶段，收录以天理大学、大谷大学、早稻田大学等处所藏为主体的数十种曲籍，也将由广西师范大学出版社出版。本书目也日臻完善，经过反复增删、校核，得以定稿，交付出版。

校完清样之后，我终于可以放心地为本书写下这篇后记。

回想这十年的访曲经历，往事历历在目。我最终能够将此书奉献给读者，首先应当感谢许多给我帮助与激励的学者。

2001 年秋，我拜见了横滨大学名誉教授、原中国学会会长，年近九十高龄的波多野太郎先生（1912～2003）。他与先师王季思先生、徐朔方先生素有交往。令人惊讶的是，当我依约在神保町的内山书店见面时，竟然发现他是独自一个人来的。而他原拟随身带回横滨的包袱，连我拿了都有往下一沉的感觉。他对我的此项访书计划表示出极大的热情，以为堪与 1930 年代孙楷第氏《日本东京所见小说书目》相提并论，不仅予以指点，而且在我归国后，也仍频频作信，一再问及拙稿的编集出版情况。遗憾的是，当拙编初稿完成，欲请冠以序文时，得到的却是先生已经溘然长逝的噩耗。他对此书的关心与支持，是我永远不能忘记的。

田仲一成先生对此书的编成，也给了很大的帮助。我曾在他的书房，有过数次长谈，使我对日本汉学界的前辈学者的情况，有更真切的了解。他还助我核对了东洋文库藏的所有曲目，补充了一些我当时失记的版本框郭尺寸，并且早在 2005 年此书初稿完成时，就为我撰写了序言。而此书的出版，却一直迁延至今，令我深感有愧。

然后是创价大学的水谷诚教授。水谷教授给我的帮助与指导是多方面的。他陪我一起访问静嘉堂文库、天理图书馆等，又为我介绍了许多日本学者，使我的访曲工作，得以顺利地展开。

还有京都大学的金文京教授。金教授多次帮助安排了我在京都大学的访问行程，还亲自引路访问大谷大学，为我的访曲，提供了方便。

我在早稻田大学的访曲，最初得到的是古屋昭弘教授的帮助，后来几次则是冈崎由美教授的安排。我通过两位教授，申请了早稻田大学的借书证，可以自由地出入书库，使得早稻田大学图书馆，成为我真正的奥援。

2001 年夏末，我将新编"仓石文库所藏戏曲曲艺书目"送给东洋文化研究所图书室，没有想到因此认识了桥本秀美助教授，并且一见

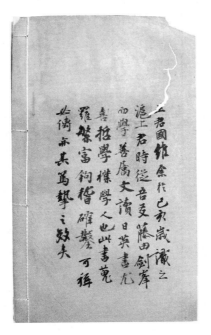

内藤湖南题王国维所著《曲录》

如故。我归国后，与他再次相见时，他已经放弃东大教职，转在北京大学历史系执教。当我再次访问日本时，又值他兼任东文研准教授工作，得到诸多关照。十年来，相互印证学术，追慕前辈学人，我从中了解到日本各学术流派及其历史，得益良多。

应当感谢的人，还需要列出长长的名单：东京大学的丘山新教授、大木康教授，庆应大学的高桥智准教授、八木章好教授、涩谷誉一郎教授、吴敏女史，茨城大学的真柳诚教授，京都大学的赤松纪彦教授，东北大学的花登正宏教授，仙台的高士华先生，天理大学的山田忠一理事长、朱鹏教授、金子先生、泽井勇治先生，九州大学的竹村则行教授,神户外国语大学的佐藤晴彦教授,大阪大学的高桥文治教授,关西大学的井上泰山教授,立命馆大学的芳村弘道教授,神奈川大学的铃木阳一教授,早稻田大学的伴俊典君、森平崇文君,大谷大学的轮田直子女史,等等。

此外,2001 年时在东京大学医学部作访问交流的杨莉萍副教授,为我在东京市内的访书,提供了许多帮助;时在神奈川大学任客座教授,我的同窗,浙江大学教授金健人君,对利用最新手段来访书,提供了指导,大大提高了我的工作效率。

还要特别感谢创价大学。我在 2001~2002 年间能够在日本访曲,实际上是由创价大学提供的机会与资助。我有幸几次蒙池田大作先生接见,并代表当时在该校交流的中国学者发言,深深感受到池田先生对中国人民的真情厚意。创价大学国际部的工作人员,则从生活到工作,都给了诸多关照,令我至今铭感于心。

而本书的顺利出版,要感谢广西师范大学出版社,本书责任编辑鲁朝阳君,在细心的审读中,指出了许多存在的问题,从而使我能及时加以修改、补充完善。

此外,李芳、关瑾华、仝婉澄、熊静、李洁、欧阳菲、张红、黎明、聂文莉等同学,曾帮助校核资料,李永新君则代为辨识部分藏书印章,也是应当感谢的。

十年辛苦,冷暖自知。如果本书目能够为读者诸君利用日藏戏曲文献提供帮助,那么我的工作也就有了意义。

2010 年 7 月 18 日识于中山大学康乐园。

《日藏中国戏曲文献综录》,广西师范大学出版社,2010 年 10 月。

《日本所藏中国戏曲文献研究》绪言

　　2001 年的春天，我以中山大学与日本创价大学交换教员的身份赴东京，做为期一年的访问研究。承蒙该大学的美意，不需承担教学任务，便把精力与经费全部用于访曲。在整整一年时间里，以东京为中心，北至仙台东北大学，南届福冈九州大学，西至京都、大阪、名古屋，举凡日本重要的藏曲之所，均予造访，并将其曲籍一一翻阅。

　　复萃取其中珍贵之什，凡八十余种，编选为《日本所藏稀见中国戏曲文献丛刊》，以求影印问世。同时研读所得曲籍，著为目录，考其源流，较其别本，探其内涵，明其价值，兼考东渡之过程与庋藏之变迁，检讨往昔日本学者之中国戏曲研究，续有所得，撰成论文若干篇。

　　迨 2007 年冬及 2008 年春，蒙日本住友财团资助，承东京大学、京都大学接纳，先后赴两校做访问研究。2008 年、2009 年冬，又蒙早稻田大学演剧博物馆的邀请，两度赴东京做短期访问，得以补充、复核文献资料，相关之研究与思考也日渐深入，遂汇其所得，总成此书。

　　日本文化与中国文化关系紧密。早在唐代，日本就大量输入汉籍，复加传钞，精心保存，故虽历千年，仍多有唐钞宋椠，存于东瀛。降至明清，在中国本土，戏曲小说蔚为大观，雕板刊印十分兴盛。这种新兴的文学样式，也成为江户时代人们所关注的对象，舶载而东，

《日本所藏中国戏曲文献研究》

从剧本、曲集到曲选、曲谱，一应俱备。这种需求的背后，则是人们阅读与了解中国戏曲小说的热望，它们构成了江户时期人们接受中国戏曲的一个重要背景。这些书籍辗转保存至今，有不少在中国本土已经失传，成为仅存于东瀛的"佚存书"。

其中部分曲籍，尝经学者披露，对中国戏曲史的研究，产生了重要影响。如盐谷温据长泽规矩也藏本影印明宣德刊本《娇红记》（1928），据宫内厅藏明刊本排印了《西游记》杂剧（1928），由九皋会刊印了宫内厅藏万历刊本《橘浦记》(1929)，董康据东京大学藏明刊本影印傅一臣《苏门啸》(1942)，神田喜一郎据自藏本影印《中国善本戏曲三种》(1983，收录明万历刊《西厢记》《断发记》《窃符记》)等，便是其例证。而董康著有《书舶庸谈》(1928)，傅芸子撰有《白川集》(1943)，均述及在东京及京都各地访得的稀见曲籍。惜此后中国本土戏曲研究者因东渡不易，遂未能深入。

至1990年代以后，情况才稍有改变，但日藏戏曲的总体面貌，仍难为人知。本书欲绍前辈之余绪，对日藏中国戏曲文献作一较为全面的介绍与研究。

现代学术意义上的中国戏曲史研究，其实始于日本的明治时期，日本学者成为这个领域最早的耕耘者。日本在明治维新(1868)以后，主张向欧洲学习，在西方的文学观念与哲学观念的影响下，戏曲、小说作为文学的重要组成部分，受到人们的关注。同时，随着明治时期日本新戏剧与新小说的兴起，小说评论与戏剧评论也成为一种时尚，当人们将同样的目光投向中国文学，试图从中寻找日本新文学发展所需要的养分时，在中国本土向来不登大雅之堂的戏曲，也就成为人们关注的重要对象。

1891年3月14日，东京专门学校(早稻田大学的前身)讲师森槐南，在东京文学会上，以"中国戏曲一斑"为题，作了专题演讲，两天后，《报知新闻》以《中国戏曲的沿革》为题，概述了森槐南的演讲内容，从而拉开在日本的中国戏曲研究的序幕。森槐南的《〈西厢记〉的读法》(1891)一文，是近代第一篇戏曲译文，也堪称现代学术意义上中国戏曲研究的发轫之作。森槐南在东京专门学校讲授诗词曲时(1890~1895)，也讲授了戏曲方面的知识。至1899年他出任东京帝国大学讲师，继续授讲词曲概论，从而第一个使戏曲史的系统讲授进入到当时的最高学府,并影响了久保天随、盐谷温等一批年轻的学者。

　　幸田露伴的《元时代的杂剧》(1894),则是第一篇系统研究与介绍元杂剧的论文,从而开创了元人杂剧研究的先河。

　　到明治三十年(1897)前后,一批东京帝国大学毕业的"文学士",在接受了西方学术思想的系统训练之后,将眼光投入东方,纷纷致力于中国文学史的研究与撰作。其中 1896 年毕业于史学科的笹川临风,最早将热诚投注于中国戏曲小说,成果斐然。他在 1897 年刊出了《中国的戏曲》等论文,出版《中国小说戏曲小史》《中国文学大纲·李笠翁》二书;次年又继续刊出《中国文学大纲·汤显祖》、《中国文学史》(内列有小说戏曲专章),标志着日本的中国戏曲史研究迎来第一个高潮,为明治末大正年间中国戏曲研究的繁盛奠定了基础。他们的成果又直接或间接地影响了中国学者的学术取向。例如 20 世纪初梁启超、陈独秀等人的"小说革命"、"戏曲革命",其实深深地烙有日本明治思想影响的痕迹。王国维从 1906 年开始转向戏曲研究,实际上也是这种影响的结果。王国维的《宋元戏曲史》(1913),向来被认为是中国戏曲研究的奠基之作,其实书中也明显地可以看到受到日本学者著述的影响。

　　本书第一章讨论明治时期(1868~1912)的中国戏曲研究,通过对明治时期刊物与书籍的爬罗,为该时期的戏曲研究作了编年式的著录。所罗列的论文,大部分为以往中日学者所未曾关注者,从而使森槐南等人在戏曲研究方面的开创性工作,重新得到肯定,亦可补以往学术史研究的不足。

　　日本明治维新之后,幕府制度瓦解,以西方为师。更有甚者,倡言"脱亚入欧"。在这种狂躁背景下,人们一度对中国古书弃之若敝屔。故杨守敬于 1880 年代东渡,不过三二年间,便得数万册书籍,捆载以归。国人固然对此津津乐道,而对于日本文化界而言,不啻发生了一场大地震。

明治中叶以后,随着日本国力的提升,其有识之士,竭力主张建设日本本位的文化,以求东亚的传统文化与西方文化并存发展,因而倡言复兴汉学,同时汉籍也开始受到人们的关注,人们不唯收罗自本国,甚且觊觎于中土,至其顶点,则是 1907 年 6 月,晚清四大藏书家陆心源的"皕宋楼"藏书,东渡而归静嘉堂,震惊中外。

不过,尽管当时日本各界重新关注汉籍,但戏曲终究属于小道,比之传统儒学经典及史部、集部之汉籍,曲籍犹不免如弃儿般蹒跚于书肆。幸而有一批具有新学背景的学者,别具只眼,掇藏于书斋,方使香火未绝。如森槐南、森川键等人热心于戏曲,不仅到处访求,而且亲手抄录。迨及槐南、露伴、临风等人有关戏曲之著述问世,积成新的风气,而后如久保天随、狩野直喜、盐谷温、细野申三、铃木虎雄、长泽规矩也、神田喜一郎、吉川幸次郎等继之者众,才使江户时期东渡的这些曲籍,薪火相承,延续至今,可供吾人发掘。

所以,本书不仅考察日本公私图书馆所藏曲籍,而且详考这些曲籍的庋藏源流。

以往治学术史者,通常较为关注学者所发表的学术成果,而本书则不仅介绍学者在戏曲研究上的成就,而且考察他们为从事此项研究而对戏曲文献的收集、研读,以明其前因后果。此为第二章《公私图书馆所藏戏曲及其来源》的主要内容。

进入 20 世纪之后,日本的戏曲研究者不再仅仅局限于收集散见于日本书肆的中国戏曲文献,而是借赴中国留学访问之便,从中国本土加以搜寻。如盐谷温的部分藏书,即是他在中国留学时(1909~

1912）所购，或是师友所赠。仓石武四郎和吉川幸次郎的藏曲，也是他们在 1927 年前后留学中国时搜集的。

在中国访曲用力最勤、收获最大的，当推盐谷温的学生长泽规矩也。

长泽在 1927 年至 1932 年间六度赴中国，在为静嘉堂文库购买传统四部书而外，个人则致力于小说戏曲及俗曲的寻访，所得此类书籍达数千册。1950 年代初，长泽将其所藏戏曲小说售予东京大学东洋文化研究所，该所为设"双红堂文库"，是为日本珍稀戏曲小说之渊薮。本书第三章《长泽规矩也与双红堂藏曲》主要对此加以探讨。

长泽氏访曲之经历，可见中日文化交流史的一个侧影，并与中国俗曲文献之受关注的过程紧相关联。唯文库所藏虽久闻于世，然向未见全面的介绍，故本书试作记述，并选择稀见之曲籍，以作专题研讨。如文库所藏顾太清的清稿本《桃园记》，实关涉这位清代著名女词人的生平经历；又如清初刊本《花萼楼》《闹乌江》等孤本戏曲，亦可为戏曲史补充重要的一笔。

江户时代，德川幕府采取闭关锁国政策，长崎是唯一的对外通商口岸。依据当时律令，所有进口书籍均需加以记录，以作申报，故录有舶载之船只、船主、书名、作者甚至内容摘要，是为"商船舶载书目"。此外，从幕府到大名，其藏书也多有书目，间或记录入藏时间，这些书目或记录传留至今，成为珍贵的文献资料。本书第四章第一节《〈舶载书目〉所录戏曲》，对此作了考索。

至于日本所藏之孤本、稀见戏曲，其新发现的资料，颇可补中国戏曲史之所阙。如明刊《四太史杂剧》（今存大谷大学），不仅提供了《红线金盒记》这一孤本杂剧，还可以确考"龙洞山农"即焦竑；继志斋刊本《重校西厢记》（今藏内阁文库），实出自焦竑批校刻本，焦氏署名"龙洞山农"的序,又涉及明代李贽"童心说"的由来;从汪廷讷环翠堂自刻本《狮吼记》(今存京都大学),我们不仅得以考知汪氏先撰有七出之同名杂剧,而且该剧"小引"犹存,其由短剧改为传奇,实出自焦竑的建议。由于以上所述诸本之刊印均与明代南京大儒焦竑有关,它们对于了解焦竑与晚明以南京为中心的戏曲的活动,具有重要意义。

是为本书第四章《日藏戏曲文献丛考》的主要旨趣。

本书第五章《日藏稀见戏曲文献解题》,为二十余种稀见曲籍作一文献学的介绍。非是其不值得作专题研究,而是因为笔者无暇细考,故聊作解题,亦以待素心人后续深入的探讨。

本书第六章《书目考正》,对《日藏汉籍善本书录》和整理本《宝卷三种》作了考正辨讹,并收录了东京大学东洋文化研究所仓石武四郎文库所藏戏曲曲艺书籍的目录,以便读者了解该文库藏曲的面貌。

日藏中国戏曲文献,极为丰富,其内容与价值,固非一书可囊括以尽。又因本专题的研究所涉人事甚广,早期文献寻访尤难,或虽有访得,由阅读而译述,于笔者来说,亦非容易,所以未曾解决或有待深入研究的问题尚多。今虽作初步之研讨,而不免有考述评价失当、文献引录未周、理解翻译错误之处,姑以抛砖引玉,敬请方家指正。

《日本所藏中国戏曲文献研究》,高等教育出版社,2011年4月。

十年成得事一桩

——《日本所藏中国戏曲文献研究》后记

本书的撰写，缘起于八年之前。从完成初稿到最后定稿，也已过去了两年。现在终于可以告一段落了。

八年前，我利用中山大学的国际交流计划，申请赴日本访学，计划访查日本收藏的中国戏曲。因为在完成了《全元戏曲》（人民文学出版社，1999）的编集出版之后，我们有续编《全明戏曲》的意向，有一些孤本戏曲藏在日本，需要寻访。但日本到底有哪些孤本或稀见版本，心中并没有一个底。询问海外的朋友，他们觉得日本汉学发达，戏曲研究尤为兴盛，要再有发现，恐怕不易。不过，能够到日本看看，总是不错的。

2001年5月20日，在经过再三迁延之后，赶着签证最后的期限，我启程赴东京，在创价大学做为期一年的访问研究。

创价大学在东京都西南的八王子市郊区的一座小山上，风景优美，给予的住宿条件也很好。如果只在那里看看书，上上网，写点东西，应当说是很惬意的事情。但我的目标是东京市区内各大图书馆，所以事实上每天都在外面跑。我的担当教授水谷诚先生，为我访书提供了很多的帮助。在他安排下，我最先访问的，便是东京大学东洋文化研究所。

第一次去东文研，是水谷教授托付池田温先生引介的。池田温先生是东京大学名誉教授，以研究唐代敦煌"簿籍账"而驰名史学界，退休后，受聘于创价大学。当时他已经七十多岁了。在路上，我想帮他拎包，他很有力地夺了回去，所以我只好顺从地跟在后面。

东文研承自原东方文化学院东京研究所，自创办之后，一直关注戏曲小说及俗曲的收藏。尤以长泽规矩也博士转让的"双红堂文库"最为著名，堪称中国戏曲小说的渊薮；此外如"仓石（武四郎）文库""仁井田（陞）文库"等，也颇有难得之书。但该所的藏曲，还没有人做过全面的调查，其概貌与价值，都不是很清楚。我在这里发现了十余种稀见曲本，像据万历初刊本影钞的明边三岗的《芙蓉屏记》、清顾太清的孤本稿本《桃园记》等，都是第一次介绍给学界。又如清初《闹乌江》《花萼楼》《二胥记》等孤本刊本，傅芸子在半个多世纪前就已经作过介绍，但中国学者想要去阅读，终属不易。

事实上，长泽规矩也手订的《双红堂文库分类目录》和《东京大学东洋文化研究所藏汉籍分类目录》刊行已久，诸种曲本，一一可按，而且 1990 年代以后，赴东京访问的戏曲研究者，不乏其人，但也许各人的心思都差不多，以为既然如此方便，东大又颇多以研究戏曲知名的学者，稀见之书，早已被采撷殆尽，没有再核查的必要。我则如广东俗语所说的"冷手执了个热煎堆"，自是喜出望外。

后来我和日本学者谈起访曲经过，他们以为日本的藏曲，中国本土应该都有，所以没有特别留意。大约正是这般阴差阳错，才使得许多珍贵的曲籍在书库中沉睡了多时吧。

东文研的藏书中，清代百本张、聚卷堂等书坊钞本和清内府钞本、车王府旧藏的花雅曲本和俗曲唱本，数量也十分庞大。我因为有编纂《子弟书全编》和《木鱼书全编》的计划，又在做整理"车王府藏曲本"的工作,对这类曲本比较关心,所以收获也不少。而且由于时间的原因,北京、四川之外的俗曲,还没有来得及展开调查。

长泽规矩也氏自订的目录其实也没有编完。因为俗曲唱本在目录编纂上,还没有一个很好的著录体例,编制上存在较大的困难。所以近千册清末民初木刻、石印、排印本唱本,分类之后,只归作三目,笼统标作"唱本"652册、190册、64册。如果不是逐册翻阅,就不能知道它们的内容与价值,所以一直未能得到很好利用。有些晚清的钞本曲本,似乎长泽氏本人也没有来得及细细检核,所以拟定的书名,存在差错。

另外,仓石文库曾经编制过一个油印本目录,但我核对其中的词曲部分,发现讹误很多。这样丰富的收藏,因为目录不够完备而不能得到充分利用,不免令人遗憾,所以我就依照原来的序次,花了一个月时间,给仓石文库的词曲部分重新编制一个目录,送给东文研的工作人员。又由此而结识桥本秀美博士,相得甚欢,遂得以入库依次复核诸家曲籍。所以不仅重编了仓石文库的词曲部分,而且为双红堂的几种"唱本"编制了详细目录。后来这些目录先后在《东洋文化研究所纪要》上刊出。现在该所网上的目录,这一部分便是参考了拙编。另有重编的《双红堂文库曲本目录》,则尚在箧中,拟在影印双红堂文库所藏钞本曲本时,一并出版。

我后来才知道,池田温先生是仓石武四郎博士的女婿。由彼领入门,由我为之编目,也算是一段因缘吧。

我在东京一年,一大半时间是在东文研的图书室里度过的。由于每天都充满着期待,每天都有新的收获,早出晚归,忘记了疲劳。从宿舍出发到东文研的图书室,即使赶上最佳的线路,至少也得两个小时。图书室上午九时开门,下午四时半闭馆。每天可以利用的时间其实不多。中午则在东大的中央食堂用餐。但从图书室到食堂用完餐，至少要花四十分钟时间，所以，"去，还是不去？"对我来说，常常是一个哈姆雷特式的难题。

在早稻田大学看书借书，则是得到了古屋昭弘教授的帮助。古屋教授是一位非常出色的汉语言学家，后来曾担任文学部的负责人。他帮我办了一张早稻田大学图书馆的借书证，这样，我就可以自由地出入书库。

我总是离开东文研后，转到早稻田的书库。早大图书馆晚上十时才闭馆，我离开时，再借上一摞书背回八王子。

当时，首图影印的《车王府曲本全编》，印数不过区区十余部，定价为人民币数十万元，国内图书馆买不起，而早稻田就有一套，因为是新线装书，可以借出来，我把其中近三百种子弟书借出来拍成数码照片，这给我后来校勘子弟书，帮了大忙。

那时，我随身的是一个电脑背包和一个可以拖与背的旅行包。两个包总是塞得满满的。回到宿舍，整理完白天所得，往往已是凌晨一两点钟。

记得有一次晚上，坐京王线的特快列车回去，迷糊中听得到了"高幡不动"站，心中想着：再有一站就是八王子了，于是稍定。迷糊之际，又听到列车广播说高幡不动到了。心想，这"高幡"怎么总是"不动"？骤然一惊，才知道倦眠之间，列车已从终点站回转，再度到此，赶紧下车。幸好还有尾班车。

在庆应大学看书，则得到了涩谷誉一郎、八木章好两位教授的帮助。八木教授给了我一个合作研究的名义，这样我就可以比较自由地在图书馆的书库做调查。

内阁文库是东文研之外，稀见戏曲最为丰富的图书馆。那里有德川家的藏书,主要是江户时代的收藏,以明末清初的戏曲刊本居多,如叶宪祖的《琴心雅调》《渭塘梦》《三义记》,王衡的《没奈何》,臧晋叔改订评本《昙花记》等,均是世间孤本。

在内阁文库和国会图书馆看书,不需要出示任何证件,服务十分周到。由于在国内图书馆从来没有享受过这样的待遇,我惴惴不安地进门,如释重负地出馆,总怀疑是否真实。

此外造访的图书馆,还有静嘉堂文库、东洋文库等。

不经意间,东京地区藏有中国戏曲的图书馆,我大都已经访查。在这个过程中,我产生了编撰《日本藏中国戏曲综录》的想法,先据诸家藏书目录编成简目,并拟遍访藏有中国戏曲的图书馆,逐一翻阅,作成定稿。

此后,在东京以外,南至福冈的九州大学,西至山口大学、京都大学、大谷大学、天理大学、大阪大学,中至名古屋大学,北至仙台的东北大学,重要的曲籍收藏,大都一一目验,收获亦丰。

天理图书馆是私立大学中收藏汉籍较为丰富的图书馆之一。我久闻其名,但因为天理教给人的神秘的感觉,以为未必能有机会造访。没想到水谷诚教授与天理有旧缘,在他陪同下,访问了天理,拜见了天理教中心教会会长山田忠一先生。

事实上,天理图书馆十分开放,只是要求外来读者事先作联系而已。我先后去过几次。第一次去,在那里根据馆藏图书卡片,对所藏戏曲作了记录,回东京后,再另外提出申请。第二次则是一个人在那里住了一个星期,较为细致地作了调查,发现了三十二出本《夺秋魁》、孤本《鸾铃记》等。2008 年又去了两次,主要商讨影印出版的事情,同时对漏访的曲籍作了补充调查。

2001 年 10 月访问天理,与山田忠一先生(中)、水谷诚教授

　　初访问京都大学,是在 2002 年的春天。在金文京教授和赤松纪彦教授的帮助下,调查了京大文学部和人文科学研究所的藏书。

　　这里是日本戏曲研究的重镇,在狩野直喜的主持下,文学部在设立之初就注意中国戏曲的收藏。狩野直喜和铃木虎雄的个人收藏,也都转让给了文学部图书馆。后来在吉川幸次郎的主持下,又续有购入,并有据别处珍藏复制者,利用甚为方便。

　　我还和金文京教授一起骑自行车访问了大谷大学。那里有神田喜一郎的珍藏,其中明刊孤本《四太史杂剧》、董康赠内藤湖南的清钞本《九宫正始》等,久闻其名。另有乾隆钞本《育婴堂新剧》一种,以往曲籍不见著录,所叙事实,又与清初北京地区的育婴堂的兴起有关,可为善会善堂史研究提供资料。我对部分善本曲籍提出复制请求，也获得允诺，不久就寄到我手中。

在这样较为全面调查的基础上，我挑选了八十余种稀见本，拟予影印出版。但要获得收藏单位的出版许可，并非易事。幸而得到金文京教授和桥本秀美准教授的说明，几经波折，先后历时四年多，2006年12月，我们共同主编的《日本所藏稀见中国戏曲文献丛刊》第一辑共十八册，终于由广西师大出版社出版，收录东京大学、京都大学、内阁文库、东北大学等处所藏的四十四种曲籍。我为全书撰写了一篇长长的绪言，藉以介绍各图书馆与学者的藏曲情况，又为所收录的戏曲撰写了解题。

在此基础上，我对日藏戏曲的研讨逐渐深入，从版本的考证，进而涉及各收藏图书馆的研讨，而各图书馆或文库之收藏，又多来自戏曲研究者的汇集。对这几方面的研讨，便构成本书的基本框架。

蒙获日本住友财团"アジア诸国における日本关连研究"基金的资助，2007年冬及2008年春，笔者又先后赴东京大学、京都大学作短期访问，并调查了关西大学、大阪图书馆、立命馆大学、龙谷大学等处，重新核查了京都大学的藏曲，得以核实补充资料，纠正以往考论之讹，从而完成此书的初稿，于2008年夏交付出版社。

但在后续订正的过程中，收到了早稻田大学做短期访问的邀请，所以又将稿子压下，期待补充新的资料，以使之完善。

在冈崎由美教授的精心安排下，2008年冬，我经历了一个月紧张而充实的访书生活，先后访问了山口大学、东京外国语大学，还有大仓集古馆、早稻田大学演剧博物馆、庆应大学斯道文库古城贞吉的"坦堂文库"。又利用早稻田大学和东京大学的收藏，对明治时期的中国戏曲研究情况做了调查。可以说迄今为止，对明治时期的戏曲研究，第一次有了较为全面的了解。

2002年4月22日东京大学讲座后,与大木康(左二)、孟二冬(右二)等合影

归国后,又经过整理补充,终于得以定稿,是为呈现在读者面前的这个面貌。

因此,本书虽然是我个人的著述,但她得以完成,得到了许多人的帮助。除了前面已经提到的学者之外,需要感谢的人,还应当列出长长的名单:东京大学的丘山新教授、大木康教授,庆应大学的高桥智准教授、吴敏女史,早稻田大学的伴俊典君、森平崇文君,茨城大学的真柳诚教授,东北大学的花登正宏教授,仙台的高士华先生,天理大学的朱鹏教授、金子先生、泽井勇治先生,九州大学的竹村则行教授,大阪大学的高桥文治教授,关西大学的井上泰山教授,立命馆大学的芳村弘道教授,神户外国语大学的佐藤晴彦教授,等等。

　　此外，还感谢一些在日本的中国留学生与学人。例如在东京大学医学部作访问研究的杨莉萍副教授，在神奈川大学任客座教授的大学同窗金健人君。令人难忘的还有当时在东京大学任教的孟二冬教授，我曾有两天在他那里借宿，抵膝长谈，不意他回到北京大学后不久，就罹绝症，因病逝世，从此天人永隔。东京大学名誉教授田仲一成先生，不仅为本书撰写了序文，而且在多次的长谈中，让我得益良多。

　　我希望这本书也是一个新的开端。中日两国的文化交流源远流长，千百年来，日本吸收汉文化为多，而近代以来，中国借鉴日本文化，或者通过日本吸取西方文化的精华，也是一个不争的事实。虽然本书只取日藏中国戏曲文献这样较为狭窄的角度，但内中也已经触及一个十分广泛的层面，并且深感还有很多工作值得去做。那也许是未来八年的目标吧。谨志于此，以俟来日。

2009 年农历除夕撰于浙江诸暨钱家山下。
2011 年春节订定于广州。

集腋成裘事可商

——《明清孤本稀见戏曲汇刊》前记

　　此辑共汇集明清孤本稀见戏曲三十余种，分作杂剧、传奇二编，作标点整理。

　　笔者因工作需要，对戏曲佚存文献关注较多。特别是在 2001 年之后，多次赴日本访学，普查日本公私图书馆之戏曲收藏，编成《日藏中国戏曲文献综录》，所获孤本稀见之本略多。其中既有前人已经介绍而未能复制影印之作，亦有向来未见著录的文献。同时，在国内访书，亦间有所得；学者撰文介绍的新发现，则力求一阅。凡此等等，积年累月，所聚数量，略有可观，或可补曲史之阙失，因汇为一集，刊布于世。

　　从海外发掘的文献，主要来自日本。

　　来自内阁文库的明人杂剧共五种，其中四种为明叶宪祖所撰，即《渭塘梦》《琴心雅调》《三义记》《易水歌》，均为初刊本，前三种且为世间孤本。《琴心雅调》，祁彪佳《远山堂剧品》著录，称为"全记体"，亦即用"全本传奇"的体式来写杂剧，因知明人已经注意到杂剧与传奇在写作构思上有所不同，则此剧对于了解明人关于传奇与杂剧写作方式的分野，具有特别的意义。《易水歌》向被视作叶宪祖的代表作，但今人所见者，均为《盛明杂剧》所收之《易水寒》，其实颇多改

《明清孤本稀见戏曲汇刊》

动,此刊本则属作者原貌、原题。再一种为明王衡所撰《葫芦先生》,此前只能从陈与郊《义犬记》插入的此剧演出中窥其一斑,今则可见其完整面貌。

内阁文库藏本的复制,是在京都大学金文京教授帮助下完成的。

来自东京大学东洋文化研究所藏者凡四种。钞本《芙蓉屏记》,久已见于该所汉籍目录,但一直未引起注意。大约以往学者把它当作明代江楫的同名传奇(《古本戏曲丛刊》五集收录有康熙刊本)而忽略了。此剧实为河南边三岗所撰,此钞本乃据万历四年(1576)刊本迻录。此剧的出现,正处在南戏刚刚完成向传奇过渡的时期,对于了解从南戏到传奇的演变,有其独特的价值。另外三种为双红堂文库所藏。此文库来自长泽规矩也的旧藏,堪称海外所藏中国戏曲小说之渊薮。笔者阅到一种《桃园记》，一册装，毛订，署"云槎外史填词"，以往因系晚清钞本，且作者本名不显，故未引人关注。在考察中发现云槎外史为顾太清之号，太清系奕绘贝勒的侧福晋，向以词称，她曾用此号撰写了《红楼续梦》小说。又忆《中国古籍善本书目》载河南省图书馆藏有署云槎外史《梅花引》，因请学生全婉澄借回乡之机，代为录得此剧。读此二剧，知其虽假托仙道，实为纪实之作，可与奕绘早年所撰诗作，一一相按，亦可据以了解顾太清嫁入贝勒府之前的情形。笔者据此二剧所叙并参酌其他文献，考知太清在道光四年（1824）嫁给奕绘之前，曾有过一段婚史。也因为这个缘故，奕绘之母在嘉庆二十五年（1820）左右曾拒绝顾太清嫁入王府。这或许使得道光二年（1822）之前龚定庵曾有机会接近太清，并有唱和①。这些结论或许并不一定为人所认同，但顾太清的女性戏曲作家身份，由此可以确立。

双红堂文库所藏清顺治间刊本《花萼楼记》《闹乌江》传奇，属世间孤本。二剧均是江户时期东渡之物，日本松泽老泉所编《汇刻书目外集》（文政三年，即公元 1820 年庆元堂刻本）已有著录，系"传奇四种"中的两种。不过，这"传奇四种"并非原书之名，而是书贾把四剧卖到日本时所拟的书名。《闹乌江》，朱英撰，系顺治七年（1650）序玉啸堂刊本，作者是清初剧坛"苏州派"作家群中的重要人物。《花萼楼记》，为顺治十年（1653）亦园刊本，作者署"昭亭有情痴"，剧末下场诗称"遗编本事非虚谬"，实以明末实事编写。清初作家多藉戏曲作寄托，以寓所思，亦以解心中垒块，此剧作亦可归入其行列。

---

① 参见黄仕忠《顾太清的戏曲创作与其早年经历》，《文学遗产》，2006 年第 6 期；《龚定庵与顾太清交往时间考》，《中山大学学报》，2009 年第 2 期。

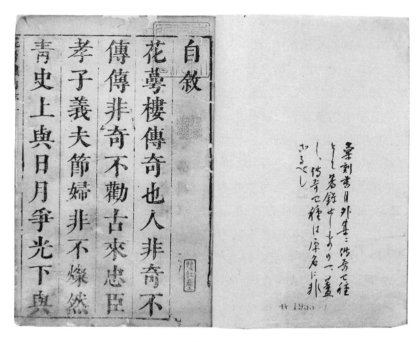

《花萼楼记》书影

有两种来自大谷大学图书馆。

一为万历刊本《四太史杂剧》,《汇刻书目外集》有著录,出自神田喜一郎旧藏,亦系江户初期东渡之本,内有明胡汝嘉《金盒记》杂剧一种,国人向以为亡佚。胡汝嘉尝任翰林院编修,而一生不得志。所撰小说《韦十一娘传》,颇受小说研究者关注。今觅得其所撰戏曲孤本,两者合而观之,对了解其人与其时代,均有积极意义。

一为乾隆钞本《育婴堂新剧》,未见清代以来戏曲书目著录,亦未见日本学者作过介绍。此剧据清初浙江山阴(今绍兴)柴世盛的真实事迹撰写而成。柴氏为育婴堂的初创者,剧中所叙柴氏在北京开设善堂的过程与遭遇，情节虽有虚构变形，但可为中国善堂史研究提供参考。

在大谷大学访书并申请复制，也是得到了金文京教授的帮助。

来自天理图书馆的有两种，都是盐谷温的旧藏。

一是嘉庆钞本《鸾铃记》，系乾隆间作品，未被以往戏曲书目著录。此剧为盐谷温旧藏，当是20世纪初盐谷温访问苏州时所得。剧本仿《琵琶记》而作，却又反其意而为之，以讽刺笔调，刺讥世俗，在中国戏曲中，别具一格，值得关注。

一是《夺秋魁》，清朱佐朝撰，演岳飞故事。此剧另有清钞本存世，《古本戏曲丛刊》二集收录，共二十二出，而此本则为三十二出。比较两本，其间删简与情节的变易，可以看到清代对于宋金对峙时期这类敏感题材的处理之变化。

在天理图书馆访书与申请复制，要感谢创价大学水谷诚教授、天理大学朱鹏教授的帮助。

在国内访曲所得，则以国家图书馆的藏品为多。计有明刊本《阳春奏》所录的明许潮的三种孤本杂剧，吴奕的《玉局新剧》，来集之的《两纱》及附录《小青娘挑灯闲看牡丹亭》，还有《秋风三迭》，黄周星《夏为堂集》中所收的两种杂剧，以及清代蒙古族曲家和邦额所撰的《一江风》传奇等。

这些剧本是最近十年间分别获得的。当时馆方规定不能复制，所以只能在图书馆里对着胶片用电脑录入。有多名博士、硕士研究生参与了迻录与复核，但仍存在一些细节上的问题。这次汇集出版时，又请北京大学做博士后研究的熊静博士，就审读中的问题再作复核，并申请复制书影。令人高兴的是，现在馆方对所藏文献的开放程度，已经得到了很大的改观，凡有胶片者，允许复制三分之一。而收

夺秋魁上卷

一出闻音表　宋室南迁唉尘嚣二帝忠义空悬武选秋场比势云家贡举
一出悲夜连缘草于处麀发南使义士尽瞩连年于进市诶立衷社役奉荐察烽烟感地
通金鑫国仇船婢姻美雄闯奔义书进处各恨御环恩荣赐公忠振回侠气永流侈那来为岳鹏奔呈也下
二出堂近生　喜迁莺

射雕精技第一卷六輶妙法推评武库家多腰藏奇辞凛然正气流口四海烽烟日
盛视然京国堪驾追乱世时怒爱横眉要见男兜骨梗口芋萨卡出请长缨纠气寒窦独月喝浴日
是非授笔吏补天未可凭侍於目家姓岳君死衷字鹏奔扎州汤阴人也年万二十家资未婴白
幼习娴子马好谗左氏春秋害有神力能闻三百斤之多吾君引兵是一腔忠义之肥先父义妥世遣
下业菜为生我仔细惩来宜星大丈夫之所而口呈况有我美雄豪气又济不口凯寒二字如之奈何么
日清明佳节意欲先人墓祈祭扫已曾憾下纸矛奠礼不免请毋祝出来闲去拜捽毋祝有请冬引
年老发皤然井柔清资有子另浍害母祝拜乙告兜少礼免身姚氏幼间岳门不幸矢君辞世家
通安京失兜正岁年壮不习祖读农安　李武艺兵龙美名四海传闭房义一卿称颂念不异

天理图书馆藏清钞本《夺秋魁》

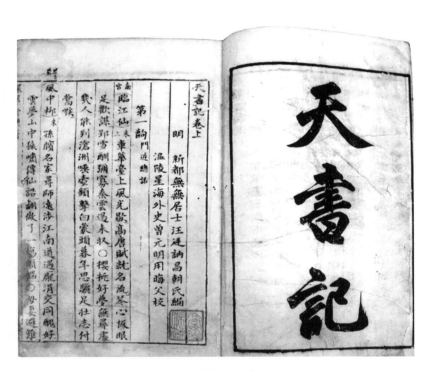

高罗佩旧藏《天书记》书影

于别集中的杂剧，原本篇幅不大，所以得到了完整的文本。笔者据此重新校核多次，检出以往误抄或未能辨明之字，以求近于完善。

然此目标亦非易于达成。如《一江风》传奇，末有《后序》，以狂草写刻，由李芳、王宣标、赵铁锌等对之作初步识读，笔者复加校理，仍颇有不能辨识、难以裁决之处，后请教书法大家陈永正教授，方得涣然冰释。仅此一序所花费的精力与时间，几与剧本的校理相埒。

还有一些剧本的获得，可谓经过几多曲折。

荷兰著名汉学家高罗佩旧藏的《天书记》，为明汪廷讷环翠堂自刻本，系海外孤本，现归荷兰莱顿大学汉学院图书馆。馆方曾将此剧胶片赠予中国国家图书馆。韩山师范学院的郑守治先生最初关注到国图所藏此剧，并申请复制，撰文研讨。笔者蒙郑先生赠予复制件，并作整理录入。但因系辗转复印，颇有漫漶难以辨识之处。适中国社科院文学所的李芳博士赴莱顿访学，因请其代为据原本校核。李芳并将原书照片寄赠。方知原刊本刻印均佳，文字清晰。笔者再校核数次，并改正原书册页颠倒之处，终成完善可读之本。

明末范文若的《花眉旦》传奇，原无刻本，清初沈自徵《南词新谱》收录其二支曲子，称据范氏家藏稿本收录。后人多以为此剧亡佚，仅存二曲而已。笔者自2000年始，有编集《子弟书全集》之计划，因傅惜华《子弟书总目》载阿英藏有数种版本，颇为稀见，或属孤本。闻其藏书已捐归故乡，存安徽芜湖市图书馆，该馆为设专门之陈列室，遂通过时于安徽大学任教的朱万曙教授，获得陈列室所编油印本目录。阅后，虽未得亟求的子弟书版本，却瞥见有《花眉旦》钞本一种，疑即范氏之剧，怦然心动。因将此发现告诉万曙兄，然万曙亦未得机会。其后笔者赴南京及杭州开会，两度欲假道前往寻访，或因管理人外出度假，或告以有他故，迁延未果。

又过数年，在图书馆学方向招收硕士研究生，有一芜湖籍学生曹碧云来投。因请其往访。碧云回告说，因陈列室藏书将迁入新建成的图书馆，书籍均已打包，故未能借阅。再延一学期，觉其搬迁之期当毕，复请往询。告以尚未正式开放。再请其借专业学习之情况，向在馆之领导询问，并作交流。告以相谈甚欢，当无问题。次日复往，忽告依馆方制度，研究生不在借阅之列。碧云方喜忽悲，泫然欲泣，用电话告知所遇到的情况，不知所措。盖数日之间，其心情如坐过山车一般，跌宕起伏。而到了最后，剧情的发展，则是在山穷水尽之处，忽得他助，遂又路转峰回，柳暗花明。碧云蒙长辈之助，获得特例，可入馆看书，并顺利获得此剧照片。后来更以此剧为研究对象，完成了她的硕士毕业论文。访剧所经历之种种波折，则构成了她的人生中非常重要的一次历练。

《破梦鹃》一剧，则因学生罗旭舟注意到徐立先生发表的文章，介绍其家藏钞本，因觅得联系方式相询。后知此本为徐无闻教授旧藏，今归其哲嗣。无闻先生为内子的师长。内子本科毕业于原西南师范大学（今"西南大学"），曾聆听徐教授的课。后留校任教，亦曾同事三年。今蒙徐立先生慨然应允，得此孤本，令人欣喜。

此剧以四个独立故事合为一剧，共二十八折，对于了解明代戏剧文体的演变，别有价值。

因而可以说，本集所收的每一个剧本背后，都有一则故事。这些故事，有可称说者，亦有不足为外人道者，兹不赘述。

此辑的编刊，不在解题撰写之难，而在文献之寻访、获取不易；不在标点之难，而在迻录时做到准确无误之不易。

　　所收各剧，今均附以书影，以使读者得窥原书之一斑。

　　整理录入时，尽力保持原本面貌。如俗字、异体字，原则上遵照原本迻录，不强作统一。剧本所分段落，不同版本，"出""齣"并用；曲牌中"合"的部分，或作"合前"简省，或全句重出，今一遵原本。但部分俗字因与今日简体字相同，为避免读者误作简体字失校，导致阅读不便，今改为标准繁体字。版式则统一为曲文作大字，整段白文退一格排。正衬字或有区分，或不作区分，亦依原本。原剧有序跋者，均予迻录；有评语者，于相应位置出注，置于页末。剧前冠有解题，撰作者小传，注明藏本来源，说明参与剧本迻录、初次标点者以及复核者的情况。

　　此辑因来源分散，或有原本之复制本，或得彩色照片，清楚可按；或仅得黑白复制本，间有漫漶不明；或初据原本迻录，而后又得复制本，可作细校复核；或因录作文档时未注意字库的因素，导致有失原貌，需重加校订；又因初未确定附列书影，部分书版需重新申请。凡此种种，致使迁延多时，亦给编辑工作带来不便。谨在此感谢编辑金学勇先生的细心与耐心，亦感谢广西师范大学出版社长期以来对我们工作的支持，使本书能够顺利出版。

　　谨以此前记，简略说明本书的编集情况。

2014 年 1 月 16 日记于康乐园。

《戏曲与俗文学研究》发刊词

　　中国的俗文学，有着悠久的传统，其渊源可追溯至先秦，经唐代俗讲变文、曲子词到宋元话本，延绵不绝，明清以后，更蔚成大国：从通俗小说、杂剧传奇到地方戏曲，从北方的鼓书（长篇鼓词与短篇鼓曲，京韵大鼓、山东大鼓、乐亭大鼓等）、子弟书、快书、岔曲、单弦、马头调、赶板、琴书、坠子等，到南方的弹词、滩簧、南词、平话、南音、木鱼书、龙舟歌、潮州歌、湖南唱本等，还有遍布全国的宝卷、善书等，成为研究中国文学、艺术、文化、历史、语言、风俗等方面的重要资料。

　　然而，由于俗文学非同于雅文学之关涉经国大业，故向来不登大雅之堂。晚至20世纪初，由于西方学术观念的引入，俗文学才开始得到关注，并以郑振铎先生所著《中国俗文学史》问世为标志，步入学术的殿堂。但在现代学术研究体系中，俗文学研究仍然是举步维艰，迄今尚未能作为一门独立学科而获得自己的领地，并且面临着分化的局面：俗文学大家庭中的两个支柱——古代通俗小说与古代戏曲，借助西方文学中小说、戏剧的崇高地位，以"小说史"与"戏曲史"的面目，获得了主流学术的认同，成为独立的学科。1950年代之后，由于阶级与革命的观念的引入，这两种文艺体裁更被认为主要反映了底层民众的声音，因而成为显学，如今已完成基本文献的调查、各类目录的编集、多种丛书的影印、重要文献的整理标点，以及各类史著

《戏曲与俗文学研究》创刊号

的反复书写,其成就亦与传统诗文研究并峙,地位无可动摇。而俗文学大家庭中的其他成员,如各类说唱文学和杂曲歌谣等,则依然处境艰难。

　　由于说唱曲艺之遍地开花、蔚为大观,主要是在晚清与民国,时间相对晚近,故存世文献数量甚巨,收藏殊为分散,目前家底犹是未清,基础文献的整理编目尚未全面展开,资料利用颇多困难,令研究者望而生畏。又由于它们原属地方性伎艺,颇受方言、地域的限制,流播未广,影响多拘于一隅,既难以进入文学之主流,遑论引领时代之风潮。它们在"古代文学"与"近代文学"学科中,只能作为附庸而存在，而"现代文学"学科概念又基本等同于用白话文写作的新文学，所以它们又被冠以"传统文艺"而婉拒于门外。在当下以学科为中心的大学科研体系中，或只能勉强列入"民间文学"一科，但真正治"民间文学"者，又以为其主体乃是民间口头流传的文学。于是乎，除戏曲小说而外的俗文学，几无立锥之地。正是这种状况，极大地限制了俗文学研究的展开。

有感于此，我们创立《戏曲与俗文学研究》集刊，希望为研究俗文学的同道提供一个发表的平台，以促进研究的进展。当然，"戏曲"本为"俗文学"之一体，今刊物之名以"戏曲"二字领起，乃是因为广州中山大学为戏曲研究之重镇，目前所进行的项目和所从事的工作，实以戏曲研究为多，所作积淀稍厚。

创设此刊，还有一个私念，就是希望借此刊物，倡导重视文献与实证的学风。在戏曲研究方面，以往学者所关注与讨论的"问题"，可谓已经题无剩义，重复老调者屡见不鲜，亟需借助第一手基本材料的研讨与发掘，来提出"新问题"与"好问题"。而说唱曲艺、杂曲唱本的研究，则仍处于梳理平整、概况介绍的阶段，似乎尚无关涉文学主流的"问题"可供讨论，故而更需要我们先做文献普查、编目、文本影印与校点整理等基础工作，使之作为"文艺"的一脉而进入"文学艺术史"的主流视野，争取一席之地，然后提出真正的关涉文学主流的"话题"。

谨此期待更多的同好加入本刊的行列，以共同推进中国俗文学的研究。

陈旭耀《现存明刊〈西厢记〉综录》序

　　近年来,中国古代戏曲的研究,十分引人注目。许多中青年学者,各自选取某一领域,经过数年甚至十数年的深入开掘,文献务求穷尽,然后从材料的研读中萌生观点,得出结论,不为空泛之说;或是借助资料的发掘,为进一步的研讨铺平道路。旭耀这本《现存明刊〈西厢记〉综录》,也正是这一背景下的产物。

　　旭耀从硕士阶段开始进入中山大学,六年来,沿着王季思先生开创的道路,跟着黄天骥、康保成、欧阳光等先生组成的一个以戏曲研究为中心的学术团队,转益多师,慢慢成长。

　　旭耀的求学经历十分曲折。他的本科学业是通过自学完成的。他曾经在江西的乡村学校任教,度过一段异常艰难的日子。经过多年的努力,才获得攻读硕士研究生的机会。也正因为如此,他学习非常刻苦,进步十分明显。他通过阅读不同版本的《西厢记》,而定下以《西厢记》版本研究作为未来的学术方向。尤其是他的关于《西厢定本》研究的习作,在系研究生学术讨论会上获得肯定之后,逐渐建立起对走学术之路的信心。

　　攻读博士学位之后,旭耀确定以《西厢记》研究为方向,遂认真查阅、比对近百年来影印、出版过的十余种明清代刊本,在此基础上,进入对明刊《西厢记》版本的全面查访与研究。在十分困难的条件下,

明继志斋刊本《西厢记》插图

自筹经费到北京、上海、南京、济南等地考察《西厢记》明清版本,并节衣缩食,加以复制,或者利用某一版本的打印本作过录、校勘。大陆公家所藏的版本,大都已经寓目。加上我为他从日本复制得的部分刊本,以及他间接得到的我国台湾所藏明刊本胶卷,他已经成为迄今为止阅览《西厢记》刊本最多的人。这一方面是由于近十年来公共图书馆日益开放给予读者更多的方便,另一方面,则不能不说是旭耀多年来咬定一个信念苦苦求索的结果。

前年,我在北京参加明代文学学会的年会,得识一位对明刊本《西厢记》颇有研究的学者。遗憾的是,这位先生递交的论文,仅据数种已影印的《西厢记》版本,却畅论明代所刊《西厢记》的总体特征,故会间多有学者指谪其缺失。会下,他向我解释是因为经费的原因,无法外出广查版本。我和他谈到了旭耀所做的工作。我想,一位在大学任教的学者,无论怎么困难,也是不可能与一个没有经济来源的博士研究生相比的了。这也让我对旭耀的执着与努力,产生出一份敬意。

正因为不懈地寻求穷尽材料,旭耀能够比同行看到更多的《西厢记》版本。又因为复制、拍摄条件的改善,旭耀可以手持复制本或过录本反复比对,能够读得更加细致,从而能够做得比前人更深入,并取得突出的成绩。他发现向来以为已经佚失的明代碧筠斋刊本尚有清代钞本存世,他对明代《西厢记》主要版本的流传谱系,也有不少新见解,发现了许多前人限于在图书馆摘抄而致校录不精所带来的问题,这些见解,构成他的博士论文《〈西厢记〉研究》的基础,并且在答辩时得到了好评。但因为他的时间主要用在了版本查访与比较,他的博士论文题目其实还没有写完,仍在补充篇章,完善内容。今适有出版的机缘,便先行刊出《现存明刊〈西厢记〉综录》一书。

这本《现存明刊〈西厢记〉综录》,原是旭耀的博士论文的附录,也是他的博士论文的材料来源。

关于《西厢记》版本的梳理,最早始自郑振铎先生。他在《〈西厢记〉的本来面目是怎样的?》(1933)一文里,列举了二十六种明、清刊本,其中含明刊二十二种,有五种且未寓目。后来傅惜华先生编《元人杂剧全目》(1957),列明刊本三十种,除掉清代复刻和重刷本,以及现代影印本和重刊本,也只剩二十一种。后来日本东京大学传田章先生编《明刊元杂剧西厢记目录》(1970),所列明刊本六十六种,内含佚本十四种,未见本三十二种,重出一种,所见者亦仅二十六种。后又出增订本(1979),新增入四种,二种已佚,一种为重新印刷本,实增亦仅一种。传田章先生此目,已堪称集大成,但限于当时条件,大多未能看到原书,间据前人著述或藏者目录移录,因而难免存在错讹,所移录的材料也有欠完备。

蒋星煜先生为《西厢记》版本研究的大家,著有《明刊本〈西厢记〉研究》(1982)、《〈西厢记〉考证》(1988)、《〈西厢记〉的文献学研究》(1997)等系列著作。蒋先生所见版本已较传田章先生为多,对传田章之目录,多有补证;所作考论,亦较前人系统、翔实、完备。但由于当时条件所限,某些版本蒋先生亦仍未得见,某些版本虽曾一度获见,但由于只能在善本室阅读、记录,既不能持各本相较,行文时又没有条件加以复核,所以间存错讹,并影响到具体的结论。

旭耀此录,实是在传田章、蒋星煜两位先生工作的基础上,重新作了系统的梳理,除少数几种版本外,均以目验为据。所见有原刊本、钞本、微卷、数码照片、扫描光盘、复印本等类别,某些版本更以藏于不同图书馆的多种残存版本互勘、配补,方使原刊本面目得以呈现,因而能够后来居上。

此录不仅有助于《西厢记》版本研究,而且对于《西厢记》传播史、中国戏曲发展史、明代版刻史等,均有参考价值。

当然,《西厢记》的明代刊本,不仅传本众多,而且面貌十分复杂,要把握这个题目,是十分不易的。旭耀作为一个初窥学术门径的年轻学者,既有其敏锐的发现,也存在一些问题,文字还须磨练。他的某些具体结论,也间有可商之处。但从这本书也可以看到他已经有了很好的学术基础,并且,他正以朴实的态度,不断努力。我想,借以时日,当有可为。我为他此录的出版感到高兴,同时,也期待着他的博士论文正本能够尽快补充修订完善,以呈献给读者。

是为序。

2007 年元旦于广州中山大学。《现存明刊〈西厢记〉综录》,陈旭耀著,上海古籍出版社,2007 年 9 月第 1 版。

郭梅《浙江女曲家研究》序

　　浙江堪称戏曲之邦。戏曲的兴起发展，原与浙江关系密切。即使如曲家中的女性作者，也以浙江为著。

　　据记载，中国戏曲的最早的成熟形式——南曲戏文，就诞生于南北宋之交的浙江温州，当时的称呼叫"鹘伶声嗽"。当它传播到其他地区时，则被称为"永嘉杂剧"，或"永嘉戏曲"。这永嘉便是温州的古称。这种形式很快就流传到当时的京城临安（今杭州），很受大众的欢迎。不过，它并不被官府认可，所以我们能够知道的文献，并不是赞扬的声音，而是官府禁行的榜文。如明代祝允明在《猥谈》中说，他看到了南宋时的"旧牒"，内有宋光宗赵惇的同宗兄弟赵闳夫所制的"榜禁"，列有一些南戏的曲目，如《赵贞女蔡二郎》等，也不很多。又如元刘埙《水云村稿》卷四，记载了"永嘉戏曲"在咸淳年间（1265～1275）流行于江西的情况，说是大受年轻人欢迎，但刘埙的评价却是"而后淫哇盛，正音歇"。可见在宋代，戏曲只是一种初兴于民间而颇受大众欢迎的伎艺，还不能得到代表社会审美主流的文人阶层的关注，更不要说官府的肯定了。

　　这种情况的改变，是在北曲杂剧的出现之后。元初，关汉卿、马致远等北方文人沉抑下僚，以其不朽才华倾注于杂剧这一新兴的艺术，利用这种由一人主唱、以大套曲文为主要表现形式的体裁，让杂

郭梅著《浙江女曲家研究》书影

剧的文学特性得以较好彰显，从而使得杂剧以及散曲跻身于"乐府"
之列。可以说，杂剧及散曲，作为一种与汉魏乐府并提的崭新"文
体"，开始受到主流阶层的认可。

　　元灭南宋，北方剧作家纷纷南下，杭州成为南方戏剧圈的中心，
进入到北曲杂剧与南曲戏文的共生交互影响的阶段。白朴、乔吉、郑
光祖、宫大用等人，也都来到江南，在杭州等地，继续着他们的戏曲创
作，借助杂剧这一新的"文体"，来抒发内心的郁结，使杂剧的文学性
得以高扬。他们的作品，在"曲"文方面的成就，远远大于"剧"的成
绩。从以舞台为中心的戏曲史角度来说，其戏剧性或者说"本色当

行"不免有所缺失,而具有文体特性的"戏曲"创作,在文学史方面的意义却由此得到确立。

到了元末,以《春秋》获中进士的浙江温州人高则诚,汲取北曲在文学上的成就,用来改编南曲戏文,写成了不朽的名作《琵琶记》,明代徐文长称他以清丽之词,一洗作者之陋,使得原先的"村坊小伎",进与古法部相并提(《南词叙录》),可以说,《琵琶记》既是元代戏曲(包含杂剧与南戏)的殿军,又是明代传奇的先声,对明清时代的文人戏曲创作,发生了巨大的影响。

明代文人最先是从《琵琶记》提出的"关风化"的意义上,发现了传奇戏曲的时代价值,因为戏曲为民间所习见,可以用它作为教育民众的工具,《五伦全备记》《香囊记》就是从这一角度出发创作而成的。《香囊记》更是在宣扬主流的伦理观念的同时,把戏曲作为展示其学养的舞台。以"时文为南曲",开创了传奇创作中的骈骊一派。让明代的文人学士,从这种尚在民间的大众艺术中,看到成为士大夫阶层表达自己独特的情趣的可能性。《中山狼》《四声猿》等杂剧的成功,更让戏曲的"文体价值"得到彰显。所以,明代的"南杂剧"应运而生,不再拘于北杂剧的一本四折,也不再拘于北曲唱腔,一折两折,乃至六折八折,剧本既短长不一,曲牌更北腔南曲并举。要之,人们实是借用戏曲这种新兴的艺术,作为表达情感需要的一种独特的文学体裁而已。

由此说来,传奇的"案头化""骈骊化",原是文人用自己的审美观念曲解戏曲、利用戏曲的结果。从这一途看去,今人激烈批判"文词派"作家是要将戏曲引向"绝路",似乎也不算过分,因为至少也是误入了"歧途"。但另一方面,这其实也是民间的戏曲借助文人学士之插手,抬升自己在整个社会文化中的地位的一个主动的过程。所以万历之后,传奇、杂剧作家蜂起,创作繁盛,家班、戏班,各竞风骚,一直到至清代康熙、雍正之后,其余波方告消歇。正是文人的创作与关注,让戏曲获得作为审美意识主流的官员与知识阶层的喜爱,更使得戏曲这种艺术,能够为社会广泛接受,从而成为社会各阶层所全面认同的娱乐样式。甚至在文人以舞台为目标的戏剧创作热情消退之后,以舞台为中心的演剧的春天,却悄然到来。在花雅之争后,便是出现地方戏的全面繁盛。剧本为中心的戏曲史,转变为以名角为中心的演剧史。

平心而论,一部戏曲史,自然应当以舞台演剧为中心。但戏曲的剧本,却又是文学史的一个组成部分。作为一种"文体"的戏曲,有其文学史的意义。诗、词、散曲、散文、小说、戏曲,作为不同的文学体裁,都有其不可替代的特征,有其独特的抒写对象。戏曲这种体裁,最为适合以"借他人之酒杯,浇心中之垒块",宜其受到文人学士的青睐。如果不是从演剧的要求,而是文体的眼光来看,明清时代文人的戏剧创作,无论其适于舞台,还是仅适于案头,只要真正抒发了内心的郁结,倾注了人生的感情,有所为而发,便都是有价值的。

正是因为戏曲作为一种文体所具有的独特的意义,能够表达其他文学体裁所不能表达的内容,它也获了女性作家的青睐。像明代叶小纨的《鸳鸯梦》,以纪念早逝的妹妹叶小鸾。清代著名女词人顾太清,写过《桃园梦》《梅花引》两个剧本,借仙道故事,以寄寓当年与丈夫奕绘的恋爱故事。她们主要不是为了演出而创作,主要的是用来寄寓自己的梦想,思念,哀伤,抒发人生的感叹。还有的则是借助对爱情题材戏曲的批评,以寄寓自己的心怀。

浙江的女性曲家,在女性文学家中,确实是值得关注的一个群体。如吴吴山的三位妻子,先后评点《牡丹亭》,借对这部爱情名剧的品评,来寄寓自己的理想与情感。又如嘉道间杭州的吴藻,撰写《乔影》一折,演谢絮才自画男装小像一幅,名为"饮酒读骚图",在闺阁独自对像读《离骚》,动情之处便狂饮、痛哭,抒发胸中的悲愤之气和牢骚愤懑之情。还如刘清韵,堪称高产曲家,撰有二十余种剧本,尚有《黄碧签》《丹青副》《炎凉券》《鸳鸯梦》《氤氲钏》《英雄配》《天风引》《飞虹啸》《镜中圆》《千秋泪》《拈花悟》《望洋叹》共十二种存世。再如民国间倚翠楼主陈翠娜,撰有《自由花》《护花幡》《除夕祭诗》《黛玉葬花》《梦游月宫》等杂剧,以及《焚琴记》《灵鹣影》传奇,表现了对当时社会的深刻洞察和批判精神,文体虽"旧",但思想却很"新"。

　　关于女性作家如何借助戏曲、散曲这一形式来诉求其内心的渴望、感情,是一个值得深入探讨的课题。郭梅女史以浙江地区的女性曲家为中心,撰成《浙江女曲家研究》一书,也是这个领域研究的一个新的尝试。郭梅本人原是在文学创作中颇有成就的作家。今以女性作家身份,来品味前代女曲家的创作,根据其独特的感受,用清丽的文笔以抒写之,同时还展示了戏曲史的一个重要侧面。像刘清韵、陈翠娜均是戏曲创作成就突出,而学者关注相对较少的曲家,故此书亦可补曲史之不足。

　　今值此书即将付梓,笔者得以先睹为快。因有感于戏曲与浙江的关系,以及戏曲作为一种文体的变迁及其与女曲家群体的关系,书之如上。

　　是为序。

《浙江女曲家研究》,郭梅著,浙江大学出版社,2012 年 12 月第 1 版。

清代内廷演剧的戏曲史意义
——熊静《清代内廷演剧研究》序

　　长期以来,戏曲史研究者关注的重点是民间的戏曲,着眼点是以乡村祭祀为中心的演剧或城市的商业化演剧。至于帝室与王公贵胄相关的演剧,被认为至多是代表了奢华与靡费,于戏曲史几乎无足轻重,因而也较少给予正面的评价。以清代内廷演剧而言,究竟具有何种价值,似乎依然要打上一个问号。

　　事实上,在民国初年,关于清代帝后对演剧的参与,学者曾有过很高的评价。

　　1937年,王芷章以北平图书馆所藏清昇平署戏曲档案文献为基础,撰成《昇平署志略》一书,由商务印书馆出版,他在书中提出:清代戏曲之盛,在于"俗讴民曲之发展,为他代所不及也。若其致是之因,则不得谓非清帝倡导之功,而其中尤以高宗(乾隆)为最有力。"

　　王芷章所利用的这批文献,原系北京大学教授朱希祖从冷摊收购而得。朱氏曾据此撰《整理升平署档案记》,载1931年《燕京学报》第10期,"略谓近百年戏曲之流变,名伶之递代,以及宫廷起居之大略,朝贺封册婚丧之大典,皆可于此征之。后因此珍贵史料,涉于文学史学,范围太广,并世学人,欲睹此为快者甚多,而余之志趣,乃偏于明季史事,与此颇不相涉,扃秘籍于私室,杜学者之殷望,甚无谓也。乃出让于北平图书馆,以公诸同好。"朱希祖为王氏之书撰写了

《清代内府曲本研究》

序文,不仅激赏王氏的前述观点,而且补充说:"王君所推重之乱弹,谓为真正民间文学者,正发生于道光、咸丰以后,且其倡导之功,不得不推之清慈禧太后。"

　　但王、朱二人也仅仅是点到而已,在此后相当长一段时间里,他们的观点并没有得到学者的回应。到了1950年代之后,学者所撰的戏曲史著作,更多凸显的是历代帝王禁毁小说、戏曲的事例,在政治意识上,实际是将宫廷与民间对立起来,强调皇朝对于戏曲活动的负面作用。例如周贻白先生的《中国戏曲史纲要》(中国戏剧出版社,1979),只是在第 22 章"内廷大戏及其排场",正面叙述了内廷演剧与舞台美术、穿关等问题,肯定了宫廷舞美通过民间艺人入宫演剧而产生了影响。张庚、郭汉城先生主编的《中国戏曲通史》(中国戏剧出版社,1982)也相类似,设"宫廷戏曲的舞台艺术"一节,介绍宫廷演剧的概况、戏台、舞台设备与彩灯砌末、服装与化妆,实际上是把具体的技术性事例,作为戏曲史上之现象而写入史书,而没有对宫廷演剧之于戏曲史的影响作出评价。在相对晚近出版的廖奔、刘彦君伉俪合撰的《中国戏曲发展史》(山西教育出版社,2000)中,虽辟专章叙述"清宫廷演剧状况",但也只是在叙述"优秀京剧艺术"的形成过程时,才有条件地肯定说:"其中不能说没有清代宫廷戏台的陶冶之功。"这三部不同时期的代表性戏曲史著作,都只是从舞美、戏台等方面,有条件地说到清代宫廷演剧的影响,其视野、角度,可谓惊人地一致。

也有剧种史的研究者,曾就清廷演剧对京剧的影响作过正面表述。如马少波等先生合编的《中国京剧史》(中国戏剧出版社,1990),设专节阐释"清代宫廷戏剧在京剧形成与成熟中的作用",并将其"积极影响"归纳为三点:

(一)以皇室雄厚的财力物力,为戏曲的发展提供丰足的物质基础。

(二)为了提供排演的定本和供帝、后阅览的"安殿本",提高了剧本的文学性,并使之得到相对的稳定,从而流传后世。

(三)在舞台艺术(表演、音乐)上,帝、后是高标准,严要求。这对于京剧艺术的规范化、程式化,起了积极作用。

这里所列的"积极影响"依然十分有限。其后,丁汝芹先生撰《清廷演出史话》(紫禁城出版社,1999),对内廷演剧活动作了较为全面细致的梳理,但其戏曲史观基本仍是在《中国戏曲通史》的观照之下。

一般认为,所谓的戏曲,主要包含舞台演出与剧本文学两个方面。舞台被视为更本原性的;剧本的撰写,主要从文学一路,为了解古代戏曲的发展历史留下了可供追溯的原始材料。以此而论,演剧主要是一种娱乐性的活动。戏曲表演艺术,是由无数代民间艺人累积,才形成一套程式体系,似乎很难想象宫廷演剧能够对此有什么贡献。在说到借助皇家"雄厚的财力物力"而在舞美、服饰、化妆、戏台等方面的尚有可称道时,读者能够联想到的,便只有"穷奢极欲"之类的评价。另一方面,从剧本创作的角度来看,宫廷戏剧大多属于歌功颂德之作,例如《四海升平》《法宫雅奏》之类,从题目便可以知道不外乎一片颂扬之声,内容也自然贫乏无趣,很难想象对社会现实的批判性作品会出自宫廷作家之手。所以,从这种习惯视野来看,宫廷的戏剧创作、演剧活动,很难找到有价值的亮点。前引三部史书作如此表述,也有着其逻辑依据。

不过,如果转换一个视野,我们可以发现,事情并不是这么简单。

演剧本身首先是一种经营性商业活动,需要有消费市场来支持。在传统中国社会里,演剧既与祭祀、节庆娱乐相关联,也常用作社交活动的平台。这社交平台,既有文人士大夫的雅集,也有商界名流、社会贤达的聚会,同时,还是政治性活动的一个组成部分。翁同龢在日记里记述了自己在宫内"赏听戏"的经历,30 余年间,记录所见内廷演剧多达 140 余次,其中可见内廷演剧的属性,一为礼仪功能,二为娱乐功能。被"赏听戏"的对象,主要为"近支王公"和朝廷重臣。

这重臣包括军机大臣、六部尚书、内务府大臣、御前大臣、上书房大臣、南书房大臣、理藩院大臣等,观戏的座次也是他们身份地位的标志。翁同龢在同治元年(1862)初次获"赏听戏",座次在第五间,二十年后他升任军机大臣,座次才升到第三间。他感慨"廿年来由第五间至此,钧天之梦长矣"①。这既是观剧的位置的变迁,同时更是政治待遇、在皇上心中地位的提升。翁氏在观剧问题上,也曾向皇上提出"节制",但有大臣反对,因为这是皇家的"礼典",即并非单纯的娱乐活动。说明这种演剧活动,是皇家表达臣民亲疏地位的一个重要方式,从而是一项正常的"行政性开支"。皇家演剧的排场,也有着向臣民、属国展示本国高雅艺术的功能。如果我们能够把现代国家领导人受邀请在维也纳国家剧院观剧视为雅事,那么,显然我们也应该对乾隆在畅音阁、慈禧在万寿宫"赏听戏",能够同等看待。

在清代演剧所赖以生存发展的消费对象之构成中,乡镇农民、城市平民、商人、文人、官员、王公贵人,乃至内廷皇室,组成了一个由低到高、层次分明的金字塔式结构。我们以往习惯于挑出一个"最重要""最根本"的层次,其实在这个结构中,每一个层次都有其不同的功能,都是不可或缺的。

人类社会的发展,也是一个文明、文化的演进过程。在这个过程中,当基本的生存需要得到满足之后,娱乐业便必然会成为时兴的行当。虽然在古代社会的正统观念里,商为末,农为本,嬉娱玩赏令人玩物丧志,理当严律,但事实上商业活动仍顽强地存在,并且成为社会经济发展的支柱产业之一,特别在明清时代,其作用益发重要。只要"游于艺"之类的观念存在,则紧张工作学习之余,适当娱乐,便是

① 以上参见黄卉《同光年间清宫演戏宫外观众考——以〈翁同龢日记〉为线索》一文,载《清风雅韵:清代宫廷戏曲学术研讨会论文集》,北京:故宫出版社,2015 年。

人们调节自我身心的必要内容。

　　演剧本身是从唐宋的百戏伎艺中脱颖而出的,在 20 世纪西方电影等传入之前,一直独占娱乐业的鳌头。而元、明及清初文人曲家与评论家的努力,让戏曲的文本创作从"士夫罕留意"的低下地位,"进而与古法部相参",进入"乐府"的行列。到明代中叶之后,"传奇"作为一种新兴的文体,逐渐为占社会主流的文人士大夫所认可,并因为他们的认可与参与,大大提升了戏曲的社会地位,也意味着戏曲打通了上升一路,借此占有了从底层到上层、包含整个社会各个阶层的巨大的消费市场。这个市场本身足以让演剧活动、戏班、新兴声腔得以生存发展,构成巨大的"第三产业"。入清之后,演剧进入皇家祀典、国务活动,更是打开了戏曲进入政府消费和"高端市场"的通道。雍正间废除乐户制度,"禁止外官蓄养优伶",表面上看来是对演剧活动的限制,其实它主要限制的只是官员的家班,以及官员有关消费,同时却意味着演剧娱乐市场向社会全面开放,这使得原先以达官贵人为主要消费对象的昆班因之明显走向衰落,并为花部地方声腔的蓬勃兴起打开了大门。乾隆一朝数次大庆,邀请各路戏班进京演出,这也为花部演剧提供了崛起的契机,促成了地方声腔、戏班迅速兴盛的局面,在花部和雅部对消费市场的竞争中,花部从此占有优势,而清代的演剧活动,也由此进入更为繁盛的时期。

　　清皇室作为最高端的消费者,自其入关之后,就一直把戏曲作为娱乐消费对象。康熙时期就开始设立南府等机构,来组织管理宫廷的演剧。皇家的演剧在乾隆末年达到鼎盛,最多时曾有上千演员构成庞大的"皇家剧团",不仅组织文人、宦官来写作剧本,而且君王每次出巡,各地都新创戏本以迎接銮驾,花团锦簇,歌舞升平。道光以后,改设为昇平署,规模大大缩减,演剧人员的组成方式也有所变化,即从完全由皇家出资培育、供养演员，完全用于自我消费，转而向社会"购买服务"，请戏班、演员入宫演出，这在光绪年间尤为突出。而这种打上皇家印记的消费行为，对于扩大"演剧"这种"商品"的社会影响力，拓展戏曲消费市场，促进戏曲的繁荣，具有无可估量的价值。

所以，内廷皇室参与演剧的意义，主要不是他们为市场"生产"了什么新的产品，而在于他们作为社会资产的最大拥有者，在"演剧消费"中所起到的作用，在于他们对于整个演剧市场的存在与拓展中所承担的功能。其意义并不在于具体的创作与创新，而主要在于这种介入对于整个社会的号召性影响。所谓上有好者，下必甚焉。当演剧这种元明时代不能用于严肃场合的表现艺术，在清代皇家的示范下，终于可以从半遮半掩中，转向堂堂正正的演出，它对于戏曲占有整个娱乐业市场的最大份额，无疑有着决定性的意义；它对戏曲娱乐业这个"文化市场"的发展，也无疑是意义重大。

所以，当演剧进入"政府消费"之后，其释放出来的能量，是我们需要认真考虑的问题。

乾隆十六年（1751）太后六十岁生日、三十六年（1771）太后八十岁生日，乾隆五十五年（1790）皇帝本人八十寿诞，这三次大庆相关的典礼，邀请各地戏班进京演出，表示与民同乐，也以彰示皇朝盛世。乾隆一朝两次太后的生日庆典，令南北各地戏曲汇聚京城，乾隆的大庆，更是造成四大徽班进京，成为清代戏曲发生转折的重要节点。乾隆朝的这三次庆典花费几何，今不得而知。有档案可查的是，光绪二十年（1894），为庆祝慈禧六十"整寿"，皇家曾耗费白银五十余万两。今日看来，诚为巨大的靡费。殊不知在皇朝时代，家即国。即使现代国家，也不乏为立国整数之年而举办大庆，施以阅兵仪式，其花费多以百亿乃至千亿为单位。其目的在于展示国力，彰显盛世，表明政治家治理有方,亦是借此凝聚民心,加强民族凝聚力。若以此而论,清代皇家盛典,于演剧之花费,并无越出治国基本规则之处。

皇家演剧活动的频繁,"近支王公"成为参与观剧者,也因此而必然成为爱好者,以及演剧活动的推动者。我们编校《清蒙古车王府藏戏曲全编》(全二十册,广东人民出版社,2013 年),收录了大约从道光到光绪间的一千余个戏曲剧本,可以说这个时期北京地区曾经演出过的六七成的剧本,都已经包括在这里了。而这仅仅是一个"车"姓蒙古亲王的收藏,其他王府的情况,大致与此相类似。由此也可推知,这个阶层所构成的"高端市场",对于晚清北京演剧的兴盛,会起到怎样的作用。

以此而论,王芷章说乾隆皇帝对于演剧史的意义,便在于他个人的喜好和展示的庆典活动,让各种声腔、各地戏班堂堂正正进入北京市场,又借助在北京市场所获得的影响力,转辗其他地区,从而有力地推进各种地方化新声腔的改造、衍化,以及新生。

同样,朱希祖说慈禧太后对戏曲发展的功绩,也由此可以得到解释。慈禧对皮黄的喜爱,无疑对皮黄戏曲在清末走向兴盛至为重要。程长庚、谭鑫培等人入内廷为太后、皇帝演出,这是皇权社会身为艺人的最大光荣,对于艺人自身的"品牌塑造",更是意义重大。2008年,我受矶部彰教授邀请,在东京作了一次关于清代宫廷演剧研究的讲座,就曾经提出,给慈禧太后演戏,可以理解为当今的艺人"上春晚",说的就是这个意思。另一方面,清廷挑选演员入皇宫演剧,也必然有其"德艺双馨"的要求,这意味着皇家对于这些民间演员的认可,而当他们重新回到民间演出市场时,号称"内廷供奉",这种经历成为他们的重要资历,大大提升了他们的演艺"品牌",也意味着巨大的市场号召力。所以,这种被挑选,在某种意义上,与当今演员进京演出获得"梅花奖",具有同样的效应。因为这是一种重要荣誉、最大认可,对于演员此后在演艺方面的发展、演出市场价值的增长,意义重大。观历史可以知当今;观今天也可以让我们更好地认识历史。

平心而论,宫廷的主要功能,是"利用"戏曲,而不是"生产"戏曲。皇家的一举一动,代表一个政府的行为,对于演剧市场有着巨大的影响力。居于市场最高端的这个阶层,对于演剧史的意义,便是其巨大号召力、影响力,会影响整个市场的走向。处于低端市场的那个阶层,可能是最有活力的。但在乡村、乡镇,消费空间有限,市场空间有限,必然向上努力,进入城市,才能有更大的市场,获得生存发展的空间。例如浙江嵊县的越剧,便是进入上海后,重新根据市场需要而发展出独特的、为市场认可的演出方式,从而取得巨大的成功。而在城市的戏班、名角,则不断寻求官家的、商人的、社会名流的认可与支持,以获得更大的市场份额。在这个金字塔结构上,各个阶层是怎样的发出自己的"力",然后在一个更高的层面上构成"合力",以推进戏曲的发展,便是值得深入研究的课题。

事实上,社会"高端市场"对于演剧活动的贡献,在晚清民国时期,依然发生着作用。如果没有罗瘿公、齐如山等人的发掘,就不会有梅兰芳等名旦的崛起。而一批商业钜子成为京剧爱好者,因他们的介入、揄扬,助成了梅兰芳广泛的演出机会和巨大的影响力。这种"造星运动",也是戏曲得以兴盛发展的一个重要助力。当晚清之后,戏曲演出成为巨大的商品市场的一个分支的时候,商业活动所需要的营销、策划,也成为演剧繁盛的保障之一。张彭春等人组织安排梅兰芳在美国演出并获得巨大的国际影响力,可以视为一例。

以此而论,作为社会各阶层演剧消费中居于最高端的宫廷演剧,有着巨大的研究空间,有待于我们深入拓展。

也正是有感于此，十年前，熊静在考虑博士论文选题时，选择了"清代内廷演剧研究"这个题目，因为她从事的是图书馆学专业文献学方向，我希望版本目录学也成为她的专攻方向，所以她的工作首先是从编纂《清内廷所藏剧本总目稿》开始的。

2010 年 9 月到 2011 年 9 月，熊静在矶部彰教授的帮助下，到仙台的东北大学做访问研究。矶部教授当时正承担"清代内府演剧研究"的重大课题，组织一批日本从事戏曲小说研究的学者，分头进行有关研究。熊静的选题，正与之相衔接。因而在受到矶部教授指导的同时，大大拓展了视野，也利用了日本所藏的一些有关内廷演剧的珍稀文献，例如她写的关于大阪中之岛图书馆藏的《昇平宝筏》的讨论文章，就是其间的成果之一。

2012 年，熊静顺利完成学业。她的毕业论文厚达 60 余万字，前半为内廷演剧的专题研究，后半则是《清内廷所藏剧本总目》（稿），在论文答辩时，受到全体专家的高度肯定。其后她赴北京大学随王余光教授做博士后，利用北京地区所藏内廷演剧有关文献，对论文作修订补充，现在取其中研究部分，作为十年努力的阶段性成果，正式出版。她所编的《清代宫廷戏曲文献总目长编》也完成了初稿，待细致打磨后另行出版。

熊静有关清代宫廷演剧的系列研究，可以大大丰富我们对内廷演剧的认识，对于进一步了解内廷演剧，对于清代戏曲发展史的价值，也具有重要的意义。

我期待着有更多的年轻学者，投入这个领域的研究。

是为序。

2017 年 4 月 30 日。

·

附

录

·

黄仕忠：对于学者，书要紧的是用

侯虹斌

黄仕忠，1960年生，浙江诸暨人。1989年获文学博士学位。现为中山大学中国古文献研究所所长。著有《〈琵琶记〉研究》《中国戏曲史研究》《戏曲文献研究丛稿》等。

全家福

书房一角

　　如果仅从一位学者书房里的藏书量来判定他阅读的多寡，难免
失于偏颇。因为，不仅家中的书房可以是他的书房，学校图书馆、院
系研究室，甚至游学时所经历的各地图书馆、书墟、书店，无不可以成
为他的书房。

　　黄仕忠家里没有一个很规整的书房。家中有四面高至天花板的
大书柜，分别在客厅和几个房间里，各种各样的专业书挤得满满当
当。但对黄仕忠来说，真正读书的书房并不限于这里，更多的专业书
籍都在他的研究所、大学图书馆里。或者说，更多的书都收在他的眼
里、放在他的心里。

目标是读遍图书馆

黄仕忠是中山大学中国古文献研究所所长，书架上最多的还是他的专业书。客厅的书架上整整齐齐地码着《汉语大辞典》《善本戏曲丛刊》《二十四史》《佩文韵府》等工具书。不过，他却表示，他既没有刻意收藏古籍，也没有专门寻访很多藏书。因为，家里的空间有限，买得起的书也有限，所以大套书都尽量利用学校图书馆和研究室，"比如一套《四库全书》，即使买得起，家里也放不了。"另一方面，黄仕忠也致力于把文献所里的专业典籍资料配置齐备和完善。"当然，现在有了电子数据库，就更方便了"。

黄仕忠说："对学者来讲，书要紧的就是要用。"正因为此，他尽可能多地读图书馆的书。他的计划是，"将来有一天我能将国内的所有图书馆收藏的、跟戏剧相关的资料全部都看过"。

"北京远，东京近"

大厅桌子上放着黄仕忠刚出版的两本学术著作，一本是《日藏中国戏曲文献综录》，一本是《日本所藏中国戏曲文献研究》，是对日本收藏中国戏曲典籍的一次全面清理，它们与黄仕忠在前些年编集出版的18册的《日本所藏稀见中国戏曲文献丛刊》第一辑，构成了一个系列，受到了国际汉学界的高度评价。

日本收藏的中国古籍非常多，黄仕忠告诉我们，中国在唐代以前有的书，有三分之二在唐代就已经东渡，记载在日本人的书目里。日本人十分尊重以往保存下来的东西。明清时代东渡的小说戏曲很

黄仕忠在日本淘到的《汉学》杂志

多，因为小说最容易看懂，像《水浒传》这样的小说对日本文学影响还非常大；戏曲也保留不少，"这是因为戏曲剧作里有插图，就算剧本看不懂，但精美的图他们特别喜欢"。

黄仕忠去过日本五次，第一次去了一年，以后每次去一两个月，全面地调查了日本各家图书馆所收藏的中国戏曲与俗曲，编成了这个目录。编目录不容易，因为要把编进目录里的所有书一册一册地翻阅过，所以，我们现在看到的这两本他的新作里，都有很多的书影，详细著录了书的行款，还包括了在哪个图书馆、什么编号、经过哪个有名的学者收藏……这些书都流传有序，它不仅是一个目录，也是书籍的传播史，以及中日文化的交流史。

我们手上拿着的几本《汉学》杂志，从印刷到纸质，完全看不出是

明治四十三年(1910)出版的,离现在已有101年了。这几本书,都是
黄仕忠在日本的小书店以105日元一本的价格买回来的,"很便宜!"
他很满意,又忍不住感慨:虽然是品相良好的古籍,但在日本能看懂
中文的人是很少的,对这些专业书感兴趣的人更是少之又少,只能大
甩卖。

　　黄仕忠还收藏有一本《中国文学》,这是第一部完整的中国文学
史,在19世纪末,由一班日本的东京帝国大学毕业生合作编写出来
的。有位汉诗人森槐南,是日本的中国戏曲小说研究的开创者,也是
最早在日本的帝国大学里讲授戏曲的学者。他曾在《汉学》杂志上连
载了《元人百种曲解题》,以唤起学者对元曲研究的注意。黄仕忠刚
刚翻译完森槐南在东京帝国大学任教时的讲议《词曲概论》,发现森
氏所写戏曲在唐宋及元代的演进发展,观点和资料都和王国维的《宋
元戏曲史》的相近,但实际写作时间上早于王氏。有趣的是,这两本
书几乎是同时出版的。王氏之作名早已满天下,而森氏由于英年早
逝,其功绩即使在日本学术界,也知之者很少。他感慨道:"其实我们
中国的戏曲小说的研究,或者我们现代学术意义上的文学研究,还是
从日本人开始的。"从他现在找到的一些资料看到,王国维的戏曲研
究受到了日本学者启发与影响,然后,王国维的《宋元戏曲史》写完以
后,又对日本学界影响很大。对这种交互影响作研究,也是很有意思
的课题。

　　"有时,我真觉得北京远,东京近。"多年的读书、借书、访书的经
历,使黄仕忠有这样的感叹。他讲了一个故事,说是在清末江南"四
大藏书楼"之一的陆心源皕宋楼藏书,出售给了日本的静嘉堂,里面
有近两百种珍贵的宋元刻本,令国人很感痛心,当时有人称:"异域言
归,反不如台城之炬、绛云之烬,魂魄犹守故国。"意思是说,这些东西

便宜了日本人，还不如钱谦益的绛云楼一样给一把火烧掉，书的魂魄还在故国。"然而，现在的情况却是，书在东京，我还可以看得到，抄得到，我可以争取复制，可以申请出版；但书在北京，我们却常常没办法看到，更不要说复制了。"身为文献所的所长，黄仕忠对欧美、日本、中国台湾、中国大陆的图书馆的服务差异都有深刻的体会。最后，他得出一个结论："好的图书馆，应当是真正开放的图书馆。"

不得不提的是，黄仕忠的家在读书人中有很高知名度，他的太太陈定方是华南地区著名民营书店学而优书店的创办人兼总经理，也是读书人，曾对古汉语音韵学这门"绝学"有过研究。不过，在家里纵横堆垛的书柜里，陈定方自己的书只能挤占在书架的上层了。

专业而外，黄仕忠也仍然读一些文史与当下时政相关的杂书，甚至也在写一个新书品鉴方面的专栏。读写之外，也仍保持着广泛的兴趣，比如还经常打篮球，打中锋，有一手好的传球，又比如和家里六个月大的雪纳瑞狗玩耍，和儿子、太太一起看美国的漫画《卡尔文与跳跳虎》，一本关于不那么听话的、有个性的男孩的故事。他笑说："这本书的确是非常非常好。"

原载《南方都市报》2011 年 8 月 21 日。

黄仕忠《中国戏曲史研究》序

郑尚宪

我与黄仕忠忝列王季思（起）、黄天骥先生门墙，同学三载，情如手足。近日欣闻他的新作即将出版，高兴之余，不禁想起了一些往事。

第一次认识黄仕忠，是在 1984 年的秋天。当时他从徐朔方教授问学，专程来南京大学访学收集资料，顺便看看同专业的同学。当时仅匆匆交谈数语。他说硕士论文做的是元高明的《琵琶记》，我们都有些不以为然。因为《琵琶记》历来研究者甚多，论争纷纭，特别是经过 50 年代那次全国性的大讨论，似乎该说的都已说到了，而作为毕业论文，要面对多方质疑，恐怕是吃力不讨好的。不过我们对他为人的认真笃实，都很有好感。

两年后的秋天，我往中山大学读博士学位，惊喜地发现：黄仕忠也从杭州大学考来了！当我在宿舍楼前见到他时，他正满头大汗地冲洗一个沾满灰土的破书架。原来，学校分配给的大书架他不够用，不知从什么地方去弄回来这么一个废弃多时的旧书架，正兴冲冲地拾掇呢。我帮他把书架抬上楼，看着他把一摞摞书往架上摆，不由得为他买了那么多书感到吃惊。

刚入学的那段时间，黄仕忠的信特别多，而且其中一些一望而知

当时同学少年

出自女性手笔,于是师兄弟之间免不了一番戏谑。原来黄仕忠年初曾在《中国青年报》上发表了一篇随笔,颇引得一些青年朋友的共鸣,其中自然也包括一些女性。我要求"审查"这篇"招蜂引蝶"的文章。然而读了这篇题为《书的诱惑》的文字后,我开不起玩笑了。文中真切地描述了他小时候僻居山乡、四处求书的经历,以及借到书后姐弟四人如何挤在一盏煤油灯下夜读的情景,还写到上大学后遨游书海的快乐和嗜书如命的心态。字里行间那种对书本、对知识的渴求和眷恋之情,深深地打动了我的心弦。

而我也慢慢地对黄仕忠有了深入的了解,体悟到在他憨厚敦实的底下,是深沉与机敏,外犷内秀,即所谓"南人北相"者。以其江浙人本性的敏捷,却偏以木讷为表,不较一日之短长,自是志存高远。

　　三年的同窗生活是丰富多彩的。

　　入学后不久,我们就于金风送爽的清秋时节,远赴黄土高原,到《西厢记》故事发生地——蒲州普救寺,寻访当年那位多情才子跳墙的踪迹;我们也像张生一样,久久伫立黄河渡口,领略那浊浪排空的九曲风涛。归途中,我们登上华山,在西岳之巅仰天长啸,笑指日出,听野老闲话沉香太子劈山救母的传说。

　　第二年花果飘香的夏日,我们又与众多师友聚会在南海西樵山麓,一边啖味荔枝,一边细细探究唐明皇与杨贵妃的生死情缘,为《长生殿》扑朔迷离的主题争个不亦乐乎。为了寻觅宋元南戏的遗响,我们还曾沐着霏霏春雨,在悠扬雅丽的南音丝竹声中,流连于古城泉州的大街小巷……

　　康乐园的三度寒暑,更给我们留下了许多美好的回忆:绿树掩映的“玉轮轩”里,我们曾无数次围坐在两位恩师的身旁,聆听他们的谆谆教诲,感受一代大师的道德文章和崇高风范。每年初夏时分,我们趴在宿舍窗口,用细竹竿勾取洁白的玉兰花,给远方的亲友寄去缕缕芳香;秋冬时节,我们常常在江堤上漫步,看着夕阳将珠江染成一派通红,然后踏着暮色回到斗室,黄卷青灯读到深夜。元旦晚会上,我们不敷粉墨就昂然登场,在哄堂大笑声中,串演了一出“歪批三国”。我生病住院时,他每天往返十几里前去探望;他初涉爱河时,我则以过来人的身份为之出谋划策……毕业已经八年,而这一桩桩一件件,历历如在目前,令人难以忘怀。

　　然而更难忘的,还是三年中那无数次竟夕长谈:在书堆纵横的桌上挪出一小块空间,摆上一把缺了嘴的茶壶,两个锈迹斑斑的小茶杯,泡上一壶他从家乡带来的大叶茶,然后就海阔天空地聊将起来。我们聊人生,聊理想,聊家乡趣闻,聊往日师友。

由于我们都来自农村，思想感情上颇多共通之处；又因为以往师承不同导师，各人的知识积累、治学方法、研究重点又不尽相同，颇多互补之处。常常一聊聊到深更半夜，茶壶里倒出来的水早已淡白无味，而我们的谈兴却越来越浓。一个个想法在神聊中产生，一篇篇文章在聊天后出笼。无论我还是他，每当有了一个新的想法或读书有所得，第一个念头就是找对方聊聊，切磋切磋；每篇文章脱稿后，总要让对方第一个过目，提提意见。有时候干脆合作撰写。这种学问商量之乐，是常人难以体会的。

但生活不可能总是洒满阳光，有时难免也会碰到一些不愉快，甚至折挫磨难。不过黄仕忠却自有解脱的办法。正像他高兴时会来一段"天上掉下个林妹妹"一样，这时他通常是拉长声调，抑扬顿挫地来一段"金玉良缘将我骗"，声调从高亢激昂到低沉平和，音量越来越小，最后归于无声。不用说，此刻他将烦恼宣泄之后，重又埋头于他的书堆了。他的旷达与超脱，每每令我这位做师兄的叹服不已。

许多年后，在他的文章中读到这么一段话："文学艺术本有合时与不合时之别，故其流传于后世各代，亦时见其幸与不幸。当其不合于时，则种种贬责亦自不免；而时势变换之后，观念变更，忽得其时，种种不实之词转瞬已为陈迹，人们刮垢磨光，复得其温润之质。故幸时不必甚喜，不幸时亦不必过忧。"这里虽然谈的是文艺作品，但我想这未始不是他对于人生的一种感悟。

所以，即使他毕业留校后因故当了一年多"待业青年"，在收入不足糊口，前途未卜的情况下，也仍能超然物外，心平如镜，无怨无悔，一如既往地读他的书，做他的论文。又因只能以学问消解心中之垒块，心不得旁骛，反少俗务羁绊，遂使学问精进神速。祸福得失，固相依存也。

　　在短短的几年时间里,他不但修订出版了博士论文,而且发表了一系列学术论文,对戏曲史上诸多重大问题,提出自己的见解,还在一些向未引起注意的领域,作出了开拓,深得学术界的好评。

　　在去年,黄仕忠更推出了洋洋三十万言的《〈琵琶记〉研究》。他从版本入手,探寻前人视焉不察的许多问题,步步深入,对作者生平、版本源流、思想内容、社会影响、文化内涵、艺术成就等诸多方面,作了全面探讨。仅猎涉明代版本就达三十余种,收罗之广,学界无出其右者。而审视的眼光更放到整个戏曲史、文学史和文化史的高度,故由点及面,言之有据,论之成理,堪称集《琵琶记》研究之大成。

　　记得当年同窗之际,每当聊及《琵琶记》,他都有说不完的话语。他也自知《琵琶记》研究难搞,却偏知难而进,只为寻求一个高起点。因为突破了这一难题,也意味着学术上的登堂入室。而苦苦探寻之后,探幽索秘,豁然得解,其中之快乐,实不足与外人道也。我看他如此痴迷于《琵琶记》,曾戏称之为"琵琶独奏",没想到十年之后,果真让他奏出一阕妙曲,着实令人叹服。

　　每次捧读他的新作,我又仿佛回到康乐园的斗室,听他用浙江口音侃侃而谈,既十分亲切,又十分感佩。中国知识分子自古以来就有"发愤著书"的传统,有"穷而后工"的说法,而今也在黄仕忠身上,得到了印证。

　　1993年春节,我回到了阔别数载的康乐园,在王季思先生的指导下,和黄仕忠一起负责《中国当代十大悲剧集》《中国当代十大喜剧集》《中国当代十大正剧集》的编选定稿工作。师兄弟再一次朝夕过从,商量学问,其快乐是难以言喻的。然而在这次合作过程中,我深切地感受到,我和黄仕忠在学业上已有了十分明显的差距。这一方面固然是由于我自己的疏懒懈怠,但更重要的还在于他的突飞猛进。

古人云：士别三日，当刮目相看。因为黄仕忠不仅对于徐朔方、王季思、黄天骥三位导师的治学风格已有比较深刻的理解和感悟，而且较好地吸收其长处，形成了自己的特点。他本人却并不以为满足，觉得自己主要问学于江南和岭南，且学界又多有近亲繁殖之弊，应兼取南北学术之长，予以融会贯通，方能成就其大。所以其后又专赴北京大学任访问学者一年，以感受北方学术之氛围，体悟其间之短长。

当今之时，搞中国古典文学者，多有借出国讲学以自重，亦以缓解经济之困窘；在国内名校进修、访学者，又大都为博一文凭、资历。像黄仕忠这样获得学位和职称之后，纯以学术为念，犹然访学不辍，恐怕是很少见的。而黄仕忠在学问上的精进，便是对他最好的回报。

有位友人读了黄仕忠的某篇文章后，很感慨地对我说："黄仕忠得了徐朔方先生的真传。"我告诉他：你多看他几篇文章，就能看到王先生、黄老师的影响。王先生本人在他晚年发表的《关汉卿〈玉镜台〉杂剧再评价》文末，曾特地附上一笔："这是黄仕忠同学根据我的提纲和谈话撰写的。在某些段落还融进他自己的见解，不见拼凑痕迹，这是不容易的。"身为王门弟子，我深深理解先生这段话所蕴含的分量。

有人将广州称为"文化沙漠"。这固然是不切实际的夸大之词，但与北京、上海、南京等地相比，广州的文化气息确实要薄弱一些。在这个商业气息极为浓厚的繁华都市里，经济大潮对知识阶层的冲击和挤兑，远远超过其他任何一座城市。毫无疑问，在这么一种充满喧嚣和躁动，充满机遇和诱惑的大环境下，要想实实在在做点学问，除了甘守清贫、耐受寂寞之外，还需要充分的自信和从容、执着的心态。

黄仕忠在《〈琵琶记〉研究》的后记中这样谈到自己的治学心得：

"当深入某一作家的心灵,便是得到一个永生不渝的知己,静夜之时,每可作心灵的对话;虽或偶尔相别,也必时时挂念,留意其最新消息,关心别人之议论与评价,以至于历数十载而不变,不亦宜乎!"其中便可见其心态之沉稳与从容。持了这种心态,实已不再视学术研究为苦役,为谋生手段,为晋身之阶,甚至已不仅仅是一种事业追求,而是生命的一个重要组成部分。所以他又说:"盖学问固然可以作为一生的功业待之,但本应属于兴趣,有所谓痴与迷,未必尽可称'耗'。如前辈学人多已将学问变成人生乃至生命的构成部分。只有二者分离时,才有'耗'之所谓。"

在这里,治学变成了人生第一需要,学问与生命已融为一体,不可分割。在当今做学问被许多人视为"黑道",视为畏途的时代,读书问学到如此痴迷的地步,真不知是幸呢,还是不幸?

曾有一次朋友聚会,席间评论同辈学人,因系知交闲聊,褒贬从心,一无假借。言及黄仕忠时,有人用了"读书种子"四个字。一言既出,举座叹服。我想,这应该是对黄仕忠最贴切的评价了。

黄仕忠希望我能为他这部新著作序。而时下气习,多以名人作序为尚。我自忖才疏学浅,不敢作此雅事。然而黄仕忠既无意于借名人自重,而我作为同窗好友,也觉得很有些话可以借此机会说一说,或许有助于读者诸君了解作者之为人为学为文,因此不避琐屑,拉杂书来,聊博一粲。其实算不得序。

1997 年 3 月记于秦淮河边。